D1664053

S★tb★

GEORG HUBER

oder bis die Seele vergibt

Originalausgabe
Alle Rechte vorbehalten

ISBN 978-3-8434-3038-8

© 2013 Schirner Verlag, Darmstadt
1. Auflage November 2013

Umschlag: Silja Bernspitz, Schirner,
            unter Verwendung von #31377492
            (Michael Rekochinsky), www.fotolia.de
Redaktion: Kerstin Noack & Janina Vogel, Schirner
Satz: Kerstin Noack & Janina Vogel, Schirner
Printed by: ren medien, Filderstadt, Germany

www.schirner.com

*M*it einem komischen Geschmack im Mund wachte ich auf. Meine beiden Männer, Peter und Justin, lagen aneinandergeschmiegt neben mir im Bett. Justin lag wie immer etwas schräg. Welch ein Segen, dass wir uns ein Kingsize-Bett gekauft hatten, als ich schwanger war. Anders hätten wir niemals in einem Bett zusammen schlafen können.

Ich drehte meinen Kopf nach rechts zum Wecker, der auf meiner Kommode stand und mich mit seiner rot leuchtenden Schrift immer wieder ermahnte, aufzustehen und mich für die Arbeit fertigzumachen. Es war 7.24 Uhr.

Behutsam zog ich die Decke beiseite und stand leise auf. Ich fühlte mich an diesem Morgen wie gerädert, und zu allem Übel merkte ich, dass ich wohl nur noch wenige Sekunden hatte, bevor sich mein Mageninhalt von mir trennen würde.

Ich presste meine linke Hand gegen meinen Mund, während ich mit der rechten die Tür öffnete, um so schnell wie möglich ins Badezimmer zu kommen, das links neben unserem Schlafzimmer lag.

»Toll, so fängt der Tag ja super an«, fluchte ich leise, nachdem ich fertig war, und bemerkte, dass das Brennen in meinem Magen nachgelassen hatte.

An der Tür hing eine leichte Bluse, die ich mir gleich anzog. Anschließend ging ich hinunter in die Küche. Ich hatte gestern noch lange mit Peter zusammengesessen und mich mit ihm unterhalten. Es war schon einige Zeit her, dass wir uns einen schönen Abendausklang gegönnt hatten. Die Flasche Rotwein, die immer noch auf dem Tisch stand, erinnerte mich daran, und wahrscheinlich war sie es auch, die meine Übelkeit verursacht hatte.

Ich rieb mir den Schlaf aus den Augen und nahm die Flasche in die Hand. Prüfend las ich mir das Etikett durch, doch was sollte ich schon finden? Meine Freundin Linda hatte mir den Rotwein vor wenigen Tagen geschenkt und behauptet, dass er ein besonders edler Tropfen sei. Ob nun aber edel oder nicht, er war auf jeden Fall wieder aus meinem Magen herausgekommen. So besonders gut war er also anscheinend nicht gewesen.

Eilig räumte ich das herumstehende Geschirr in die Spülmaschine. Ich konnte es überhaupt nicht leiden, wenn ich morgens wach wurde und noch Reste vom Vortag überall im Haus verteilt standen. Selbst der Laptop auf dem Wohnzimmertisch war immer noch an. Vielleicht hatten wir gestern auch einfach ein Glas zu viel getrunken. Auf jeden Fall hatten wir gelacht. Mit Peter war es eigentlich immer leicht zu lachen. Dennoch war ich selbst für ihn ein schwieriger Kandidat. Schmunzeln, das fiel mir leicht, doch so richtig lauthals lachen? Das geschah wirklich selten.

Ich schaltete unsere Hightechkaffeemaschine an, bei der ich nur noch auf den Knopf drücken musste, und schon floss frisch gebrühter Kaffee in meine Tasse. Ich sog seinen Duft mit einem tiefen Atemzug ein.

An diesem Morgen war es in unserer Siedlung – einer typisch amerikanischen Vorstadtgegend – ungewöhnlich ruhig. Eine Ruhe, die ich in den letzten Monaten, fast schon Jahren, kaum noch gekannt hatte.

Unsere Firma war in den letzten Monaten aufgrund von zahlreichen Großaufträgen gewachsen, und wir zwölf

Mitarbeiter kamen mit der Anzahl der Aufträge kaum noch hinterher.

Ich arbeitete in dem Unternehmen als Wirtschaftsprüferin und begutachtete als Juristin zugleich alle Verträge, die wir mit anderen Firmen abschlossen.

Mein Chef Perry achtete zwar darauf, dass seine liebe Violet abends auch mal nach Hause kam, aber dennoch blieb ich teilweise zwölf Stunden am Tag im Büro.

Und es kam nicht selten vor, dass ich selbst nach getaner Arbeit zu Hause noch Aufträge und Verträge überprüfte.

»Guten Morgen«, hauchte es in mein Ohr. Ich erschrak für einen Moment und beinahe wäre der Inhalt meiner Tasse übergeschwappt.

Ich war mal wieder so sehr in Gedanken versunken gewesen, dass ich meinen Mann nicht gehört hatte.

»Alles okay? Du bist heute Morgen so aus dem Bett gestürmt!«, fragte er mich mit einem besorgten Blick.

»Oh, ich dachte du schläfst. Ich wollte dich nicht wecken. Mir … ich glaube, ich habe gestern einfach zu viel Wein getrunken.«

»Hast du dich übergeben?«

Ich nickte.

Peter verzog das Gesicht. »Gott sei Dank, hast du mir das gesagt, ich wollte dir gerade einen Kuss geben!«, lächelte er frech und lief dicht an mir vorbei zum Kühlschrank.

»Hm«, hörte ich ihn brummen.

Ich nickte ihm zu und forderte ihn so auf, mir seine Gedanken mitzuteilen.

»Ach, nichts«, untertrieb er. »Ich erinnere mich nur, dass du beim letzten Mal, als dir morgens übel war, schon bald darauf einen dicken Bauch bekommen hast!«

»Ach, Peter.« Ich lief zu ihm rüber und küsste ihn auf die Wange.

Er wünschte sich so sehr ein weiteres Kind, und eigentlich wollte ich auch noch eines. Doch in den letzten drei Jahren war es aufgrund meines Jobs einfach nicht sinnvoll gewesen, schwanger zu werden.

»Musst du ins Büro, oder bleibst du noch etwas hier?«

Ich schüttelte den Kopf, während ich noch einen Schluck Kaffee nahm.

»Nein, nein, ich muss noch mal ins Büro. Vielleicht noch ein oder zwei Tage, dann bin ich aber durch.« Ich lächelte ihn an, ein bisschen, um ihn milde zu stimmen und um mich zu entschuldigen, aber auch, weil ich mich darauf freute, wieder etwas mehr Ruhe zu haben.

»Das ist schön. Du hast wirklich sehr viel gearbeitet in letzter Zeit!«

Rasch verschwand ich im Bad, um noch eine kurze, erfrischende Dusche zu nehmen. Dann aß ich schnell einen Toast und ging mit meinem Schlüssel zur Tür.

Justin lag immer noch im Bett und schlief. Er konnte problemlos zwölf Stunden am Stück schlafen, obwohl er schon sieben Jahre alt war und eigentlich deutlich weniger Schlaf brauchte.

Er kam da ganz nach seinem Vater. Überhaupt hatte er viel von ihm. »Gott sei Dank«, pflegte ich zu sagen, wenn mich jemand auf Justins Ähnlichkeit mit Peter hinwies.

Ich hatte wirklich viel Glück mit den beiden. Peter war als Ehemann einfach fantastisch, auch wenn es mich ja ab und zu störte, dass er immer so ruhig und ausgeglichen war. Ich war ja eher impulsiv. Vielleicht wirkte ich sogar manchmal unfreundlich und launisch. Nun, wenn man mich mit Peter verglich, war dem sicherlich auch so. Er war wirklich mein Fels in der Brandung oder der tiefe stille See. Ihn brachte nichts aus der Ruhe.

Und irgendwie war Justin genau so.

»Bis heute Nachmittag. Ich mache heute nicht so lang«, winkte ich Peter noch zu, der inzwischen aus der Küche gekommen war.

»Ja, bis bald, mein Schatz!«, antwortete er und lächelte mich an.

Für einen Moment blieb ich stehen, um ihn noch eine Sekunde länger anzuschauen.

Ich wusste genau, wie sehr er sich wünschte, dass ich öfter zu Hause wäre. Doch er ließ mich trotzdem einfach machen und meckerte nicht. Er gab mir nicht einmal zu verstehen, dass er mich lieber öfter zu Hause sehen würde. Er erwähnte es nie, nicht mit einem Satz.

Als ich unser Haus verließ und die Straße überquerte, um in mein Auto zu steigen, blickte ich etwas beschämt auf die Straße. Meine Familie brauchte mich. Peter und Justin brauchten mich, aber dennoch kam ich abends oft erst spät nach Hause.

Das Schlimmste daran: Ich hatte kein Problem damit.

Vielleicht dachte ich, etwas auf der Arbeit verpassen zu können, oder vielleicht flüchtete ich einfach vor meinem

Familienleben. Ein Stück weit traf das sicherlich zu. Aber ich liebte auch meinen Job und ebenso den Stress, der damit verbunden war.

Kaum saß ich im Auto, klingelte auch schon mein Handy: Die Arbeit ging los.

Bis zum Mittag, bis 13 Uhr, arbeitete ich im Akkord. Ich schrieb Briefe, überprüfte Verträge und war ständig am Telefonhörer. Eine Zeit lang war ich abgelenkt.

Doch bald schon merkte ich, dass die Übelkeit sich wieder zeigte. Ich bat meine Sekretärin, mir einen Kamillentee zu machen, und arbeitete einfach weiter. So ging es immer. Selbst wenn es mich doch einmal erwischte und ich erkältet war: Von meiner Arbeit brachte mich nichts ab.

Nach dem Mittagessen hatten wir eine Besprechung mit der Delegation einer japanischen Firma – der wahrscheinlich wichtigste Termin, den wir für längere Zeit haben würden. Es ging um einen Auftrag, der unserer Firma eine hübsche Summe Geld einbringen würde. Durch die Glaswand meines Büros blickte ich nach draußen und sah, wie Perry aufgeregt durch die Gänge lief und seine Mitarbeiter nervös auf ihre Vorbereitung hin überprüfte. Er hatte die Angewohnheit, alles zu kontrollieren, damit nichts schieflaufen konnte. Ich hatte das Glück, dass er mich nie kontrollierte. Er vertraute mir und wusste, dass ich meine Aufgaben zuverlässig erledigte. Mehr noch, Perry kümmerte sich sehr um mich, besser gesagt, er umsorgte mich. Er war in den letzten Jahren fast wie ein Vater für mich geworden, und ich war sein großes Mädchen, das er mit ein wenig Stolz zur Schau stellte. Zu gern hätte er mich als seine Partnerin in der Geschäftsführung gesehen, und der Gedanke schmeichelte mir natürlich. Doch dies würde bedeuten, dass ich genauso viel wie er arbeiten müsste. Ich würde noch mehr Zeit in der Firma verbringen, mehr, als ich es ohnehin schon tat. So sehr ich das auch liebte, ich hatte die Grenze der Belastbarkeit erreicht. Ob ich mir das nun eingestand oder nicht.

Ich gönnte mir noch einen Blick in den Spiegel, kämmte meine langen, rotbraunen Haare, zog etwas Lippenstift nach, ganz dezent, und ging dann zum Meeting.

Perry holte mich ab und zog aufgeregt seine Augenbrauen nach oben.

Er zupfte hier und da an seinem Anzug, der etwas eng an seinem kugelrunden Bauch lag.

»Alles gut?«

Ich nickte nur stumm und lächelte ihn an.

»Na, dann. Los geht's!«

Das Meeting dauerte neunzig Minuten, und ich trank in der Zeit bestimmt einen Liter Wasser. Es war nicht der Durst, der mich dazu zwang, sondern die immer wieder auftretende Übelkeit. Da waren immer noch dieses Brennen in der Magengegend und der saure Geschmack, der kurz danach in meinen Mund stieg.

Was war bloß los mit mir?

Ich verabschiedete mich von meinen japanischen Partnern – denn das waren sie ja jetzt –, und lief schnellen Schrittes in mein Büro zurück.

Ich bat meine Sekretärin um einen weiteren Tee und wies sie darauf hin, dass ich in der nächsten halbe Stunde nicht gestört werden wollte.

Um dies auch für jedermann erkennbar zu machen, ließ ich die Jalousien meines Büros im schnellen Zuge nach unten fallen.

Wieder bahnte sich die saure Magenflüssigkeit einen Weg in meinen Mund, und fast hätte ich mich daran erbrechen müssen. Ich ließ mich auf meinen Sessel fallen, schlug ein Bein über das andere und presste mit der Hand auf meinen Magen.

Ich hatte mir doch hoffentlich nichts eingefangen? Irgendwie beunruhigte mich das Ganze. Seit einigen Tagen schlief ich sehr schlecht, und in mir war ein leeres Gefühl. Ich war irgendwie melancholisch geworden, vielleicht sogar depressiv. Ich hatte in meinem Leben schon immer viel nachgedacht, aber in letzter Zeit waren meine Gedanken von trauriger Natur. Nicht greifbar traurig, es war nur dieses sinnlose und traurige Gefühl in mir, das mich durch den Tag begleitete. Ja, vielleicht war »sinnlos« das richtige Wort. Alles, was ich tat, kam mir ohne Sinn vor, ohne große Freude, und selbst wenn ich Freude bei anderen Menschen sah, konnte ich sie nicht teilen.

Es klopfte an der Tür. Perry sagte etwas, was ich nicht verstand, und so bat ich ihn hereinzukommen.

»War das nicht großartig«, rief er, während er die Tür aufmachte und einen Fuß ins Büro tat. »Und du warst mal wieder die Überzeugendere von uns beiden ...«, er holte tief Luft, um weiterzusprechen, doch als er mich auf dem Sessel sah, mit der Tasse Tee in der Hand, stoppte er. Ein klein wenig tat er mir in diesem Augenblick leid. Er freute sich wie ein kleines Kind, und ich saß da und kämpfte, mich nicht wieder übergeben zu müssen.

»Violet, was ist los mit dir? Du bist ja richtig blass.«

Vorsichtig kam er ein paar Schritte auf mich zu, und ich zuckte nur mit den Schultern.

»Lass dir von mir nicht die Freude verderben. Ich habe vielleicht einfach etwas Falsches gegessen.«

»Aber du hast doch nur einen Salat gegessen! Meinst du denn, die Soße war nicht gut?«

Ich lächelte zaghaft. »Nein, das habe ich schon seit heute Morgen.«

Als ich das aussprach, schoss wieder die Säure in meinen Mund, und wieder hatte ich nur wenige Sekunden Zeit. Doch dieses Mal waren es nicht nur zwei Schritte, sondern ich musste den Gang hinunterlaufen, wo die Toiletten waren. Ohne ein Wort zu sagen, rannte ich an Perry vorbei und verschwand aus meinem Büro.

Ich musste auch nichts sagen, denn die Hand auf meinem Mund und der gequälte Ausdruck in meinem Gesicht hatten wohl genug Ausdruckskraft.

Auf der Toilette konnte ich meinen Magen nicht weiter zurückhalten. Wieder stützte ich mich auf die Toilette und gab dem Wunsch meines Magens, sich zu entleeren, nach. Nachdem ich meine Augen wieder geöffnet hatte, sah ich zu meinem Erschrecken, dass mein Mageninhalt rot und schleimig war.

Oh, Gott. Schwach ließ ich mich neben die Toilette fallen.

Ich zog fest am Toilettenpapier und wischte mir den Mund ab. Auch auf meinen Lippen waren Spuren von Blut. Als ob ich das Problem einfach wegwischen könnte, ließ ich das Wasser im Waschbecken laufen und wusch mir immer wieder den Mund aus. Es war niemand außer mir im Bad, und ein wenig beruhigte mich das. Die Wirtschaftsprüferin war auf dem Klo und kotzte sich die Seele aus dem Leib. Keine besonders tolle Vorstellung.

Ich hörte es leise an der Tür klopfen. Perry wartete schon draußen auf mich.

»Ich denke, du solltest besser nach Hause gehen, meine Liebe«, ermahnte er mich, als ich raus auf den Gang kam.

Erst wollte ich den Kopf schütteln und ihm sagen, dass es keinen Grund dazu gäbe. Doch dann siegte die Vernunft in mir.

»Nein, Perry. Ich werde zum Arzt gehen, ich habe gerade Blut gebrochen.«

Perry riss entsetzt seine Augen auf und blickte mich besorgt an.

»Komm mit, Mädchen«, sagte er laut und zog mich an der Hand in sein Büro.

»Setz dich bitte«, nuschelte er und deutete mit seiner Hand auf den bequemen Sessel vor seinem Schreibtisch.

»Du weißt, ich habe manchmal ziemlich üble Darmprobleme. Ich habe einen richtig guten Arzt, und den ruf ich jetzt an.«

Ich ließ ihn einfach machen. Was blieb mir auch anderes übrig? Es war sicherlich nicht falsch, und ich vertraute Perry, so, wie er auch mir vertraute.

ur wenige Minuten später saß ich beim Facharzt für Magen- und Darmprobleme im Wartezimmer. Dort war niemand außer mir. Normalerweise hatte der Arzt geschlossen, doch durch meine Versicherung hatte ich gewisse Vorteile, die andere nicht hatten: Ich wurde behandelt wie eine Königin, und so musste ich auch nie lange warten.

Die Angestellte des Arztes öffnete dann auch schon lächelnd die milchige Glastür des Wartezimmers und bat mich, ins Behandlungszimmer zu gehen. Nach einem kurzen Gespräch bekam ich eine örtliche Betäubung, und der Arzt schob mir einen Schlauch durch den Mund in den Magen. Trotz der Betäubung ein extrem unangenehmes Gefühl!

Als der Arzt seine Gummihandschuhe auszog und in den Müll warf, fragte ich nur: »Und?«, und nahm hastig einen Schluck Wasser, das mir freundlicherweise schon hingestellt worden war.

Der Arzt sagte kein Wort, lief um seinen Schreibtisch herum und setzte sich.

»Wann sagten Sie, fing die Übelkeit bei Ihnen an?«

»Heute Morgen!« Ich wollte keine Antworten geben, sondern eine Antwort auf meine Frage bekommen.

Der Arzt nickte nur verwundert.

»Was ist denn jetzt? Ist da …?« Ich schluckte und traute mich nicht, das Wort auszusprechen.

»Nein, nein«, schüttelte er den Kopf. »Sie haben eine Magenentzündung, allerdings vom Feinsten. Das Gewebe und die Schleimhäute sind alle entzündet. Ihre Speiseröhre ist auch davon betroffen. Es wundert mich sehr, dass Sie jetzt erst zu mir kommen.«

Ich zuckte wieder mit den Schultern. »Es hat wirklich erst heute Morgen angefangen.«

Der Arzt nickte wieder nur und zog seine Schublade auf, um einen Block zu entnehmen. Er kritzelte etwas auf einen Zettel, dann etwas auf einen anderen, und schob mir beide Zettel zu.

»Was ist das?«, fragte ich, obwohl mir hätte klar sein müssen, dass ich ohne Behandlung mit der Entzündung nicht weit gekommen wäre.

»Das eine ist ein entzündungshemmendes Mittel, das andere Ihre Krankmeldung.«

Ich schüttelte den Kopf. »Das brauche ich nicht, so schlimm ist es nicht.«

Der Arzt biss sich auf die Lippe und musterte mich.

»Ich sage es Ihnen ungern, aber die Übelkeit, die Sie heute verspüren, wird sicherlich noch stärker werden. Und es wird auch nicht das letzte Mal gewesen sein, dass Sie Blut erbrechen müssen. Eine Magenentzündung, die nicht auskuriert wird, hat schlimme Folgen. Dazu gehören auch Geschwüre. Hören Sie bitte auf meinen Rat, und lassen Sie das Arbeiten. Am besten auch zu Hause. Machen Sie nichts, was Ihnen Stress bereitet!«

Ich seufzte laut. »Wie lange?«

»Mindestens drei Wochen«, schoss es aus seinem Mund.

Mein Kopf nickte wie von ganz allein. »Und woher kommt das?«

»Die Entzündung?«

»Ja, die Entzündung!«

»Das kann viele Auslöser haben. Aber das finden wir erst heraus, falls es nicht besser wird und wir weitere Untersuchungen machen müssen. Eine Ursache könnte allerdings der Stress sein, den Sie haben. Kurze und falsche Mahlzeiten, hastiges Essen, Alkohol und Kaffee. Wut und Stress. All das kann eine solche Entzündung verursachen.«

Wieder runzelte der Mann die Stirn und blickte mich musternd an.

»Aber bei der Entzündung, die Sie haben, muss das schon seit Jahren so gehen!«

Ich rieb mir übers Gesicht und schüttelte ungläubig den Kopf. Was würde Perry wohl jetzt denken?

»Okay! Ich gehe dann mal zurück und spreche mit meinem Chef.«

Der Arzt stand nickend auf und reichte mir die Hand. »Gute Besserung! Ich hoffe, Sie in vier Wochen wiederzusehen.«

*P*erry ließ sofort alles stehen und liegen, als ich in sein Büro kam.

»Ich ... ähm!«, begann ich.

»Ich weiß schon Bescheid, Violet!«

»Was? Er hat dich angerufen?«

Perry nickte.

»Aber, das darf der doch gar nicht!«, rief ich empört.

Perry kam auf mich zu und legte seine großen, dicken Hände auf meine Schulter.

»Nein, das darf er nicht, aber er befürchtete, dass du seine Empfehlung nicht ernst nimmst, und hat mich deswegen angerufen.«

Ich lächelte etwas, denn genau an die Empfehlung wollte ich mich nicht halten.

»Wir sehen uns in drei Wochen«, flüsterte Perry und lächelte mich an.

»Aber ...« Ich plumpste in seinen Sessel und stützte meinen Kopf mit den Armen ab.

»Wie soll das denn gehen, Perry?«, fragte ich ihn und hoffte, er würde darauf keine Antwort finden.

»Wir haben die großen Aufträge hinter uns, Violet. Mary und ich werden das Kind schon schaukeln, und im Notfall lasse ich einen externen Prüfer kommen.«

Mary war meine Sekretärin, und tatsächlich kannte sie sich mittlerweile schon recht gut aus. »Meinst du wirklich, dass das geht?«

Perry lachte. »Meine liebe Violet, du bist nicht zu ersetzen, aber zumindest eine Zeit lang werden wir es versuchen.«

Er stand auf und klopfte sich auf seinen Bauch. »Traust du mir das etwa nicht zu?«

Ich schmunzelte und nickte schließlich, doch dieses Mal war die Zustimmung erkennbar. »Peter und Justin werden sich sicherlich freuen, wenn du mehr Zeit mit ihnen verbringst, und es war auch schon lange nötig, dass du mal wieder öfter zu Hause bist!«

Ich lief zu Perry und umarmte ihn fest. Ich war einfach dankbar, ihn als Chef zu haben.

»Ich melde mich gelegentlich bei dir und berichte, wie es mir geht.«

»Ich werde dich kaum davon abhalten können.«

Wieder lächelte ich.

»Ich geh noch zu Mary und …«

»Nein, du gehst jetzt nach Hause. Lass mich das machen!«, widersprach er mir.

Ich nickte nur still. Er hatte recht, ich sollte nach Hause gehen und mich ausruhen.

Außerdem musste ich noch die Tabletten holen, die mir der Arzt verschrieben hatte. »Okay«, antwortete ich ihm und hängte mir meine Tasche über die Schulter.

Perry stand auf und öffnete mir die Tür. »Ruh dich aus. Wir schaffen das schon. Es ist wichtig, dass du wieder fit wirst! Wir brauchen dich hier!«

Immer noch fassungslos lief ich zur Tiefgarage und stieg in mein Auto. Erst am Morgen hatte ich darüber nachgedacht, dass ich wirklich etwas zu viel gearbeitet hatte, aber musste das denn jetzt sein? Gleich drei Wochen zu Hause?

Ich fuhr in die Apotheke, ein Ort, an dem ich die letzten Jahre kaum gewesen war.

Wenn Justin etwas fehlte, hatte Peter sich stets darum gekümmert. Ich hatte eine Apotheke oder eine Arztpraxis nur selten zu Gesicht bekommen.

*P*eter war gerade mit Justin im Garten auf dem Trampolin springen, als er mich durch die Glastür auf die Veranda kommen sah.

»Hey, Mommy!«, rief er laut und sprang weiter mit Justin an den Händen in die Höhe.

An meinem Lächeln erkannte er, dass etwas nicht in Ordnung war, und so hörte er augenblicklich mit dem Springen auf und setzte sich neben mich auf die Bank.

Justin hüpfte weiter und winkte mir freudig zu. Ich schickte ihm einen Kuss und winkte ebenfalls.

»Was ist los?«, fragte er und legte seine Hand auf mein Bein.

Ich ließ meinen Kopf auf seine Schulter fallen und lehnte mich an ihn.

»Ich war beim Arzt, Peter. Ich habe eine Magenentzündung!«

»Ist es schlimm?«, fragte er.

»Ich habe vorhin Blut gebrochen!«

Er schob mich von sich weg und blickte mir in die Augen.

»Du hast Blut gebrochen?«

Ich nickte nur.

»Was hat der Arzt gemacht? Was hat er gesagt?«

Ich berichtete ihm von meinem Untersuchungstermin und versuchte, ihn und mich selbst zu beruhigen.

Peter hörte mir aufmerksam zu.

»Das ist sehr anständig von Perry«, sagte er schließlich, als ich fertig war. »Ich finde das ist eine gute Idee, du solltest dich erholen!«

Kein Wort davon, wie sehr er sich selbst freute, dass ich zu Hause bleiben konnte. Es ging ihm immer nur darum, dass es mir gut ging.

»Mommy, komm!«, rief Justin vom Trampolin und winkte.Ich stand auf und lief ans Sicherheitsnetz. »Oh, ich kann nicht, mein Schatz. Mir ist heute ein bisschen übel, und springen wäre sicherlich keine gute Idee!«

»Okay!«

»Aber gib mir einen Kuss!«, flüsterte ich und spitzte meine Lippen durch das Netz.

»Möchtest du, dass ich mit dir reinkomme und dir einen Tee mache?«, fragte Peter hinter mir.

Ich wandte mich von Justin ab und schüttelte den Kopf.

»Springt ihr mal schön weiter! Ich werde mir vielleicht ein heißes Bad gönnen und mal wieder ein Buch lesen.«

Ich lag zwei Stunden im Bad, immer wieder ließ ich neues heißes Wasser in die Wanne laufen. Zwar wollte ich lesen, doch am Ende tat ich es nicht. Ich dachte über mein Leben nach, vor allem über meine jetzige Lebenssituation.

Ich hatte wirklich sehr viel gearbeitet, und ich fragte mich, ob ich vor irgendetwas davonlaufen wollte.

Es ging uns finanziell sehr gut. Peter war Freiberufler und arbeitete oft von zu Hause aus. Er war professioneller Texter und schrieb für Firmen Werbetexte und sogar Drehbücher für Kurzfilme. Sein Verdienst allein reichte schon aus, um uns zu versorgen. Dennoch war es immer mein Wunsch gewesen, nach der Geburt von Justin bald wieder arbeiten zu gehen. Doch zu welchem Preis? Mein Sohn hatte zu seinem Vater eine viel engere Bindung als zu mir, und vielleicht war ich nicht oft genug für ihn da gewesen. Eigentlich wollte ich immer verhindern, dass mein Kind so einsam aufwächst wie ich selbst in meiner Jugend.

All die Gedanken führten zu nichts. Ich stieg langsam aus der Wanne heraus und hüllte mich in ein kuschelweiches Handtuch. Es war sicherlich alles in Ordnung mit mir, ich war einfach nur ein wenig überarbeitet. Kritisch blickte ich in den Spiegel und betrachtete die Frau, die ich darin sah.

Ich beschloss fest, mir den Tag nicht von meinem Magen verderben zu lassen – und von meinen Gedanken sowieso nicht.

Ich schlüpfte schnell in meinen Hausanzug und bemerkte, wie lange ich ihn schon nicht mehr angehabt hatte. Dann ging ich nach unten zu Peter und Justin auf die Couch.

»Was haltet ihr davon, wenn wir ein Wochenende zu Oma und Opa fahren?«, plauderte ich einfach los und wartete auf Justins Gesichtsausdruck, der seine Großeltern über alles liebte.

Justin riss lächelnd die Augen auf und blickte seinen Vater an. Peter schaute mich an und sagte nur: »Hatte der Arzt nicht gesagt, du sollst jede Art von Stress vermeiden?«

Ich winkte ab. »Ach, deine Eltern sind doch kein Stress, Schatz. Ganz im Gegenteil, es ist immer sehr erholsam dort!«

»Na, dann!«

Justin lachte über das ganze Gesicht. Mir wurde warm ums Herz, als ich mein Kind so glücklich sah.

Ja, es war doch ganz gut, mal eine kleine Auszeit zu haben. Es wurde höchste Zeit, dass ich wieder in Ruhe Zeit mit meiner Familie verbringen konnte.

»Und für den Magen ist schon gesorgt«, dachte ich mir und nahm die zweite Tablette für den Tag ein.

Peter und ich hatten eigentlich vor, den Abend zu zweit zu verbringen. Wir hatten uns einen schönen Film ausgeliehen, doch ich konnte immer nur wenige Minuten den Film gucken, dann musste ich wieder auf die Toilette rennen. Im 15-Minutentakt meldete sich mein Magen bei mir und signalisierte mir, dass er sich entleeren wollte. Es war einfach schrecklich, jedes Mal in die Toilette zu blicken und den schaumigen, roten Inhalt zu sehen. Hätte der Arzt nicht in meinen Magen geschaut, wäre ich davon überzeugt gewesen, Krebs zu haben.

Wer denkt bei einem blutigen Auswurf auch lediglich an eine Entzündung?

Nach der Hälfte des Films gab ich auf und beschloss, ins Bett zu gehen. Der Tag sollte einfach so schnell wie möglich enden. »Morgen ist es sicherlich besser«, flüsterte ich meinem Mann noch ins Ohr und gab ihm einen Kuss auf die Wange. Er blieb wieder einmal allein zurück und musste den Abend mit sich verbringen.

Die Entzündung hatte mich so erschreckt, dass ich selbst nachts nicht von ihr loskam. Ich träumte davon, wie ich vor der Toilettenschüssel in meinem Bad saß und mich pausenlos übergeben musste. Die Farben, die aus meinem Magen kamen, verwandelten sich, doch es war immer eine dunkle Farbe, die meinen Magen verließ. Der Traum fühlte sich so echt an, dass ich immer wieder kurz erschöpft aufwachte, um mich für einen Moment zu erholen. Dann fiel ich sofort wieder in den Schlaf und übergab mich weiter in meinem Traum.

Als ich mich bestimmt schon das zwanzigste Mal im Traum übergeben hatte, schien es, als würde mein Magen selbst meinen Körper verlassen wollen. Ich spürte in meinem Mund etwas Festes, so, als ob ich ein Stück Sehne im Mund hätte. Es war schrecklich. Ich setzte gerade wieder an, mich zu erbrechen, als ich plötzlich eine Stimme hörte: »Komm her!«

Verwirrt blickte ich mich um, und irgendwie schien ich im Traum aus dem Bild im Badezimmer in ein anderes Bild zu laufen, das sich zeitgleich links neben mir abspielte. Ich war nicht wirklich in dem Traum zu sehen, aber es schien, als ob ich wie ein Vogel über eine Naturlandschaft fliegen würde. Ein riesiges Areal befand sich unter mir, und ich sah Felsen und Wasserfälle, Tiere, vor allem Vögel, und den dichtesten Wald, den ich bisher gesehen hatte. Ein endloser Wald. Dann schien ich tiefer über einen sandigen Weg zu fliegen, bis ich vor einem weiß angestrichenen Metalltor landete. Ich blickte umher und traute mich nicht, das Tor zu passieren, obwohl dieses Tor offensichtlich der Grund meines Fluges gewesen war. Ganz vorsichtig setzte ich einen Fuß nach vorn. Ich blickte nach unten, doch da waren überhaupt keine Füße zu sehen. Wieder hörte ich die Stimme, aber dieses Mal war sie viel lauter als vorher. Die Stimme schien direkt von dem Bereich hinter dem Tor zu kommen. Dann wachte ich auf.

Ich brauchte einen Moment, bis ich verstand, dass ich in meinem Bett lag und an die Decke starrte. Hektisch presste ich Luft in meine Lungen. Ich schien wirklich gestresst zu sein, wenn ich so etwas träumte. Peter wurde ebenfalls wach und fragte, ob er mir helfen könne.

»Nein, nein«, antwortete ich ihm. »Ich habe nur …« Ich wollte »schlecht« sagen, aber die zweite Traumsequenz hatte eigentlich etwas Schönes und Freies, »merkwürdig geträumt«, fügte ich dem Satz hinzu, kuschelte mich wieder in mein Bett und schlief ein.

Kaum hatte ich meine Augen geschlossen, da stand ich auch schon wieder vor dem Tor. Ich wagte erneut einen Blick auf meine Füße, doch obwohl ich es war, die vor diesem alten Tor stand, sah ich keine Füße. Ich spürte im Traum, dass jemand hinter mir war, und bevor ich mich umdrehen konnte, fühlte ich eine große warme Hand auf meiner Schulter. »Komm zu uns, er braucht dich, und du brauchst ihn!«, sagte ein Mann.

Ich blickte mich um, aber der Mann war wieder verschwunden. Der Klang seiner tiefen ruhigen Stimme war noch immer in meinem Ohr, doch ich stand völlig allein vor dem Tor. Wieder setzte ich einen Fuß vor den anderen und lief auf das Tor zu, doch auch dieses Mal wurde ich aus dem Traum herausgerissen und fand mich in meinem Bett wieder.

Die Sonne schien durch die rosafarbenen Gardinen, und der Wecker verriet mir, dass es schon spät am Morgen war.

Neben mir lag eine zerwühlte Decke, doch von meinen beiden Männern war nichts mehr zu sehen.

Ich stieg aus dem Bett und lief barfuß die Treppen nach unten. Ein Geruch von Kaffee und frisch gebackenen Brötchen stieg mir in die Nase.

»Mama, Mama«, rief Justin und kam mir entgegengerannt. »Schau mal, was Papa mir gekauft hat!«, freute er sich und streckte mir seine Hand mit einem großen Plastikflugzeug darin entgegen. »Huiiiii«, rief er und bewegte das Flugzeug elegant durch die Lüfte.

»Das ist aber lieb von ihm«, lächelte ich und beobachtete, wie er wieder in der Küche verschwand.

»Dir habe ich auch was mitgebracht!«, sagte Peter zu mir und gab mir einen Kuss.

»Was denn?«, fragte ich neugierig und grinste leicht.

»Deine Lieblingsblumen«, antwortete er und streckte den Blumenstrauß nach vorn, den er die ganze Zeit hinter seinem Rücken versteckt hatte.

Es waren meine Namensblumen: Veilchen.

»Schön, dass du noch mal eingeschlafen bist heute Morgen.«

Ich nickte und griff bettelnd nach seiner Kaffeetasse, die auf dem Tisch stand.

Peter schüttelte den Kopf. »Ich glaube kaum, dass Kaffee deinem Magen guttut!«, sagte er ernst.

»Ach, komm«, bettelte ich weiter. »Ich trinke dafür heute eine Kanne Kamillentee. Auf meinen Morgenkaffee kann ich nicht verzichten!«

Peter gab auf. Er konnte mir nie einen Wunsch abschlagen.

»Ich mache dir einen Neuen, dieser hier ist doch schon kalt«, sagte er und ging zur Kaffeemaschine.

Ich musste leider allein frühstücken. Mein Mann brachte Justin in die Schule. Er hatte an jenem Tag seinen ersten Schulausflug und war so aufgeregt. Es war mir eine solche Freude, diese Aufregung mit ihm teilen zu dürfen. Eigentlich wollte ich Justin in die Schule bringen, aber Peter bat mich, damit noch ein paar Tage zu warten und erst einmal in Ruhe zu frühstücken. Also saß ich allein in unserem Haus und musste mich irgendwie beschäftigen.

Es fühlte sich für mich fremd an, an diesem Morgen nicht ins Büro zu hetzen, sondern ganz ohne etwas tun zu müssen, zu Hause auf der Couch zu liegen.

Ich machte mir Musik an und legte mich entspannt in die Kissen. Peter hatte natürlich recht, Kaffee war ganz sicher nicht das, was mein Magen jetzt wollte, und so meldete er sich auch sofort, als ich einen großen Schluck nahm. Es brannte fürchterlich, und wieder stieg dieser säuerliche Geschmack in meinen Mund.

Doch was mich im Moment mehr beschäftigte als die Säure in meinem Hals und das Brennen in meinem Magen, war der Traum, den ich gehabt hatte.

So etwas hatte ich noch nie erlebt. Ich träumte oft, und ich träumte auch viel, aber dieser Traum hatte sich angefühlt, als ob ich wach gewesen wäre und alles genau miterlebt hätte.

Ich hatte nicht einfach nur geträumt, nein, ich war mir dessen ganz bewusst gewesen. Ich hatte jeden Hauch des Windes auf meiner Haut gespürt, ich hatte den Geruch des Waldes so deutlich in meiner Nase wahrgenommen und die Euphorie, in der Luft zu fliegen, bis in jede Zelle meines Körpers gespürt. Ich hatte wie unter Strom gestanden, doch es war kein Strom gewesen, der mir schaden konnte. Es war mehr eine Art lebendiges, frisches Kribbeln in mir gewesen. Es hatte sich alles so leicht und frei angefühlt. Interessant fand ich zudem, dass ich mich gar nicht hatte sehen können. Es war mir einfach nicht gelungen, meine Füße oder meine Hände anzuschauen.

Normalerweise konnte man während eines Traumes auch nicht einfach beschließen, sich seine Füße anzuschauen. Doch in diesem Traum war das möglich gewesen. Es war nicht einfach ein Traum, dem ich zuschaute, sondern ich war irgendwie ein bewusster Teil des Traumes gewesen.

Auf einmal lachte ich laut los, denn ich ahnte, was das war: die Tabletten. Sie ließen mich all das träumen. Sie verwirrten wohl meinen Kopf und ließen die »Schaltstellen« durchschmoren.

Ich nahm die Fernbedienung und machte die Musik lauter. Das war doch eine tolle Nebenwirkung. Vielleicht wirkten die Inhaltsstoffe irgendwie halluzinogen.

Ich nahm mir ein Brötchen und biss vorsichtig hinein. So, wie es mir der Arzt befohlen hatte, kaute ich jeden Bissen wesentlich öfter, als ich es normalerweise tat.

Es war für mich sehr verwunderlich, dass diese Entzündung sich jetzt erst zeigte und vor allem, mit welcher Intensität. Es war ja nicht so, dass sich diese Magenprobleme aufgebaut oder sich in irgendeiner Form angekündigt hätten. Nein, es hatte einfach »rums« gemacht, und die Probleme waren plötzlich da gewesen. Der Arzt hatte sich schließlich auch nicht erklären können, wieso es erst jetzt zu Beschwerden gekommen war.

Vielleicht hatte mich mein Magen erst noch den Deal mit der japanischen Firma vollenden lassen, bevor er mir verdeutlichte, dass er ein Problem hatte. Meine Organe schienen mir doch sehr positiv gestimmt.

Auf der Küchenanrichte lagen meine Tabletten, und so stand ich auf, um mir eine zu holen. Ich sollte sie schließlich zum Essen einnehmen, und daran wollte ich mich halten.

Als ich mit dem Frühstücken fertig war, blickte ich umher und überlegte, was ich nun tun könnte. Doch Peter hatte wie immer alles bereits erledigt. Es gab weder etwas sauber zu machen noch wegzuräumen. Ich fragte mich, wie er das bloß immer machte.

Ich würde ihn wohl bitten müssen, einmal für eine Zeit damit aufzuhören, ständig Ordnung zu machen. Wie sonst sollte ich diese drei Wochen überstehen?

Ich war einfach nicht dafür geschaffen, nichts zu tun.

Peter kam genau im richtigen Moment nach Hause, denn ich war gerade im Begriff, mich zu langweilen.

Wir gingen schließlich zusammen einkaufen, natürlich nicht, ohne dass Peter protestierte. Doch ebenso wie beim Kaffee flehte ich ihn auch jetzt wieder an. Was sollte ich denn sonst allein tun? Ich musste mich irgendwie beschäftigen! Außerdem gab es in dem Supermarkt ja auch Kundentoiletten, für den Fall der Fälle.

Einkaufen, das war ebenfalls etwas, worum sich in den letzten Jahren Peter gekümmert hatte. Ich war zwar immer mal wieder kurz im Supermarkt gewesen, um schnell irgendwelche Kleinigkeiten zu besorgen, aber ich hatte trotz der Tatsache, dass ich eine Frau war, keine Ahnung, was in unserem Kühlschrank und in den Vorratsschränken fehlte.

Während ich gerade damit beschäftigt war, eine Brotsorte auszusuchen, geschah das Unvermeidliche: Mein

Magen wollte sich wieder entleeren – und fast wäre es zu spät gewesen, die Kundentoilette zu erreichen.

Dieses Problem frustrierte mich zunehmend, vor allem, als mir später am Nachmittag kalt wurde und ich leichtes Fieber bekam.

Notgedrungen legte ich mich mit einer Wärmflasche ins Bett und stellte mir eine Kanne Tee auf den Nachttisch. Ich aß auch nichts mehr, denn alles, was in meinem Magen landete, würde ja doch nicht lange dort bleiben.

Ich konnte nur hoffen, dass die Tabletten bald wirkten und die Entzündung schnell beheben würden. Es war furchtbar langweilig für mich, einfach nur im Bett zu liegen. Ich wusste einfach nicht, wie ich die Zeit verbringen sollte.

Am Abend hörte ich Justin und Peter unten herumtoben. Die beiden lachten, und ich schämte mich dafür, dass ich nicht bei ihnen sein konnte.

War diese Entzündung eine Bestrafung für die viele Zeit, die ich ohne meine Familie verbracht hatte? War es ein Resultat der vielen Arbeit?

Je später es wurde, desto stärker wurde mein Fieber, und ich fühlte mich zunehmend schwächer. Mittlerweile musste ich im Stundentakt aus meinem Bett raus, um ins Bad zu rennen. Ich war so weit, dass ich mit dem Gedanken spielte, mir einen Eimer ans Bett zu stellen, damit ich diesen Weg nicht mehr auf mich nehmen musste. Die Vorstellung widerte mich zwar an, aber ich hatte keine Lust mehr, jedes Mal aufzustehen.

Es war so warm unter der Decke, die Hitze staute sich und ließ mich zumindest zeitweise vergessen, wie kalt mir war. Jedes Mal, wenn ich aus dem Bett stieg, klapperten mir die Zähne.

Um 19 Uhr brachte mir Peter eine neue Kanne Tee und ein Brot nach oben, doch ich schüttelte nur den Kopf. Ich wollte nichts essen. Je weniger in meinem Magen war, desto besser.

Ich konnte in seinen Augen sehen, wie besorgt er um mich war, und es war meine Aufgabe, ihn zu beruhigen.

Ich schlief an dem Abend recht früh ein. Was sollte ich sonst auch tun? Ich war ans Bett gefesselt, und in einem Bett schläft man nun mal.

Sobald ich eingeschlafen war, befand ich mich wieder in der Luft. Es geschah ganz wie von selbst. Als ich über die Landschaft flog, lachte ich sogar und freute mich über die Wirkung der Tabletten. Von meinem Körper und auch von meinem Magen konnte ich wieder nichts spüren, ich war einfach nur leicht und frei.

Während des Flugs über die Wälder dachte ich daran, zu recherchieren, welcher Inhaltsstoff in der Tablette wohl für diese Halluzinationen verantwortlich sei. Dieses Mittel würde sich bestimmt gut als Droge verkaufen. Manche würden sicherlich vor der Apotheke Schlange stehen, um diesen Trip auch einmal zu erfahren. Eine ganz legale Droge in Form von Entzündungsmitteln!

Ich flog wieder die gleiche Route wie in der Nacht zuvor. Es war so, als ob ich auf unsichtbaren Gleisen unterwegs war und magnetisch in die richtige Richtung gezogen wurde. Ich war fasziniert, wie mein Gehirn diese Echtheit produzieren konnte. Die Bäume und die Landschaft unter mir wirkten so real. Wenn es diesen Ort auf der Welt wirklich irgendwo geben sollte, dann würde ich nicht eine Sekunde warten, dorthin zu reisen. Unter mir lagen sanfte Hügel. Immer wieder ragten Felsenlandschaften aus dem dichten Wald hervor. Von einem etwas höheren Berg stürzte ein Wasserfall tief zur Erde. Von oben sah der Wasserfall zwar sehr klein aus, doch ich war mir sicher, dass er von Nahem gewaltige Ausmaße hatte.

Ich merkte wieder, dass ich langsamer wurde, und ich wusste genau, was jetzt kam: Ich näherte mich dem Gebiet, über dem ich zur Landung ansetzen würde. Doch dieses Mal blickte ich direkt nach unten. Was verbarg sich hinter dem Areal, das ich nicht betreten konnte?

Ich konnte Menschen sehen und einige verstreute Hütten. Manche Hütten waren größer als andere und hatten ein anderes Dach. Es waren keine massiven Hütten, und es gab auch keine Dachziegel. Alles schien aus natürlichen Stoffen gemacht zu sein. Die Hütten bestanden anscheinend aus Lehm, doch so genau konnte ich das nicht erkennen. Die Dächer waren aus Holz und mit Pflanzen bedeckt. Ich entdeckte einen Brunnen, an dem eine Frau gerade Wasser schöpfte. Sie hatte wunderschönes, dunkles, glänzendes Haar, und zu meinem Erstaunen blickte sie mich an. Wie verrückt das alles war, es war einfach unglaublich!

Ich sank tiefer und näherte mich dem sandigen Weg. Ich versuchte, hinter mich zu blicken, um zu erkennen, woher der Weg kam, doch es gelang mir nicht. Ich konnte ein paar Häuser erkennen, die vielleicht zwei Meilen vor dem Areal an einer Straße standen, und da war auch etwas, das eine Tankstelle sein konnte. Doch nur den Bruchteil einer

Sekunde später verschwand dieser Teil des Waldes aus meinem Blickwinkel. Ich setzte zur Landung an. Wie beim letzten Mal wurde ich immer langsamer, und schließlich schwebte ich die letzten Meter einfach zu Boden. Dann landete ich auf meinen Füßen, ganz sanft, so, als ob ich gar nicht in der Luft gewesen wäre.

»Wir warten auf dich!«, ertönte es wieder, doch dieses Mal kam die Stimme noch viel deutlicher aus dem Gebiet hinter dem großen, metallenen Tor. Diese Stimme hatte etwas Beruhigendes, Sanftes. Sie klang einfach wunderschön. Ich versuchte, das Alter der Stimme einzuschätzen, aber es gelang mir nicht. Es war mehr ein Klang oder eine Melodie als eine wirkliche Stimme. Ich lachte, denn mir fiel ein Film ein, den ich mal gesehen hatte. Es war irgendeine Komödie, die nicht besonders gut war, aber in dem Film öffneten sich die Wolken, und ein Lichtstrahl schien auf die Hauptperson. Dann erklang von Trompeten und Musik begleitet die tiefe Stimme Gottes, und jedes seiner Worte hallte imposant nach.

Ja, irgendwie hatte die Stimme aus meinem Traum etwas von der aus dem Film. Wer weiß, vielleicht gehörte sie ja wirklich Gott, und die Landschaft, die vor mir lag, war das Paradies? Nur, was sollte ich dort? Und wieso sollte Gott mich brauchen?

Gerade als ich den Gedanken zu Ende gesponnen hatte, ertönte die Stimme erneut ganz sanft: »Er braucht dich, und du brauchst ihn!«

Schlagartig spürte ich wieder dieses Kribbeln in mir. So, als ob ich es nicht verhindern könnte, überkam mich auf einmal das Bedürfnis zu weinen.

»Mein Vater!«, rief ich auf einmal laut.

Ein Gefühl der Trauer und der Wut mischte sich in mir. Diese Stimme sprach von meinem Vater, ich hatte keinen Zweifel daran. Wie ein Gedankenblitz schoss diese Erkenntnis in mich hinein.

Doch dies sorgte dafür, dass mir die Situation, dieser ganze Traum weit weniger sympathisch wurde. Und mir wurde klar, dass es irgendwie doch kein Traum sein konnte. Wie konnte es sein, dass ich von meinem Vater mit solcher Intensität träumte und mir alles so real vorkam?

»Nein«, rief ich ganz laut. »Nein, nein, nein!«

Mich überkam eine leichte Panik, und plötzlich spürte ich wieder eine Hand an meiner Schulter. Doch dieses Mal war sie nicht sanft, es war nicht ein Hauch einer Hand. Mich überkam noch größere Panik. Die Hand drückte fest und rüttelte an mir. »Was passiert mit mir«, dachte ich und fing an zu schreien.

Im selben Moment wachte ich auf und sah, wie Peter über mich gebeugt war. Er war es, der an mir rüttelte. Erschrocken schnappte ich nach Luft und sah, wie mein Kind mich ängstlich im fahlen Schein der Nachttischlampe anblickte.

»Mama!«, rief Justin ängstlich.

Ich schüttelte den Kopf und schluckte. Mein Hals war trocken. Es gab nicht einen Tropfen Feuchtigkeit in meinem Mund.

Mein Mann gab mir eine Tasse Tee und half mir dabei, mich aufzurichten.

Als ich wieder sprechen konnte, berührte ich Justin am Arm und sagte ihm, dass ich nur einen Albtraum gehabt hatte. Ja, es war ein Albtraum, und ich wollte diesen Traum nie wieder in meinem Leben träumen, egal, was er war und woher er kam.

»Leg dich wieder hin, Schatz«, flüsterte ich leise und rutschte etwas näher zu Justin, um ihn zu beruhigen.

»Ich habe nur schlecht geträumt«, wiederholte ich ständig und streichelte ihm dabei den Kopf. Ich versuchte wahrscheinlich, auch mich zu beruhigen, denn es klang eher nach einer Suggestion als nach etwas, was ich wirklich glaubte.

Nur wenige Minuten später hörte ich wieder das zarte Atmen meines Sohnes: Er war eingeschlafen.

Peter stand immer noch vor dem Bett und beobachtete mich.

»Du kommst jetzt mit runter, Violet!«

Ich blickte ihn verwirrt an und fragte ihn: »Wieso?«

»Es stimmt etwas nicht mit dir, Schatz. Das ist das zweite Mal, dass du einen Albtraum hattest. Du hast wohl keine Vorstellung, wie sehr du uns gerade erschreckt hast. Du hast so laut geschrien, dass es mich nicht wundern würde, wenn gleich die Polizei vor der Tür steht!«

Er lachte nicht, als er das sagte. Er wirkte vollkommen ernst.

Ich nickte nur und stand aus dem Bett auf. Mein Kissen und meine Decke packte ich unter den Arm und nahm sie mit hinunter. Ich wollte meinem Kind nicht noch einmal solch einen Schrecken einjagen. Falls der Traum wiederkommen sollte, dann sollte davon wenigstens niemand etwas mitbekommen.

»Also«, forderte mich Peter auf, als wir uns auf die Couch gesetzt hatten.

Ich erzählte ihm von meinen beiden Träumen, ich erzählte ihm alle Einzelheiten, die immer noch so stark in meinem Kopf präsent waren, als ob ich sie wirklich erlebt hätte.

»War es denn die Stimme deines Vaters?«, fragte Peter, wahrscheinlich ebenfalls etwas ungläubig.

»Ich habe ihn seit 17 Jahren nicht mehr gehört, Peter. Ich weiß nicht, ob seine Stimme so klingt!«

Müde rieb sich Peter die Augen. »Es ist ja auch unwahrscheinlich, du meintest ja, die Stimme hätte gesagt: ›Er braucht dich‹, oder?«

Ich nickte nur stumm. All das war mir einfach zu unheimlich geworden.

»Du glaubst doch nicht, dass der Traum wirklich irgendetwas mit mir und meinem Leben zu tun hat, Peter? Ich habe halluziniert, das ist alles. Das ist bestimmt nur wegen dieser Tabletten!«

Peter lächelte endlich. »Egal, ob da wirklich jemand nach dir gerufen hat oder nicht, zweifelsohne beschäftigt sich dein Unterbewusstsein gerade mit deinem Vater.«

Er lachte wieder leise. Irgendwie schien ihn mein Traum zu amüsieren. Ich allerdings fand das kein bisschen lustig.

»Sei mal ehrlich, Violet. Du hast seit 17 Jahren nicht mit deinem Vater gesprochen und gehst ihm und auch deiner Mutter aus dem Weg. Es ist gut möglich, dass da gerade irgendwas Verdrängtes nach oben kommt, oder nicht?«

»Es gibt nichts, was nach oben kommen könnte«, wies ich den Gedanken entschieden von mir.

»Denk einfach mal darüber nach, okay?«, sagte er und gab mir müde einen Kuss auf die Stirn. »Ich gehe wieder schlafen!«

Ich blieb noch eine ganze Weile wach, bevor ich einschlafen konnte. Zu tief saß noch der Schock in mir. Als ich endlich einschlief, träumte ich weder vom Fliegen noch von meinem Vater. Ich hatte es überstanden, zumindest für diese Nacht.

*D*as Fieber war am nächsten Tag zwar etwas schwächer, doch es war nicht verschwunden, und am Abend kam es mit seiner ganzen Stärke zurück. Ich hatte auch diesen Tag überwiegend im Bett und im Badezimmer verbracht.

Wenn nicht Wochenende gewesen wäre, hätte ich tatsächlich freiwillig den Arzt angerufen.

Als es Zeit wurde, ins Bett zu gehen, hatte ich fast ein bisschen Angst vor dem Einschlafen, und so baute ich mein Nachtlager wieder im Wohnzimmer auf. Ich schaute sogar bis spät in die Nacht hinein fern, was ich sonst selten tat. Ich wollte mein Unterbewusstsein, wenn von dort wirklich mein Traum gekommen war, mit anderen Bildern füttern.

Es nützte allerdings nichts. Sobald meine Augen ge-schlossen waren, war ich wieder in der Luft. Ich weigerte mich und versuchte, irgendwie in der Luft anzuhalten. Doch es gelang mir nicht. Ich war wie fremdgesteuert. Ja, dieser Traum wurde wirklich zu einem Albtraum. Ich konnte einfach nichts machen. Es war, als ob etwas außer-halb von mir die Kontrolle über mich hatte.

Ich war beinahe wütend, als ich wieder über die Land-schaft flog. Das Grundgefühl war Wut, es war nur etwas weniger intensiv für mich.

Dieser Traum war eigentlich etwas Schönes und berei-tete mir ein unbeschreibliches Gefühl: So musste sich ein Vogel fühlen. Doch ich wollte nicht, dass mein Vater in dem Traum auftauchte. Ich wollte nicht von ihm träumen. Ich wollte nicht, dass diese Stimme mir sagte, dass er mich brauchte. Und ich brauchte ihn schon einmal gar nicht. Ich wollte einfach nichts mehr mit ihm zu tun haben. Als ich über die Wälder flog, kam wieder jenes Gefühl der Trauer in mir hoch. Doch dieses Mal war es eine andere Trauer, die ich nur zu gut kannte.

Es war seine Entscheidung gewesen, uns zu verlassen. Er hatte uns einfach im Stich gelassen und war weggegan-gen. Er und meine Mutter hatten oft miteinander gestrit-ten, weil Vater so unglücklich war. Er war Geschäftsführer von einem metallverarbeitenden Betrieb gewesen und hat-te jeden Tag in der Woche gearbeitet. Selbst sonntags war er oft in der Firma gewesen. Mit jedem Jahr mehr war er depressiver und depressiver geworden. Manchmal waren seine Launen so stark gewesen, dass Mutter daran gedacht hatte, ihn in eine Klinik für psychisch Kranke zu stecken.

Tagelang hatte er nur im Bett gelegen und sich betrunken. Ich war so wütend auf ihn gewesen, so wütend, dass er sich derart gehen ließ, so wütend, dass er kein Vater für mich war.

Ich erinnerte mich, wie meine Klassenkameradinnen von Urlauben und Unternehmungen mit ihren Vätern berichteten und ich diejenige war, die nie etwas mit ihrem Vater erleben konnte. Erstens, weil er immer arbeiten war, und zweitens, weil er einfach geistig abwesend war.

Meine Mutter hatte es irgendwann nicht mehr mit ihm ausgehalten und ihm mehrfach gedroht, sich von ihm zu trennen.

Eines Tages war er dann wirklich ausgezogen. Er hatte irgendwo hingewollt, um seine Bestimmung zu erfüllen. Er hatte von depressiv und ohnmächtig auf euphorisch und bestimmend gewechselt.

In meinem Traum fühlte es sich so an, als ob eine Träne über meine Wange liefe, doch vielleicht war es nur eine Erinnerung an die vielen Tränen, die ich seinetwegen vergossen hatte. Er hatte eines Tages im Garten vor mir gekniet und mich um Verzeihung gebeten. Er müsse gehen und mich zurücklassen. Doch er würde immer mit mir in Kontakt stehen und wieder zurück zu uns kommen. Er bräuchte nur Zeit.

Ich hatte mich so tot gefühlt, als er das zu mir sagte. Ich hatte einfach nur sterben wollten und nicht begreifen können, wieso er von mir gehen wollte. Ich war 14 Jahre alt gewesen. Ich war jung und unreif gewesen. Ich hatte kein Verständnis für ihn aufbringen können, er hatte mein Leben zerstört. Ich hatte mich entschieden, den Kontakt zu ihm abzubrechen. Es war zwar jede Woche ein Brief von ihm gekommen – der letzte, den ich geöffnet hatte, kam aus Südamerika –, doch ab dann öffnete ich seine Briefe nicht mehr und ging auch nicht ans Telefon, wenn er anrief. Er war für mich gestorben, und innerlich war auch ich ein Stück gestorben.

Ich setzte wieder zur Landung an und sah das Tor vor mir. Ich versuchte, meine Augen zu schließen, doch obwohl ich den Impuls in mir spürte, gab es keine Augen, die sich hätten schließen können. Es blieb mir nichts anderes übrig, als auf das Tor zu starren, das, wie mir jetzt auffiel, dringend einen Farbanstrich brauchte.

»Ich will diesen Traum nicht mehr träumen«, sagte ich zu meinem eigenen Erstaunen. »Ich möchte mit meinem Vater nichts zu tun haben, nie wieder in meinem ganzen Leben!« Meine Stimme zitterte, als ich das sagte. »Bitte, lass mich in Ruhe!«, flüsterte ich noch hinterher.

»Wenn dies dein Wunsch ist, dann soll es so sein«, ertönte es plötzlich hinter mir, und augenblicklich wachte ich auf.

Ich lag auf der Wohnzimmercouch. Justin und Peter saßen bereits am Esstisch in der Küche. Ich stand sofort auf und ging ins Badezimmer – noch viel zu verwirrt, um etwas zu ihnen zu sagen. Es war allerdings nicht die Übelkeit, die mich das Badezimmer aufsuchen ließ, sondern die Trauer, die sich in mir zeigte.

Ich schloss leise die Tür ab und setzte mich auf den Toilettendeckel. Jetzt liefen mir die Tränen wirklich übers Gesicht. Ich spürte jeden Millimeter der Haut, die sie hinunterliefen.

Wie ein Schlag traf mich für einen kurzen Moment eine ungeheure Traurigkeit, und die Szenen, als mein Vater uns verlassen hatte, drängten sich in meine Gedanken. Ich versuchte, mich zu wehren, ich stand auf, nahm einen tiefen Atemzug und blickte in den Spiegel. »Es ist alles okay!«, rief ich mir ermutigend im Spiegel zu.

Leider half es wenig. Die Tränen hatten sich verselbstständigt und die Trauer in mir ebenfalls. Sie hörten überhaupt nicht auf mich, ich konnte es einfach nicht kontrollieren. Der Traum war so real, es war alles so unglaublich real. Es war so, als ob ich diesen Traum wirklich erlebt hatte.

Ich blickte in den Spiegel. »Wieso?«, fragte ich mich, während ich selbst in meine verweinten Augen blickte. Es war nicht das »Wieso kann ich nicht aufhören«, es war eher das »Wieso hast du das getan, Papa?«

Obwohl mein wunderbarer Mann und mein kleiner Engel Justin nur wenige Meter von mir entfernt waren, fühlte ich mich auf einmal furchtbar einsam.

Ich war mit meinem Schmerz allein, und mir wurde klar, dass ich dies die ganze Zeit gewesen war. Meine Mutter hatte damals nicht wirklich getrauert, als Vater uns verlassen hatte. Sie war zu stolz gewesen und hatte es bevorzugt, einfach nur wütend zu sein. Jeden Tag hatte sie mir gesagt, dass wir ihn nicht brauchten und auch ohne ihn klarkommen würden. Sogar besser als sonst. Ihr hatte die Wut vielleicht geholfen, die Verletzung zu überwinden, doch ich war damals nicht wütend gewesen. Die Wut war erst später gekommen, viele Jahre nachdem ich begriffen hatte, dass er wirklich weggegangen war.

Es klopfte sachte an der Tür, und ich hörte Peter leise, aber besorgt fragen: »Ist alles okay, Schatz?«

Ich nickte, und als Peter noch mal klopfte, merkte ich, dass er mich ja gar nicht sehen konnte, und rief: »Ich komm gleich, alles okay!«

»Soll ich dir Frühstück machen?«

»Ja!«, war meine kurze Antwort.

Dann wurde es wieder ruhig, und ich hörte, wie Peter den Geschirrschrank öffnete.

Meine Tränen hatten aufgehört, ich stand wieder auf und schaute in den Spiegel.

Mit dem Handtuch rieb ich mir die Tränen aus dem Gesicht, dann bürstete ich meine Haare. Bloß keine Tränen zeigen.

Ich ging aus dem Badezimmer hinaus in die Küche und nahm Justin in meine Arme, um ihm einen guten Morgen zu wünschen. Er fragte mich, ob es mir besser gehe und tatsächlich: Das Gefühl im Magen hatte sich etwas verändert. An diesem Morgen war die Übelkeit nicht mehr so stark, und auch das Brennen hatte etwas nachgelassen.

Ich brauchte den Arzt vielleicht doch nicht mehr anzurufen.

Als Justin anfing zu spielen, setzte sich Peter neben mich an den Tisch. Er hatte die ganz Zeit geschwiegen, doch ich wusste genau, dass er mich auf meine Heulerei im Bad ansprechen würde. Und das tat er dann auch.

Ich erzählte ihm, dass der Traum sich diese Nacht wiederholt hatte und dass Szenen aus meiner Vergangenheit, die ich lange Zeit verdrängt hatte, auf einmal wieder aufgetaucht waren.

»Hast du deswegen geweint?«, fragte er mich.

Ich nickte nur. Irgendwie schämte ich mich dafür. Ich war eine erwachsene Frau, ich war Ehefrau und Mutter. Das mit meinem Vater war schon eine Ewigkeit her, und die Zeit hätte eigentlich schon längst die Wunden in mir heilen müssen. Ich fand es nicht okay, so emotional zu reagieren. Das war alles Schnee von gestern, und ich wollte nichts damit zu tun haben. Weder im Traum noch morgens im Badezimmer. Keine Träne wollte ich vergießen.

»Fändest du es nicht an der Zeit, dass du deinen Vater mal anrufst?«, erkundigte sich Peter auf einmal, so, als ob es völlig normal wäre.

Ich wurde richtig wütend, dass er mich das fragte. Er wusste doch, dass mein Vater uns verlassen hatte! Wie konnte er also so etwas von mir verlangen?

»Spinnst du?«, antwortete ich scharf. Schützend hob er seine Hände nach oben.

»Violet, es scheint dich doch mehr zu belasten, als du denkst. Was spricht denn dagegen, ihn einmal anzurufen? Hast du ihm eigentlich mal gesagt, wie schwer dir das damals gefallen ist?«

»Stopp, Peter! Ich will davon nichts hören!«

»Okay«, sagte er nur und stand auf, um die Sachen vom Tisch zu räumen.

Ich wartete, bis er wieder am Tisch vorbeilief, und berührte ihn am Arm.

»Es tut mir leid, Peter. Aber ich denke, du bewertest das alles viel zu hoch. Das liegt sicherlich an den Tabletten. Sie machen mich vermutlich weinerlich und nachdenklich.« Ich zuckte mit den Schultern. So richtig glauben konnte ich das, was ich gerade gesagt hatte, selbst nicht. »Vielleicht aktivieren die Tabletten irgendwie den Bereich im Gehirn, der für Gefühle zuständig ist, und deswegen kommt der ganze alte Quatsch gerade hoch!« Ich lächelte ein bisschen, denn die Möglichkeit bestand tatsächlich, dass es so war. Peter schnaufte nur und schüttelte den Kopf. »Violet, ich kann nicht glauben, was du da von dir gibst! Wie kannst du ernsthaft glauben, dass die Tabletten so etwas machen?«

»Wieso nicht? Das ist doch möglich!«

»Du nimmst Magentabletten und keine Psychopharmaka!«

»Ach, was weiß ich!«

Peter setzte sich zu Justin auf den Teppich und spielte mit ihm und seinen Figuren.

Obwohl ich den beiden zuschaute, fühlte es sich an, als schaute ich durch sie hindurch. In meinem Kopf ratterte es. Ich sträubte mich so sehr dagegen, mit meinem Vater zu sprechen. Doch wenn ich mir vorstellte, dass Justin eines Tages keinen Kontakt zu mir haben wollen würde, spürte ich ein Stechen in meinem Herzen.

Aber im Gegensatz zu meinem Vater würde ich Justin niemals im Stich lassen.

Ich stand auf und setzte mich auf die Couch. Das Thema war für mich gegessen, zumindest für diesen einen Tag.

Am Nachmittag ging ich mit Justin allein in den Zoo, damit Peter etwas Ruhe hatte, um zu schreiben. Einen Vorteil hatte meine Krankschreibung, denn es war schon lange Zeit her, dass ich mit Justin etwas allein unternommen hatte. Wir liefen Hand in Hand, und immer wieder zerrte er mich begeistert zum nächsten Tier, das er mir zeigen wollte. Peter war öfter mit Justin in den Zoo gegangen. Für mich hingegen war es das erste Mal. Ich sah, wie glücklich Justin war, dass ich mit ihm gemeinsam etwas unternahm.

Sogar mein Magen verschonte mich an diesem Tag. Und bis auf ein wenig Schwäche, die ich noch verspürte, ging es mir körperlich gut. Mein Fieber war ebenfalls verschwunden. Nur wenn ich etwas aß, spürte ich wieder die Übelkeit, aber sie zeigte sich nicht ständig, wie ein paar Tage zuvor.

Was mich allerdings nicht in Ruhe ließ, waren meine eigenen Gedanken. Immer wieder dachte ich an meinen Vater, und ich fragte mich, ob diese Wut auf ihn eigentlich noch gerechtfertigt war. Ich schwankte zwischen der Wut auf ihn und dem Gedanken, wirklich Frieden mit der Situation zu schließen und ihn anzurufen.

Doch selbst wenn ich das wollte, so wusste ich seit Jahren nicht, wo er lebte und was er machte.

Ich wusste nicht einmal, ob er überhaupt noch am Leben war. Ich hatte 17 Jahre nichts von ihm gehört, und ich wollte auch nichts von ihm hören.

Wenn es nicht zu diesen merkwürdigen Träumen gekommen wäre, hätte ich keinen Gedanken an ihn verschwendet. Keinen einzigen Gedanken und keine Träne hatte er verdient. Dennoch: Ein Teil in mir wollte Kontakt mit ihm haben. Ein Teil wollte wissen, ob alles okay mit ihm war. Es war ein kleiner Teil, aber ein hartnäckiger.

Ich verbrachte mit Justin einen wunderschönen Nachmittag. Doch obwohl ich mir größte Mühe gab, war ich dennoch nicht wirklich bei ihm.

Ich sprach abends mit Peter darüber. Ich teilte ihm alle meine Sorgen und Gedanken mit, und er verurteilte mich nicht dafür.

»Wer könnte denn den letzten Aufenthaltsort deines Vaters wissen?«, fragte er mich schließlich.

»Vermutlich meine Mutter.«

»Hm …«, war seine Antwort. Und ich erwiderte: »Richtig, das macht es nicht einfacher.«

Ich hatte auch mit meiner Mutter so gut wie keinen Kontakt. Mit ihr allein zu leben, war alles andere als schön gewesen. Sie hatte sich mit jedem Jahr, das sie ohne Vater lebte, mehr zum Negativen gewandelt. Ich war mit ihr nicht mehr klargekommen, und sie nicht mit mir. Als ich schließlich auf die Uni gegangen war, war ich von zu Hause ausgezogen. Von da an war mein Kontakt mit ihr immer seltener geworden. Sie hatte Peter nur wenige Male und selbst Justin nur einmal gesehen.

»Ich weiß gar nicht, ob sie mit mir sprechen will«, sagte ich kopfschüttelnd zu Peter. Meine Familiensituation war ganz schön dramatisch und kompliziert, wie ich feststellen musste.

Meine Mutter war sehr enttäuscht gewesen, als ich ihr klar gemacht hatte, dass ich keinen Kontakt zu ihr haben wollte. Ich wollte einfach nichts mehr von meiner Familie wissen. Es war sieben Jahre her, dass wir telefoniert hatten, eine lange Zeit.

Ich schaute Peter an und merkte, dass er mir irgendwas sagen wollte, es aber noch zurückhielt. Ich konnte es in seinen Augen sehen und an der Art, wie er die Lippen aufeinanderpresste.

»Was ist?«, forderte ich ihn auf, seinen Mund zu öffnen.

Er schüttelte den Kopf. »Ich … ich habe … Ich hatte gedacht, vielleicht weißt du schon längst, wo er ist!«

Ich runzelte die Stirn und zog meine Augenbrauen hoch. »Woher soll ich das denn wissen …?« Mit einem kritischen Blick schaute ich Peter an, und es war, als wüsste ich, was er dachte.

»Das denkst du doch nicht wirklich, oder?«, fragte ich und stützte meinen Arm auf dem Tisch ab.

Peter zuckte mit den Schultern.

Ich konnte nicht fassen, was ich da hörte. »Wie kannst du glauben, dass der Traum irgendeine Bedeutung hat?«

»Du, Violet, keine Ahnung, aber möglich wäre es doch.«

Ich lachte und holte mir ein Glas Wein. Vielleicht würde mein Magen nicht gleich wieder rebellieren.

»Ja, wer weiß, vielleicht erwecken die Tabletten ja auch meine hellseherischen Fähigkeiten!«, sagte ich frech. Keine Sekunde dachte ich daran, dass der Traum mich tatsächlich zu meinem Vater führen wollte.

»Wir hatten das doch schon«, sagte ich und setzte mich mit dem Glas wieder an den Tisch. »Dieser Traum ist eine Ausgeburt meines Unterbewusstseins. Und ich glaube auch noch immer, dass es an diesen Tabletten liegt, dass ich diese Träume habe.«

Ich triumphierte ein wenig: »Möchtest du, dass ich den Arzt frage, ob ich recht habe?«

Peter schüttelte nur sanft mit dem Kopf.

»Na, also!«, grinste ich.

Für einige Momente schwiegen wir.

»Ich kann meinen Vater nicht einfach anrufen«, flüsterte ich Peter zu. Jetzt fühlte ich mich wie ein kleines Mädchen, das Angst hatte und beschützt werden wollte. »Ich wüsste nicht, was ich sagen sollte.«

»Vielleicht einfach ›Hallo‹?«

»Och, Peter … Ich kann doch nicht nach 17 Jahren einfach ›Hallo‹ sagen!«

»Wieso denn nicht?«, fragte er mich ernst.

Ich seufzte und presste die Luft beim Ausatmen gegen meine Lippen, sodass ich ein pfeifendes Geräusch erzeugte.

»Ich bin müde«, sagte ich und rieb mir die Augen. »Das ist mir einfach alles zu viel. Ich kann nicht, Peter. Ich will mit ihm einfach nichts mehr zu tun haben. In ein paar Tagen ist diese emotionale Phase sicherlich vorbei.«

Ich blickte auf mein leeres Weinglas und dann durch das Fenster nach draußen.

»Ich lege mich schlafen. Ich möchte einfach, dass dieser Tag vorbei ist!«

Peter stand auf und gab mir einen Kuss auf die Stirn. »Ich werde noch ein bisschen arbeiten.«

Peter verschwand in seinem Büro, das direkt neben dem Wohnzimmer lag. Ich blieb noch für ein paar Minuten am Tisch sitzen, gedankenlos und verwirrt. Dann machte ich mich bettfertig und ging schlafen.

Meine entschlossene Bitte hatte gewirkt und die Stimme in meinem Traum ihr Wort gehalten: Ich träumte nicht mehr vom Fliegen. Es hatte, Gott sei Dank, aufgehört. Als ich am Morgen aufstand, empfand ich allerdings etwas Wehmut deswegen. Vielleicht wollte der Traum mich ja wirklich auf etwas aufmerksam machen, egal, ob die Tabletten den Traum verstärkten oder nicht.

Vielleicht ging es meinem Vater nicht gut, und ich ahnte das irgendwie.

Bisher hatte ich das für unmöglich gehalten, aber die Intensität des Traumes rüttelte an meiner Einstellung.

Justin ging wie immer morgens in die Schule, und während Peter einkaufen ging, nutzte ich die Zeit, um nachzudenken.

Wenn ich morgen einen Anruf bekommen und erfahren würde, dass mein Vater gestorben wäre, wie würde ich mich fühlen? Einerseits dachte ich, dass mir das nichts ausmachen würde, doch andererseits gab es einen Teil in mir, der sich schuldig fühlen würde.

Wollte ich es wirklich darauf ankommen lassen, dass er diesen Planeten verließ, ohne mit mir eine Aussprache gehabt zu haben? Sollte ich ihn wirklich gehen lassen, ohne ihm zu sagen, wie sehr ich ihn all die Jahre vermisst hatte? Welche Wut ich auf ihn hatte?

Ich bemerkte wieder, dass eine einzelne Träne meine Wange hinunterlief.

Ja, ich hatte mir all die Jahre eingeredet, auch ohne ihn klarzukommen. Doch jetzt spürte ich, dass ich ihn wirklich vermisst hatte. In so vielen Situationen in meinem Leben. Er hatte weder meinen ersten Freund kennengelernt noch war er bei meiner Abschlussfeier, bei der Hochzeit mit Peter oder bei der Geburt von Justin dabei gewesen. Ich hatte mir nie erlaubt, so zu denken. Ich hatte mir einfach nicht erlaubt, ihn zu vermissen. Doch nun wollte ich wissen, ob es ihm gut ging und ob der Traum eine Bedeutung hatte. Denn wenn es wirklich so war, dann würde ich mich schuldig fühlen, mich nicht bei ihm gemeldet zu haben.

Doch was wäre, wenn alles okay mit ihm war? Wenn ich ihn schon einmal anrufen würde, dann würde das sicherlich nicht das letzte Gespräch sein. War ich dafür bereit?

Womöglich nicht. Vielleicht würde er nach einem Anruf denken, dass nun alles vergessen sei und seine liebe Tochter jetzt wieder mit ihm Kontakt haben wolle.

Während all dieser Gedanken stand ich immer wieder auf und sprach laut zu mir selbst: »Nein, es ist alles okay. Das liegt nur an den Tabletten. Dieser Traum ist nicht real!« Ich versuchte, mich selbst zu beruhigen, aber dieses leise Gefühl in mir, die kleine Sehnsucht, zu erfahren, wie es meinem Vater ging, war dennoch da.

Es verstrichen noch etliche Stunden, in denen ich darüber nachdachte, was ich tun sollte. Schließlich entschied ich mich, mit dem Denken aufzuhören und wirklich zu versuchen, ihn zu erreichen. Ich wusste nicht, was ich sagen sollte. Ich wusste nicht einmal, ob ich ihn erreichen würde. Ich wusste nicht einmal, ob er lebte.

Doch ich wusste jetzt, dass ich noch lange nicht mit ihm abgeschlossen hatte. Und ich wusste, dass ein Teil in mir sich danach sehnte, seine Stimme zu hören.

Peter sagte mir natürlich, ich solle mir nicht so viele Gedanken machen und es einfach tun. Und er hatte recht.

Justin ging am Mittag zu dem Kindergeburtstag seines besten Freundes, und ich nutzte die Gelegenheit, einen Anruf bei meiner Mutter zu tätigen. Ich hatte keine Lust, vor meinem Kind irgendwelche Gefühlsausbrüche zu bekommen, und auch wollte ich nicht, dass Justin sah, wie trocken und kalt ich mit meiner Mutter sprach. Ich wollte nicht kaltherzig zu ihr sein, aber es ging irgendwie einfach nicht anders. Sobald ich nur an sie dachte, nahm ich eine Verteidigungshaltung ein. Es war so, als würde ich eine Mauer hochziehen.

Ich stellte das Telefon auf den Tisch und saß bestimmt eine Stunde davor, ohne es auch nur zu berühren. Meine Mutter war vielleicht die einzige Person, die wusste, wo er war. Aber auch meine Mutter zu hören, nach so vielen Jahren, war etwas, wozu ich nicht wirklich bereit war.

Peter schlich immer wieder um mich herum, doch er sagte nichts. Das musste er auch nicht. Ich konnte spüren, wie er hinter mir lächelte. Zumindest bildete ich mir das ein. Meine Gedanken schweiften immer weiter ab, je länger ich vor dem Telefon saß. Nach einer Weile kam Peter dann doch zu mir und küsste mir den Nacken, was mich natürlich sofort aus meinen Gedanken herausriss.

»Es ist nur ein Anruf, Schatz. Mehr nicht«, flüsterte er mir ins Ohr und verschwand wieder.

Ich nahm einen tiefen Atemzug und kramte mein altes beigefarbenes Ledernotizbuch aus der Schublade. Die Blätter darin waren teilweise schon lose, und kurz kam in mir der Gedanke auf, dass das Blatt, auf dem ich die Nummer meiner Mutter notiert hatte, vielleicht verloren gegangen war.

Leider war dem nicht so. In krakeliger Schrift stand dort »Mutter« und eine Nummer. Selbst die Art, wie ich die Nummer in mein Buch geschrieben hatte, besaß etwas Trockenes und Kühles.

Ich setzte mich wieder hin und entschied mich dafür, mich zusammenzureißen.

Was machte ich mir wegen eines Telefonats so viele Sorgen? Wer wusste, ob meine Mutter überhaupt erreichbar war oder noch in dem Haus lebte, in das sie vor sieben Jahren mit einem anderen Mann gezogen war? Es war genauso möglich, dass ich anrief, und meine Mutter dort nicht mehr wohnte. Es war alles möglich. Wieso also stundenlang darüber nachdenken und den Anruf vor mir herschieben?

Es knackte im Telefon, und im nächsten Augenblick hörte ich es klingeln. Ich hatte gar keine Zeit, noch mal durchzuatmen, da hörte ich meine Mutter am anderen Ende der Leitung: »Ja, bitte!«

Mein Atem stockte für einen Moment. Ich vergaß völlig, ein- und auszuatmen. Ich sagte nichts.

»Hallo?«, forderte mich die Stimme am Telefon auf.

»Ich bin es«, antwortete ich.

Diesmal war es meine Mutter, deren Atem stockte.

»Violet?«

Ich murmelte nur: »Hm«.

»Ich ... ähm ...«, sie sagte wieder nichts, und ich nahm all meinen Mut zusammen, damit dieses Telefonat die nächsten Minuten nicht so verlief wie bisher.

»Ich habe mir überlegt, dass es vielleicht mal wieder Zeit wird, mich bei dir zu melden.«

So ganz stimmte das ja nicht. Aber um meinen Vater zu erreichen, musste ich meine Mutter anrufen, daran führte kein Weg vorbei.

Ich hörte, wie die Geräusche etwas dumpf wurden. Meine Mutter schien ihre Hand auf den Hörer gelegt zu haben. Dann, nur eine Sekunde später, hörte ich ein leises Winseln. Ich bekam sofort eine Gänsehaut am ganzen Körper, und für einen Moment fiel alles Harte von mir ab. Meine Mutter weinte, weil ich sie angerufen hatte. Bevor ich weiterdenken konnte, nahm sie ihre Hand wieder vom Hörer.

»Das ist schön, mein Schatz. Das ist sehr schön!«

»Geht es euch gut?«, fragte ich immer noch etwas trocken, aber schon fürsorglicher als vorher.

»Ja, wir … uns geht es sehr gut.«

»Mum«, für einen Moment wunderte ich mich, wie ich sie ansprach. »Ich träume in letzter Zeit öfter von Dad.«

Ich hatte keine Lust, ihr von meinem Traum zu erzählen. Sicherlich hätte sie mich sonst gefragt, ob ich in letzter Zeit irgendwelche Drogen genommen hätte. Also fragte ich einfach weiter: »Hast du irgendeine Ahnung, wo er ist?«

»Oh, Liebes«, sagte sie sofort, »du weißt, ich habe mit deinem Vater schon lange abgeschlossen. Außerdem habe ich einen tollen Mann an meiner Seite. Du weißt, dass ich jetzt schon länger mit George zusammen bin. Es gibt keinen Grund, an deinen Vater zu denken, und auch keinen, mit ihm Kontakt zu haben.«

»Hm«, sagte ich nachdenklich. »Was ist denn deine letzte Information über ihn?«

Meine Mutter seufzte. Sie hatte scheinbar keine Lust, mit mir über ihn zu sprechen, aber gleichzeitig war sie offensichtlich froh, dass sie mich überhaupt hörte. Also gab sie mir die Information, die ich wollte.

»Tante Louise …« Sie seufzte wieder leise. »Tante Louise hat mir vor vier Jahren einmal gesagt, dass sie ein Foto von ihm in einer Zeitung gesehen hätte, als sie geschäftlich unterwegs war.«

Mein Herz klopfte vor Aufregung einen Takt schneller. Ein Teil in mir wollte wirklich mit Sicherheit wissen, dass es ihm gut ging.

»Welche Zeitung war das? Was stand da drin?«

Meine Mutter tat so, als ob sie sich erinnern müsste. »Äh … Sie war in Ohio unterwegs. Welche Zeitung das war, weiß ich bei Gott nicht mehr. Aber es ging irgendwie um ein Reservat, das er aufgebaut hatte.«

»Ein Reservat?«

»Ja, du weißt doch, dein Vater war am Ende auf so einem Öko- und Weltrettertrip. Er hat wohl ein Reservat für Indianer aufgebaut. Mehr weiß ich auch nicht!«

Ich merkte, dass damit meine Informationsquelle versiegt war, doch das reichte mir für den Anfang.

»Okay! Danke!«

»War es das jetzt?«, fragte meine Mutter vorsichtig, und ich konnte die Bitte in ihrer Stimme hören, das Telefonat jetzt noch nicht enden zu lassen.

»Wie geht es Justin, Liebes?«

Jetzt war ich es, die seufzte. »Es geht ihm gut. Bitte … bitte gib mir etwas Zeit. Ich verspreche dir, dass ich dich schon bald wieder anrufen werde.«

»Ja«, antwortete sie kurz.

»Es tut mir leid, Mum«, sagte ich noch, und dann legte ich den Hörer auf. Auf keinen Fall wollte ich sie wieder weinen hören.

Peter kam von hinten und legte seinen Arm um mich. Ich hatte ganz vergessen, dass er mit mir im selben Raum war.

»Du hast das toll gemacht«, sagte er zu mir wie zu einem kleinen Kind, das sich getraut hat, beim Zahnarzt den Mund aufzumachen.

Ich warf ihm ein Nicken zu, während ich aufstand und in Peters Arbeitszimmer verschwand. Ich klappte den Laptop auf und setzte mich in den großen Sessel. Für einen Moment knetete ich aufgeregt meine Hände, dann stand ich wieder auf, um mir noch einen Tee zu machen.

»Ich mache noch ein paar Besorgungen, und dann hole ich Justin ab. Kommst du mit?«, fragte mich Peter aus der Küche.

Ich war sichtbar nervös, und auch mein Magen ließ mich wieder sauer aufstoßen. Wer hätte gedacht, dass es so anstrengend sein konnte, mit seinem eigenen Vater Kontakt aufzunehmen? Für einen Moment überlegte ich, ob ich mitfahren sollte, dann sagte ich »Ja« und ging mich umziehen.

Es war vielleicht gar keine so schlechte Idee, mich auf dem Geburtstag blicken zu lassen. Schließlich war ich mit der Mutter von Sebastian ebenfalls befreundet, und Justin würde sich bestimmt riesig freuen, wenn ich ihn abholen würde.

Wir stiegen ins Auto und fuhren los. Natürlich war ich in Gedanken noch immer beim Telefonat und am Laptop.

Was sollte ich mit den Informationen machen, die ich hatte? Meine einzige Hoffnung war, dass ich im Internet etwas herausfinden würde. Wenn ich seinen Namen und »Ohio« oder »Zeitung« in die Suchmaschine tippen würde, dann könnte ich vielleicht ein Ergebnis bekommen. Doch was war, wenn ich nichts finden würde? Ich hatte keine Lust, meine Tante anzurufen. Mit ihr hatte ich noch weniger Kontakt gehabt als mit meiner Mutter. Sie war immer wie eine Fremde für mich gewesen, und der Gedanke, sie nur wegen meines Vaters anzurufen, fühlte sich nicht gut an.

»Wie willst du vorgehen?«, fragte mich Peter, nachdem ich einige Minuten im Auto geschwiegen hatte. Es war mal wieder offensichtlich für ihn, womit ich mich beschäftigte.

»Ich hoffe, im Internet etwas zu finden.«

»Was hat dir deine Mutter denn gesagt?«, fragte er weiter, ohne seinen Blick von der Straße zu nehmen.

»Sie hat gesagt, dass sie das letzte Mal über meine Tante etwas von ihm gehört hatte. Tante Louise war vor Jahren in Ohio und hat einen Artikel über meinen Vater in der Zeitung gelesen.«

»Oh«, antwortete Peter erstaunt. »Worum ging es denn?«

»Das wusste meine Mutter auch nicht wirklich. Irgendetwas mit einem Reservat für Indianer. Keine Ahnung, was er die letzten Jahre gemacht hat.«

»War es denn was Positives?«

»Ja, das schon. Er hat sich irgendwie für sie eingesetzt. Aber, Peter, ich weiß es wirklich nicht.«

»Hm, das ist nicht einfach. Aber ich bin mir sicher, dass du ihn finden wirst. Du bist gut darin!«

Ein zaghaftes Lächeln legte sich auf mein Gesicht. Wie einfach mein Mann doch gestrickt war. Ich legte meine linke Hand auf seine, und er warf mir einen lächelnden Blick zu.

Als ich ins Wohnzimmer meiner Freundin kam, rannte Justin nicht in Peters Arme, sondern direkt in meine. So, als ob er allen zeigen wollte, wie sehr er sich freute, rief er ganz laut: »Mommy!«. Er umarmte mich an der Hüfte, und ich zögerte nicht, auf die Knie zu gehen und ihm einen Kuss zu geben. Justin zog mich sofort an der Hand zu seinen Freunden. »Komm!«

Ja, mitzukommen war die richtige Entscheidung gewesen. Und wenn auch nur, um diese Freude in Justins Gesicht zu sehen.

Betty, die Mutter von Sebastian, fragte mich, ob ich einen Kaffee wollte, was ich allerdings dankend verneinte. Obwohl der gestrige Tag relativ beschwerdefrei für mich verlaufen war, war das heute wieder etwas anders. Ich musste mich zwar nicht übergeben, dennoch war die Übelkeit deutlich spürbar.

Peter und ich blieben trotzdem ein paar Minuten bei Betty und unterhielten uns angeregt mit ihr. Sie war eine Fulltime-Mama und nutzte jede Gelegenheit, ein kleines Gespräch zu beginnen. Das Mutter-Dasein schien ziemlich hart zu sein, doch ich hatte in den letzten Jahren wenig davon mitbekommen. Peter machte mir aber, ehrlich gesagt, nicht den Eindruck, als sei er besonders gestresst.

Er schien einfach eine bessere Mama zu sein als ich. Er machte sowieso alles mit Hingabe und Freude.

Wir verabschiedeten uns schließlich und fuhren wieder nach Hause. Justin war so müde, dass er auf der kurzen Fahrt im Auto sofort einschlief. Mein kleiner Engel saß hinten im Kindersitz mit offenem Mund und träumte vor sich hin. Wir aßen später alle zusammen zu Abend, und schließlich schlief Justin in meinen Armen ein.

Sobald ich ihn ins Bett gelegt hatte, setzte ich mich wieder an den Laptop. Es war alles so, wie ich es hinterlassen hatte. Der Laptop war noch an, und auf einem kleinen Zettel standen meine Notizen. Viele waren es ja nicht, aber es musste irgendwie reichen, um meinen Vater ausfindig zu machen.

»William Fuller, Ohio, Zeitung«, gab ich in die Suchmaschine ein. Es erschienen über 27 000 Seiten, und ich schüttelte nur den Kopf. »Das könnte ein langer Abend werden«, dachte ich mir und stützte meinen Kopf schon mal vorsorglich mit meiner Hand.

Peter saß auf der Couch und schaute sich ein Baseballspiel an. Nach ungefähr zwei Stunden, die ich damit zugebracht hatte, Seiten anzuklicken und Suchbegriffe auszuprobieren, erweckte schließlich die Seite einer Tageszeitung aus Ohio mein Interesse. Ich fand den Artikel, von dem meine Mutter gesprochen hatte. Ich scrollte langsam die Seite nach unten.

»William Fuller erfüllt Stadt-Indianern den Traum von einem Leben wie vor 300 Jahren.«

Im Eiltempo las ich den Artikel, und als ich schließlich weiter nach unten scrollte, erblickte ich lichtes, graues und kurzes Haar.

Für einen Moment zitterte ich und nahm sofort meine Hand von der Maus. Ich merkte, wie sich Tränen in meinen Augen bildeten. Sie waren nicht so zahlreich, dass ich hätte weinen müssen, doch sie reichten aus, damit der Bildschirm des Laptops vor meinen Augen verschwamm.

Ich hatte so viele Jahre kein Bild mehr von meinem Vater gesehen. Ich hatte keine Ahnung, wie er jetzt aussah.

Zögerlich scrollte ich das Bild Millimeter für Millimeter nach unten. Und dann musste ich doch weinen. Das Bild war schwarz-weiß und auch nicht wirklich von guter Qualität, dennoch sah ich eindeutig meinen Vater mit einer Schaufel in beiden Händen. Er war dicker geworden. Die Kugel, die er vor sich trug, war wesentlich größer, als ich sie in Erinnerung hatte, und auch sein Gesicht wirkte voller. Doch das, was den größten Eindruck auf mich machte, war, dass er glücklich aussah. So glücklich wie auf dem Bild hatte ich ihn vielleicht noch nie gesehen.

Meine Gefühle spielten Achterbahn mit mir. Ich spürte gleichzeitig Erleichterung, Sehnsucht, Trauer und Wut. Peter kam zu mir und nahm mich in den Arm. Ich wollte das nicht, ließ es aber dennoch zu. Eigentlich wollte ich in diesem Moment einfach nur allein sein. Als ich mich aus seiner Umarmung lösen konnte, griff ich deswegen rasch nach meinem Mantel und ging aus der Haustür. Ich wollte einfach allein sein. In der Nähe gab es einen Park, und genau dorthin ging ich.

Es war schon dunkel, und es hatte geregnet, aber das war mir egal. Einsam lief ich durch die nassen Straßen und betrat den kleinen Park. Darin war ein kleiner Kinderspielplatz, und weil um diese Uhrzeit kein Kind mehr auf den Spielplatz gehen würde, entschied ich mich, dorthin zu gehen.

Ich hatte meinen Vater also gefunden, jetzt wurde es ernst. Vielleicht war das alles eine richtig bescheuerte Idee von mir. Mein Vater sah auf dem Bild überhaupt nicht krank aus. Ganz im Gegenteil, es schien ihm richtig gut zu gehen. Doch irgendwie konnte ich mich nicht freuen. Nein, ein Teil von mir gönnte ihm diesen glücklichen Zustand, den er vermittelte, überhaupt nicht. Ich konnte nicht glauben, dass ich mich von einer nächtlichen Ausgeburt meines Unterbewusstseins dazu hatte bringen lassen, meinen Vater zu suchen.

Doch jetzt war sowieso alles zu spät. Meine Mutter erwartete von mir, dass ich mich wieder bei ihr meldete, und ich hatte es ihr auch noch so vorschnell versprochen. Doch ob ich jetzt wirklich weiter nach meinem Vater suchen würde, wusste ich an dem Abend wirklich nicht. Einerseits war da die jugendliche Violet, die sich nach nichts mehr sehnte, als ihren Vater in den Armen zu halten. Doch auf der anderen Seite gab es die kalte, erwachsene Violet, deren Vater ihr nur am Hintern vorbeiging. All das wäre doch nicht passiert, wenn mein Vater einfach bei uns geblieben wäre. Aber irgendwann hätte sich meine Mutter sicher trotzdem von ihm getrennt, so wie er sich hatte gehen lassen. Und wer weiß, vielleicht hätte ich ihn dann ebenfalls zu hassen angefangen.

Ich blieb sicher noch eine Stunde im Park sitzen, bevor ich schließlich gezwungen war, nach Hause zu gehen. Es fing wieder an zu nieseln, und kränker, als ich ohnehin schon war, wollte ich nicht werden. Als ich zurückkam, war der Laptop aus, und das war auch gut so. Dann konnte ich wenigstens nicht dazu verleitet werden, den Artikel genauer zu lesen.

Ich setzte mich mit einem Glas Wein auf die Couch. Was mein Magen dazu sagen würde, war mir völlig egal. Wichtiger war es mir, meine Sinne zu betäuben und für einen Moment das ganze Drama in mir zu vergessen.

*D*iesmal träumte ich nichts. Weder flog ich, noch träumte ich von meinem Vater oder sonst von irgendetwas. Ich fühlte mich aber auch nicht wirklich erholt, als ich morgens aufwachte. Schlimmer noch, ich stand sofort auf und verschwand im Badezimmer, um zu brechen. Das Glas Wein war wohl zu viel gewesen.

Den ganzen Tag über war ich depressiv und launisch. Ich hatte keine Lust, zu gar nichts. Ich war teilweise richtig gereizt und ließ meine schlechte Laune an Peter aus, der zwar keine Schuld trug, aber nun mal die einzige Person war, an der ich meine Laune auslassen konnte. Er nervte mich. Für ihn war wie immer alles so einfach und so schön, doch das Leben war nicht einfach und schön. Es war anstrengend und deprimierend. Dieser Zustand, in dem ich an dem Morgen war, hörte auch erst einmal nicht auf. Er blieb noch zwei weitere Tage so. Ich lag einfach im Bett und las oder verbrachte meine Zeit vor dem Fernseher. Was war ich bloß für eine Mutter und Ehefrau?

Ich wünschte mir, dass Peter mit mir streiten oder mich anschnauzen würde, damit ich einen Grund hatte, diese Laune zu beenden, doch natürlich sagte er gar nichts.

Erst am zweiten Tag kam er zu mir und fragte mich ganz sanft, ob es nicht besser für mich wäre, meinen Gedanken ein Ende zu bereiten und meinen Vater zu kontaktieren.

Peter hatte zwar keine Lust zu streiten, aber ich hatte Lust, und so schrie ich ihn an, dass er sich gefälligst aus meinen Angelegenheiten raushalten solle. Er hätte ja tolle Eltern, die er ja auch so sehr liebte, aber ich hätte dies eben nicht.

Er wandte sich nur von mir ab und murmelte: »So rede ich nicht mit dir.«

Das war es. Keine Widerworte, keine Verteidigung, kein Streit.

Ich musste also selbst auf die Idee kommen, dass meine Laune kindisch und idiotisch war. Ich begann, mich zusammenzureißen, auch wenn ich mir dafür Zeit ließ. Und so meldete sich Peter letztlich doch zu Wort.

Ich hatte es tatsächlich geschafft, ihn aus seiner Mitte zu bringen.

»Was machst du bloß für ein Drama, Violet? Spring über deinen Schatten, und ruf deinen Vater an! Wie lange willst du denn noch so weitermachen?«

Ich hatte keine Lust mehr zu streiten und sagte dazu gar nichts. Was hätte ich auch dagegenhalten können? Peter hatte wie immer recht. Außerdem war er beim zweiten Satz schon wieder ruhig geworden und blickte mich mit seinen treuen Rehaugen an. Ich verschränkte meine

Arme vor der Brust und schaute ihn ebenfalls an. Das, was er sagte, klang so einfach, aber das war es für mich nicht.

Ohne etwas zu sagen, ging ich wieder ins Arbeitszimmer und klappte den Laptop auf.

»Es gibt dort keine Nummer, wo ich anrufen könnte. Da steht nur der Ort. Im …«

Die Gänsehaut, die ich dann bekam, war so stark, dass sie fast schon wehtat.

»Was ist? Was steht da?«, fragte Peter.

Ich wusste nicht, ob ich ihm sagen sollte, was dort stand. Am liebsten wäre ich wieder aufgestanden und aus dem Haus geflüchtet. Mich überkam eine leichte Panik, das Gefühl, irgendwie die Kontrolle zu verlieren. Ich merkte, wie mein Herz schneller schlug und mir für einen Moment die Luft zum Atmen fehlte.

»Nichts, da steht nichts«, antwortete ich ihm und klappte den Laptop zu.

Ich stand unter dem Vorwand, zur Toilette zu müssen, auf und verschwand mal wieder im Badezimmer. Ich stand vollkommen neben mir und innerlich schien ich zu brennen, denn Schweißperlen bildeten sich auf meiner Stirn. Gleichzeitig war ich total blass im Gesicht geworden. Es war offensichtlich, dass dort etwas gestanden hatte. Wie konnte ich glauben, Peter auch nur einen Moment etwas vormachen zu können?

In dem Artikel stand, dass mein Vater ein Stück Land in einem Nationalpark erhalten hatte, um Menschen mit indianischen Wurzeln die Möglichkeit zu geben, ihrer Kultur entsprechend zu leben. Er gründete ein Reservat, ein natürliches Lebensumfeld für Indianer, in einem großen Nationalpark in Ohio.

Und ich war in meinem Traum über ein Gebiet geflogen, das ganz offensichtlich in einem Nationalpark lag. Zumindest hatte es den Anschein gehabt.

Ich hatte nie in meinem Leben an etwas Übersinnliches geglaubt. So etwas gab es für mich nicht. Es war einfach unmöglich, dass ich von etwas träumte, was ich noch nie gesehen hatte, was aber dennoch existierte.

»Das ist nicht möglich, das ist einfach nicht möglich«, redete ich immer wieder auf mich ein. Dann, nur einen kurzen Augenblick später, merkte ich, wie sich meine Sicht verschlechterte. Ich schaffte es noch, zwei Schritte Richtung Badezimmertür zu machen und eine einzige Silbe auszusprechen: »Pe… «.

Dann merkte ich, wie meine Knie auf einmal ganz weich wurden und ich zu Boden sackte.

*E*in leises Piepsen weckte mich, und je wacher ich wurde, desto lauter wurde es.

Mir war kalt, und ich spürte, wie eine schwere Decke meinen Unterkörper bedeckte, meinen Oberkörper allerdings freiließ.

Verschwommen blickte ich auf meinen linken Arm, der auf meinem Bauch lag und in dem eine Kanüle steckte, durch die eine ziemlich kalte Flüssigkeit in meine Vene lief. Erschrocken riss ich die Augen weit auf: Ich lag in einem Krankenzimmer.

Weiße Wände, nur ein Bild an der Wand, links neben mir stand ein fahrbarer Infusionsständer und rechts neben mir irgendeine Apparatur, die meinen Herzschlag wiedergab.

Was war bloß mit mir passiert? Bevor ich vollends in Panik verfiel, hörte ich eine vertraute Stimme außerhalb des Zimmers, und nur eine Sekunde später öffnete sich die Tür. Peter war da. Sofort wurde ich wieder ruhig.

»Du bist wach, Gott sei Dank!«, sagte er besorgt und blickte mich auf eine Art an, wie er es noch nie getan hatte. Es war offensichtlich, welche Sorgen er sich machte.

»Geht es dir gut?«

Ich nickte, und mit der Bewegung des Kopfes registrierte ich, dass um meinen Kopf ein ziemlich dicker Verband gewickelt war. Sofort griff ich mit der rechten Hand an meinem Kopf, zog die Hand aber schnell wieder weg. Er war komplett eingewickelt, nur mein Gesicht selbst lag frei.

Sofort schossen mir Tränen in die Augen.

»Was ist passiert?«, schluchzte ich.

Peter setzte sich ans Bett und nahm meine Hand in die seine.

»Das weiß ich nicht. Du warst im Badezimmer, und auf einmal hörte ich ein Klirren und ein dumpfes Geräusch. Du bist hingefallen, aber wie das passiert ist, weiß ich nicht. Wir hoffen, du kannst uns das sagen.«

Mit »wir« meinte Peter wahrscheinlich sich und die Ärzte.

Ich nickte, denn ich konnte meinen letzten bewussten Moment sofort in meine Erinnerung holen.

»Ich bin ohnmächtig geworden«, flüsterte ich leise und bemerkte, wie ausgetrocknet mein Mund und mein Hals waren. Ich bat Peter, mir etwas zu trinken zu geben.

Mein Gehirn schien etwas langsam zu arbeiten, denn erst jetzt fiel mir auf, dass Justin nicht bei uns war. »Wo ist Justin?«, fragte ich weinerlich.

Peter legte mir einen Finger auf meine Lippen. »Psst! Mach dir keine Sorgen. Justin ist bei Oma, es ist alles okay.«

Wieder kullerten die Tränen. Was Justin jetzt wohl für eine Angst haben musste.

»Wann haben sie ihn denn abgeholt?«, fragte ich Peter. Es kam mir etwas unlogisch vor, dass Justin schon bei seiner Oma sein konnte, schließlich hatten sie eine lange Fahrt zu bewältigen.

»Ich habe ihn gefahren«, antwortete er mir.

»Aber, wie?«, stotterte ich.

»Violet, du liegst seit zwei Tagen hier.«

Ich wusste nicht, ob es an dem Schock lag, doch mir wurde wieder schwindelig, und mein Körper fing an zu kribbeln. Ich stellte mich darauf ein, wieder in Ohnmacht zu fallen. »Ich lass dich für einen Moment allein, aber ich komme gleich wieder, okay?«, sagte Peter und stand langsam vom Bett auf. »Ruh dich ein wenig aus!«

Mit letzter Kraft nickte ich, soweit es mir mit dem Verband möglich war, und lächelte.

Dann schlief ich erschöpft ein und wachte erst wieder auf, als ich Stimmen hörte. In meinem Zimmer standen

Peter, ein Arzt und eine Krankenschwester und unterhielten sich leise.

Als der Arzt sah, dass ich meine Augen geöffnet hatte, lächelte er sanft und trat an mein Bett heran.

»Hallo, Violet. Schön, dass Sie wach sind«, lächelte er mich an.

Er stellte sich vor und fragte mich, wie es zu dem Sturz kommen konnte. Ich erzählte ihm nichts von dem, was ich in dem Artikel gelesen hatte, doch sobald ich mit Peter allein sein würde, wollte ich ihm mitteilen, was ich entdeckt hatte.

»Ich war gerade im Bad, als mir schwindelig wurde. Dann wurde mir schwarz vor den Augen. Mehr weiß ich nicht mehr.«

»Sie hatten Glück«, sagte der Arzt sehr freundlich und deutete mit der Hand auf meinen Kopf.

»Sie scheinen ja einen ganz guten Dickkopf zu haben!«

Ich sah, wie Peter schmunzelte, doch mir gefiel diese Bemerkung gar nicht. »Es tut mir leid, das war etwas unsensibel … Ich wollte nur einen kleinen Spaß machen.«

Ich winkte ab und sagte dazu erst einmal nichts. Es gab anderes, was wichtiger war.

»Du hast das Glasregal neben dem Waschbecken zertrümmert, als du zu Boden gestürzt bist. Aber deinem Kopf ist, Gott sei Dank, nichts passiert«, fügte Peter dem vorher Gesagten hinzu.

»Wir haben Ihren Kopf geröntgt, es sind aber keine inneren Verletzungen zu sehen. Den Verband können wir in ein paar Tagen wieder abnehmen. Was uns aber nicht gefällt ist Ihre Entzündung im Magen. Wir würden diesbezüglich gern noch ein paar Tests machen und auch noch einmal Ihre Blutwerte kontrollieren. Es ist möglich, dass sich die Entzündung auf andere Organe ausgeweitet hat und Sie deswegen den Zusammenbruch hatten.«

Ich schloss für einen Moment meine Augen und kämpfte gegen die Tränen. Was war bloß los mit mir? Ich hatte in den letzten Tagen mehr geweint als in meinem gesamten vorherigen Leben.

»Ihr Mann …«, fuhr der Arzt fort, »hat mir gesagt, dass Sie im Moment bezüglich einer Sache in Ihrer Vergangenheit etwas mitgenommen sind.«

Ich riss meine Augen auf und warf Peter einen vorwurfsvollen Blick zu, doch Peter schaute mich nicht an, sondern starrte weiter auf den Arzt. Er wusste genau, dass ich ihn gerade ansah.

»Wir haben hier in der Klinik wirklich sehr gute Psychologen …«

»Hey!«, unterbrach ich den Arzt. »Ich komme schon klar!«

»Violet, wir möchten Ihnen nicht zu nahe treten, aber der Konflikt, den Sie erfahren haben, ist vielleicht nicht so einfach wegzustecken. Stress ist das Letzte, was Sie im Moment gebrauchen können. Ein Psychologe könnte Ihnen …«

»Bitte, ich komme schon klar!«, erwiderte ich noch klarer.

Der Arzt wirkte eingeschüchtert. Wie ein kleiner Junge hob er schützend seine Hände und nickte. Dann verabschiedete er sich und verließ mit der Krankenschwester das Zimmer.

»Ich kann nicht glauben, dass du mit ihm darüber geredet hast«, warf ich Peter vor.

»Er wollte wissen, ob du in letzter Zeit besonders gestresst warst, ob du eine Trennung oder einen Todesfall verdauen musst. Da habe ich es ihm gesagt.«

Ich schüttelte nur den Kopf und atmete tief ein.

»Violet, ich werde jetzt nach Hause fahren, aber ich komme später wieder. Ist das okay?«

»Geh nur!«, war meine kurze und kühle Antwort.

Er kam langsam zu mir, um mir einen Kuss zu geben, doch ich wehrte ihn ab.

Schließlich ging auch er, und ich musste feststellen, dass ich alle vergrault hatte. Doch irgendwie war mir das ganz recht. Ich wollte allein sein.

Ich war so wütend auf mich. Wütend auf meinen Körper, weil er nicht so funktionierte, wie er sollte. Wütend, dass ich wegen dieser Magensache meiner Arbeit fernbleiben musste. Die Arbeit tat mir gut, sie war stressig, aber sie gehörte einfach zu mir. Doch was mich am meisten ärgerte, war, dass ich in letzter Zeit so labil war und rumheulte wie ein kleines Kind. Es war einfach falsch gewesen, dieses alte Thema wieder aufleben zu lassen. Was hatte ich davon gehabt? Ich lag in einem Krankenhaus, meine freie Zeit, die ich jetzt hatte, konnte ich nicht mit Justin verbringen. Er hatte wahrscheinlich einen Schock bekommen. Und Peter hatte auch nichts von mir, wenn ich krank im Bett oder, noch schlimmer, verletzt im Krankenhaus lag.

Ich blieb weitere zwei Tage dort und ließ die Untersuchungen über mich ergehen. Den Verband nahmen sie wieder ab, und ich konnte endlich wieder duschen. Meine

Haare klebten an meiner Kopfhaut fest und waren vom Ansatz bis zu den Haarspitzen fettig und von Blut verklebt. Mein Körper roch nach Schweiß und Krankenhaus. Es war einfach widerlich. Nach dem Duschen fühlte ich mich tatsächlich ein Stück besser.

Den ersten Tag hatte ich viel gelesen und stundenlang auf den kleinen Fernseher gestarrt, der an der Wand hing. Am zweiten Tag hatte ich allerdings den Fernseher ausgelassen, und auch mein Buch zur Seite gelegt. Ich war in einer Situation gelandet, aus der ich irgendwie herauskommen musste. Ich hatte Türen geöffnet, die ich lieber hätte verschlossen halten sollen. Doch jetzt war es zu spät.

Ich hatte meine Mutter angerufen und ihr versprochen, mich wieder zu melden. Ich hatte diese Magenentzündung, die auch mit den Tabletten nicht wirklich abklingen wollte. Mein Mann dachte wahrscheinlich von mir, dass ich vollends durchdrehen würde, und mein Kind saß vermutlich verängstigt bei seiner Oma und konnte all das überhaupt nicht einordnen.

Ich fragte mich immer wieder, was ich tun sollte. Ich ging in Gedanken alle Entscheidungen durch und wie sie sich der Wahrscheinlichkeit nach auf mein Leben auswirken würden.

Am Ende war ich allerdings unwesentlich schlauer als vorher. Es gab nur zwei Wege, zwei sehr radikale Wege. Der erste war, sofort wieder arbeiten zu gehen und die letzten Tage einfach so weit wie möglich rückgängig zu machen. Ich würde so tun, als ob nie etwas gewesen wäre. Meine Mutter würde ich ebenfalls nicht anrufen und es als Ausrutscher bezeichnen, falls sie tatsächlich auf die Idee kommen sollte, mich zu kontaktieren. Ich würde auch nie wieder irgendwie recherchieren, um an Informationen über meinen Vater zu kommen. Egal, was mit ihm war: Er war für mich gestorben, und das blieb so, bis er tatsächlich gestorben war.

Der zweite Weg war: meinen Vater zu suchen und zu ihm zu fahren.

Allerdings war diese Alternative weniger planbar. Ich wusste schließlich nicht, was danach passieren würde. Würde ich ihn finden? Was sollte ich ihm sagen? Ich konnte ja nicht einfach zu ihm gehen und so tun, als ob nie etwas gewesen wäre. Ich wollte, dass er weiß, wie sehr ich seinetwegen gelitten hatte.

Wofür ich mich allerdings entscheiden sollte, wusste ich einfach nicht. Sollte ich durch die Tür gehen und schauen, was sich dahinter befand? Oder sollte ich die Tür so schnell wieder zuschlagen, wie ich sie geöffnet hatte?

Die Antwort kam wie von selbst. Am Abend des zweiten Tages teilte mir der Arzt die Untersuchungsergebnisse mit. Peter war auch da, doch er hielt die ganze Zeit über Abstand zu mir. Ich hatte ihn wohl sehr gekränkt.

»Nun, wir haben die Ergebnisse vorliegen.« Der Arzt seufzte kurz, und in mir kam sofort Panik auf.

»Sie haben ein hochgradiges Magengeschwür. Ihre Magenschleimhaut ist nicht mehr überall intakt und von der Magensäure schon durchlöchert. Wenn wir nicht sofort handeln, kann es zu einem Magendurchbruch kommen.«

»Was bedeutet das?«, fragte ich ihn. »Was kann ich tun?«

»Keine säurehaltigen Lebensmittel mehr! Das ist das Allererste! Und ebenfalls keinen Stress mehr!«

Langsam nervten mich die Ärzte. Immer wieder trampelten sie auf dem Stress herum. Ich hatte keinen Stress. Ich arbeitete viel, ja, aber diese Arbeit erfüllte mich, sie machte mir Spaß.

»Wir werden Ihnen weitere Säurehemmer geben, und Sie werden für zwei Wochen eine antibiotische Therapie machen müssen. Morgen früh kriegen Sie die Entlassungspapiere von mir, mit denen Sie zu Ihrem Gastroenterologen gehen. Lassen Sie sich einen Termin in zwei Wochen geben. Bis dahin sollte das Geschwür behoben worden sein.«

Ich nickte den Arzt still an und versuchte herauszufinden, wieso er vorhin geseufzt hatte. So schlimm klang das ja jetzt nicht, es war zumindest nichts wirklich Neues.

»Und weiter?«

»Was meinen Sie?«

»War sonst noch irgendetwas in mir, was da nicht sein sollte?«, fragte ich ihn vorsichtig und rechnete mit einer niederschmetternden Antwort.

»Nein, ansonsten sind Sie kerngesund.«

Ich war so erleichtert, als ich das hörte, und tatsächlich lächelte ich nach Tagen wieder.

»Okay, das ist gut. Danke!«

»Wir werden Ihnen morgen dann Ihre Medikamente mitgeben. Ich bitte Sie, sich an die Einnahmezeiten und Regeln zu halten. Es ist nur zu Ihrem Besten. Wenn Sie Fragen haben, können Sie mich hier in der Klinik jederzeit erreichen.«

»Danke«, wiederholte ich mich und wartete, bis der Arzt wieder aus dem Zimmer ging.

Auch Peter verabschiedete sich. Er freute sich, das konnte ich sehen. »Ich gehe dann auch lieber nach Hause. Wenn du morgen siehst, wie es bei uns aussieht, könntest du ein weiteres Mal umkippen!«, grinste er ein klein wenig und machte sich aus dem Staub.

Ich war so dankbar über die Diagnose des Arztes, dass ich mir versprach, in Zukunft alles besser zu machen. Es war mehr so ein halbherziges Versprechen, was man manchmal einfach von sich gab. Nach einem Streit zum Beispiel oder an Silvester. Aber dennoch: Der Gedanke war in mir. Ich erkannte, wie schnell ein gesunder Mensch krank werden konnte, und der Schock saß einfach noch in meinen Knochen.

Die neuen Tabletten, die ich bekommen hatte, sorgten sofort dafür, dass meine Übelkeit verschwand. Doch sie sorgten ebenfalls dafür, dass ich in kürzester Zeit einschlief – und dass ich wieder vom Fliegen träumte.

Ich wehrte mich dieses Mal nicht gegen den Traum, sondern ließ ihn einfach geschehen. Ich hörte wieder die Stimme, die mich bat zu kommen, doch ich war nicht wütend, sie zu hören. Ganz im Gegenteil, irgendwie fühlte es sich so vertraut und schön an, diese Stimme zu hören. Ich hatte mir das letzte Woche nicht eingestehen können, doch die Stimme, die ich da hörte, die Stimme dieses Mannes wirkte immer so sanft auf mich, so beruhigend und so befreiend.

Als Peter am Morgen zu mir kam, um mich abzuholen, teilte ich ihm mit, dass ich mich entschieden hatte. Doch er konnte damit nichts anfangen. Schließlich wusste er nicht, wie viele Gedanken ich mir in der Zeit im Krankenhaus gemacht hatte. Als ich ihm aber sagte, dass ich meinen Vater suchen würde, strahlten seine Augen vor Freude. Er wirkte beruhigt und hielt es für eine gute Entscheidung.

Es war nicht so, dass meine Zweifel und meine Wut verschwunden gewesen wären. Da war immer noch ein Teil in mir, der die Idee einfach nur bescheuert fand. Und da war ebenso die Wut auf meinen Vater in mir und natürlich auch die Ungewissheit.

Doch dieses Drama würde nie ein Ende finden, wenn ich mich ihm nicht stellen würde. Und der Gedanke daran, dass mein Vater vielleicht wirklich krank war und ich nicht mehr die Möglichkeit hatte, ihn jemals wiederzusehen, war etwas, was ich nicht ertragen konnte. Wie stark meine Wut auch war, ihn verlieren wollte ich nicht. Ich wollte nicht, dass er starb, ohne dass ich die Möglichkeit hatte, ihn zu sehen.

Auf dem Weg nach Hause war ich ganz still und ruhig. Natürlich schob ich das zunächst auf die Tabletten, so, wie ich alle meine Emotionen und Träume auf die Tabletten schob. Doch diese Ruhe in mir kam vielmehr daher, dass ich mich entschieden hatte, zu meinem Vater zu gehen. Das musste ich mir eingestehen. Es fühlte sich richtig an, es zu tun.

*A*ls ich zu Hause war, rief ich als Erstes Justin an, der mir aufgeregt erzählte, was er mit Oma und Opa alles gemacht hatte. Er hatte anscheinend doch keinen Schock bekommen und fragte eher beiläufig, ob es mir wieder gut ginge. Dann hatte er natürlich noch ganz viel zu tun, und ohne große Worte drückte er der Oma den Hörer in die Hand. Mir fiel ein Stein vom Herzen, als ich hörte, wie er im Hintergrund gluckste und lachte.

Anschließend setzte ich mich wieder an den Laptop und schrieb mir die Adresse des Nationalparks auf. Ich versuchte, irgendwie weitere Informationen über dieses Reservat zu finden, doch im Internet war nichts mehr zu entdecken. Auch unter dem Namen meines Vaters fand ich keine Hinweise. Es gab nur diesen einen Zeitungsartikel, mehr nicht. Der Nationalpark war riesig und umfasste ein Gebiet von über hundert Quadratkilometern. Es würde vermutlich nicht einfach werden, ihn dort zu finden, doch das war mir jetzt egal.

Alles wirkte so unwirklich auf mich. Peter unterstützte mich natürlich total. Etwas anderes war ich von ihm auch nicht gewohnt. Er sagte, dass er ebenfalls zu seinen Eltern fahren und dort ein paar Tage bleiben würde. Ich hatte erst ein schlechtes Gewissen, weil es ja meine Idee gewesen war, zu den Großeltern zu fahren, doch Pläne ändern sich nun einmal, und Peter versicherte mir, dass meine Entscheidung, meinen Vater zu suchen, die richtige war.

Obwohl ich nicht wusste, ob es ratsam war, mit einem Magengeschwür zu reisen, buchte ich schon für den nächsten Morgen einen Flug nach Columbus. Die Flüge waren in den nächsten Tagen alle ausgebucht gewesen.

Cleveland, Akron … es war nichts mehr frei. Doch gerade, als ich mit der Frau vom Flughafenservice gesprochen hatte, stornierte ein Passagier seine Reise nach Columbus.

Welch ein merkwürdiger Zufall.

Den Rückflug hielt ich mir erst einmal offen. Wer wusste, wie lange es dauern würde, bis ich meinen Vater gefunden hatte. Wer wusste, ob ich ihn überhaupt finden würde. Vielleicht lebte er auch schon gar nicht mehr, vielleicht befand er sich gar nicht mehr im Nationalpark. Es war alles möglich.

Ich dachte erst daran, Perry anzurufen, um ihn über meine Reise zu informieren. Ich war ja schließlich krank geschrieben und hatte keinen Urlaub. Doch ich wusste, dass ein Anruf nicht nötig war. Wenn mich jemand verstand, dann war es Perry. Wenn ich länger als geplant unterwegs sein würde, dann hatte ich immer noch die Möglichkeit, Kontakt mit ihm aufzunehmen.

Alles ging so schnell und spontan. Das passte eigentlich überhaupt nicht zu mir, der Violet, die doch lieber alles minutiös plante. Doch auf eine bestimmte Art und Weise fand ich es gut, wie es lief. So hatte ich keine Möglichkeit, mir große Gedanken zu machen.

Nur wenige Minuten nachdem ich den Flug und einen Mietwagen gebucht hatte, lag mein roter, riesiger Koffer auf unserem Bett, und mein Schrank war weit geöffnet.

Peter kam mit Keksen und Tee nach oben, setzte sich aufs Bett und schaute mir beim Packen zu. Er grinste die ganze Zeit dabei.

Ich war immer noch ein bisschen hin- und hergerissen, und zweifelsohne ziemlich angespannt. Auch die Wahl meiner Kleidung und meine Selbstgespräche ließen das erkennen.

Irgendwann setzte ich mich entmutigt aufs Bett und ließ den Kopf in meine Arme fallen. »Oh, Peter, denkst du wirklich, dass dies die richtige Entscheidung ist? Was mache ich denn, wenn das mit dem Traum nur meine Fantasie war? Was mache ich, wenn mein Vater mich gar nicht sehen will oder wenn er dort im Park nicht auffindbar ist?«

Ich löcherte ihn mit Fragen, auf die er natürlich keine Antwort wusste, außer: »Schatz, mach dir doch nicht immer so viele Gedanken!«

Ich schlief in dieser Nacht nicht gut, denn meine Unsicherheit äußerte sich auch in meinen Träumen. Ich hatte selten so einen Wirrwarr geträumt wie in dieser Nacht. Am nächsten Morgen verbrachte ich die letzten Stunden vor der Abreise damit, meinen Koffer fünf Mal zu kontrollieren, ungefähr sieben Mal mit Peter die Reiseroute vom Flughafen zum Park zu besprechen und mir etliche Male vorzustellen, wie ich auf welche Situation reagieren würde. Natürlich war es mir überhaupt nicht möglich, nur eine Stunde dieser Reise wirklich zu planen, schließlich wusste ich nicht, wo ich hinkommen würde. Doch so, wie ich nun einmal war, konnte ich mir das nicht eingestehen und versuchte, so viel zu planen wie nur möglich. Ich war so mit mir selbst beschäftigt, dass ich vollkommen vergaß, die letzte Zeit vor meiner Abreise mit Peter zu genießen. Um Viertel nach zehn stellte Peter dann schließlich meinen Koffer in den Kofferraum und öffnete mir die Beifahrertür unseres Autos.

Ich war immer noch dabei, meine Checkliste im Kopf durchzuarbeiten. Medizin, Handy, Ladegerät, Geldbeutel, Visitenkarte, Buchungsbestätigung, Tickets, Kleidung, Schuhe, Kosmetikartikel, die Liste war ellenlang. Ich nahm sogar Toilettenpapier mit. Schließlich wusste ich ja nicht, was mich erwartete.

Wie ein aufgescheuchtes Huhn lief ich durch den Flughafen zum Check-in und von dort Richtung Flugzeug. Selbst die übermäßig grinsende Stewardess, die mir einen guten Flug wünschte, schaffte es nicht, mir meine Anspannung zu nehmen. Der Einzige, der das in dieser Situation geschafft hätte, wäre mein Mann gewesen, doch der saß im Auto auf dem Weg zu seinen Eltern.

Als die Maschine startete und ich in meinen Sitz gepresst wurde, fing ich langsam an, mich zu entspannen und einfach geschehen zu lassen, was geschehen würde.

Es war halb sechs, als ich in Columbus ankam und mir an einem Service-Stand den Schlüssel für meinen Mietwagen holte. Ich hätte vielleicht darauf hinweisen sollen, dass ich einen Geländewagen brauchte, aber natürlich hatte ich das vergessen, und so saß ich in einem Toyota Kombi. Der hatte zwar genug Platz für mich und meinen Koffer, war ansonsten für eine Fahrt im Gelände aber völlig ungeeignet.

Vor mir lagen 240 Kilometer und circa drei Stunden Autofahrt. In einer dem Nationalpark nahe gelegenen Stadt hatte ich mir für die nächste Nacht ein Zimmer gebucht, und ich hoffte, die Stadt zu erreichen, bevor es dunkel wurde. Diese Fahrt wirkte auf mich befreiend und beängstigend zugleich. Ich war erstaunt über den Gefühlscocktail, der meinen Körper durchströmte. Es war einerseits ein befreiendes Gefühl, denn ich stand kurz davor, meinem größten Lebensdrama ins Gesicht zu schauen. Zudem hatte diese Reise etwas Abenteuerliches, was sogar mir Spaß machte. Nichtsdestotrotz war da die Angst vor der Ungewissheit in mir, die möglicherweise sogar überwog.

Vor Anbruch der Dunkelheit kam ich in der kleinen Stadt an und checkte sofort im Hotel ein. Man konnte von dort bereits erkennen, welch eine gigantische Naturlandschaft sich dem Besucher öffnete. Die Stadt war umgeben von Wald und Bergen, und die Gegend wirkte magisch auf mich. Es war eine wunderschöne Stadt, und ich ließ es mir nicht nehmen, im Laternenlicht durch die kleine Innenstadt an den reizenden, kleinen Geschäften vorbeizulaufen.

Mir fiel sofort auf, dass die Menschen hier im Ort wesentlich entspannter wirkten als bei uns an der Westküste. Es hieß ja eigentlich, wir wären die Gute-Laune-Menschen, doch hier im Norden Ohios konnte man die Naturverbundenheit der Menschen spüren.

Ich rief Peter spät abends noch von meinem Handy aus an und berichtete ihm von meinen Eindrücken. Gleich am nächsten Morgen würde ich mich auf den Weg machen und den Nationalpark erkunden. Ich hoffte nur, dass ich gleich dieses Reservat finden und es jemanden geben würde, der mir sagen könnte, wo sich mein Vater aufhielt.

Ich schlief in dieser Nacht wundervoll. Vielleicht, weil ich sowieso völlig übermüdet war, vielleicht aber auch, weil ich endlich bereit war, mich einer Sache zu stellen, die mich seit so vielen Jahren verfolgte.

*R*uhe, absolute Ruhe. Nicht einmal ein Auto konnte ich morgens hören, als ich durch die Sonnenstrahlen geweckt wurde, die zaghaft in mein Hotelzimmer schienen.

Ich konnte mich nicht mehr daran erinnern, wann ich das letzte Mal so gut geschlafen hatte. Als ich erwachte, war ich weder zerknittert noch irgendwie müde. Auch von meiner Übelkeit spürte ich nichts mehr. Ich stand beinahe freudig auf und lief mit einem Lächeln auf meinem Gesicht in den Frühstücksraum.

Nachdem ich gefrühstückt hatte, sprach ich einen netten, älteren Herrn an der Rezeption auf den Nationalpark an. Er erzählte mir, wie oft er damals mit seiner Familie dorthin gegangen war, und schwärmte von dem Naturschutzgebiet. Im Hotel gab es eine Karte, und er fing sofort an, mir anhand dieser die schönsten Orte zu zeigen. Ich musste ihn etwas stoppen und erzählte ihm, dass es dort im Park ein Reservat geben musste und dass ich dort jemanden suchte. Auf der Karte war kein Reservat eingezeichnet, obwohl die Karte doch recht groß und detailliert war.

Der alte Mann rief seine Frau an, die, wie er behauptete, jede Ecke in dieser Gegend kannte. Und tatsächlich konnte sie sich erinnern, dass vor vielen Jahren im nordwestlichen Bereich des Parks ein Reservat eingerichtet worden war. Sie konnte sich sogar an den Namen meines Vaters erinnern, was mir beinahe etwas unheimlich anmutete.

Ich ging wieder in mein Zimmer und duschte. Ich war aufgeregt und nervös wie ein kleines Kind, das zum ersten Mal in die Schule geht. Ich war tatsächlich in Ohio auf der Suche nach meinem Vater, der mich vor vielen Jahren verlassen hatte. Hatte er das wirklich verdient?

Ich war wieder so in Gedanken vertieft, dass ich beim Verlassen des Hotels fast vergessen hätte, mich von dem älteren Herrn von der Rezeption zu verabschieden und ihm für seinen Hinweis zu danken.

»Sie werden dort Ihren Frieden finden«, sagte er beiläufig zu mir, als ich mich verabschiedete. »Im Park findet jeder seinen Frieden.«

Ich stieg in mein Auto, schaute mir noch mal die Karte an und fuhr los.

Eine Reise ins Unbekannte.

Es war sehr heiß an diesem Tag. Ich ließ die Fensterscheibe herunter und streckte meine Hand hinaus. Für einen kurzen Moment musste ich sogar kichern. Welch ein Abenteuer diese Reise jetzt schon war! Und dabei hatte sie gerade erst begonnen.

Ich schaute unentwegt aus dem Fenster und beobachtete, wie die Landschaft an mir vorbeizog. Ich fuhr Kilometer um Kilometer, immer in dem Bewusstsein, dass sich auf der rechten Seite der Nationalpark befand und dort irgendwo mein Vater sein könnte.

Schließlich sah ich auf einem Schild die Ausfahrt zum Nationalpark und verließ die Interstate. Ich war meinem Ziel so nahe gekommen, wie es mit dem Auto möglich war.

Nur 20 Minuten später kam ich auf einem riesigen Parkplatzgelände an, und ein Mann wies mir einen freien Parkplatz zu. Ich stellte den Motor ab und nahm erst einmal einen tiefen Atemzug. Mein Herz schlug schneller als sonst, es war alles so aufregend für mich. Doch da war auch eine Ruhe in mir, die ich lange Jahre nicht gespürt hatte. Ich konnte diese Ruhe nicht einordnen oder erklären, aber es könnte, dachte ich mir, einfach die Gewissheit sein, dass ich kurz davor stand, ein Kapitel in meinem Leben endgültig abzuschließen. Es konnte so sein, wie der alte Mann vom Hotel zu mir gesagt hatte: Ich würde meinen Frieden finden. Vielleicht war das die Ruhe, die ich zeitgleich mit der Anspannung spüren konnte. Es war alles richtig, es war richtig, diese Reise zu machen.

Ich öffnete meinen Kofferraum und blickte hinein. Eine Tasche, ein großer Koffer, was davon sollte ich mitnehmen? Was würde ich brauchen?

Ich nahm schließlich meine Handtasche, packte noch eine Flasche Wasser hinein und schloss das Auto ab. Dann ging ich in die Richtung des Mannes, der mir einen Parkplatz zugewiesen hatte, und erkundigte mich bei ihm, ob und wo ich das Reservat finden konnte.

Das Reservat gab es tatsächlich. Eine Nachricht, die mich erleichtert aufatmen ließ.

Ich war meinem Ziel also wirklich ein Stück näher gekommen, und das große Rätsel stand vor seiner Lösung. Der Mann führte mich zu einer alten Eisenbahn, die die verschiedenen Stationen im Park miteinander verband, und sagte mir, an welcher Station ich aussteigen musste. Dort gab es eines der vier großen Besucherzentren mit Hotels, Bars, Restaurants und Geschäften. Von dort musste ich dem Weg Nummer vier folgen und dann auf eine kleine Raststätte treffen, wo es etwas zu essen und für die Mitarbeiter, die ein Auto hatten, die Möglichkeit gab, zu tanken.

Von dort aus waren es nur noch ein paar Meter bis zu dem Reservat.

Ich bedankte mich und stieg in die alte Eisenbahn. Mit mir taten dies Hunderte andere Menschen, die es ebenfalls kaum erwarten konnten, in den Park zu gelangen.

Ich saß also in dem Abteil mit meiner Handtasche und einer Broschüre über den Park. Ich hatte kaum die Chance, die Broschüre während der 30-minutigen Fahrt durchzulesen, weil ich immer wieder staunend aus dem Fenster blickte.

Der alte, schwarze Zug hielt an den verschiedenen Stationen, und viele Menschen stiegen ein und aus. An jeder Station schien es eine besondere Attraktion zu geben, denn die jeweiligen Stationen waren danach benannt. Ich fuhr an einem riesigen Wasserfall vorbei, vor dem ebenfalls eine beträchtliche Anzahl von Menschen stand und Fotos machte. Überall waren Familien unterwegs, Radfahrer fuhren, und Reiter mit ihren Pferden ritten auf den Wegen.

Der Park war riesengroß und eine ganz eigene Welt.

Ich konnte aus der fahrenden Bahn nicht viel erkennen, doch immer wieder las ich die Schilder an den Stationen. Es gab Wildparks, Wasserfälle, Gärten, Tiergehege, Spielplätze, Grillplätze, Wander- und Erlebnispfade. Egal, wo ich hinblickte, sah ich Menschen mit Rucksäcken und Trinkflaschen ausgerüstet.

Endlich erreichte der alte Zug die Station, an der ich rausmusste.

Direkt an der Station lag das Besucherzentrum, von dem der Mann erzählt hatte. Hier waren einige Geschäfte, aber noch mehr Restaurants, Souvenirläden und Imbisse. Es gab auch zwei Hotels, und über einen Weg gelangte man zu einigen Ferienwohnungen. Für den Fall, dass ich noch einen Tag länger hier bleiben würde, wäre ich also versorgt.

Ich überquerte die Gleise und lief einen schmalen, beschilderten Weg noch tiefer in diese Naturwelt hinein. Die warme Sonne und leicht schwüle Luft sorgten dafür, dass man mit jedem Atemzug den Geruch des Waldes aufnahm. Selbst ein paar Minuten einfach im Park zu stehen und tief Luft zu holen, reichte aus, um sich erholt wie nach einem Urlaub zu fühlen.

Bald konnte ich vor mir die Raststätte erkennen, die mit ihrem rötlichen Dach durch die Bäume hindurchblitzte.

In diesem Teil des Parks war es relativ ruhig. Nur ab und zu kam mir ein Radfahrer entgegen. In der Raststätte saßen einige Touristen, die eine Kleinigkeit aßen, und an der Tankstelle stand ein alter, grüner Jeep, der das Logo des Nationalparks breit über dem Kotflügel trug.

Ein schlanker, drahtiger, kleiner Mann mit einer Mütze auf dem Kopf befüllte gerade das Auto und verabschiedete sich anschließend von dem Ranger, der auf dem Fahrersitz saß.

Der Mann wollte sich gerade umdrehen und zurück zum Häuschen gehen, als ich ihn ansprach.

»Entschuldigen Sie!«

Der Mann drehte sich um und schob die Kappe nach oben, um mich besser sehen zu können.

»Ja, Mam!«

»Könnten Sie mir sagen, wo hier das Indianerreservat ist?«

»Nun«, sagte er und wischte sich mit seinem Ärmel den Schweiß von der Stirn.

»Wir hier im Park bevorzugen das Wort ›natürlicher Lebensraum‹ oder ›Indianerdorf‹. Ein Reservat klingt zu sehr nach abgeschoben und allein gelassen, finden Sie nicht auch?«, grinste er mich frech, aber dennoch freundlich an.

Ich bedankte mich für den Hinweis und wartete, bis er weitersprach.

Einen Moment später streckte der Mann seinen Arm aus und zeigte mir, wo sich das Reservat befand.

»Es beginnt gleich hier in der Nähe.«

»Darf ich denn da rein?«, fragte ich ihn vorsichtig.

»Vielleicht, aber fragen Sie erst einmal nach, ob dies auch erwünscht ist. Die Indianer leben dort und sie sind keine Attraktion, auch wenn der Park hier ihre Heimat ist.«

»Ich werde an das Tor gehen …« für einen Moment stockte mir der Atem. Ich hatte in der ganzen Aufregung völlig vergessen, meinen Traum auf seinen Wahrheitsgehalt zu überprüfen. Augenblicklich wurde mir trotz der Sonne, die mir in den Nacken brannte, kalt. Ich erinnerte mich, wie ich im Traum einmal versuchte hatte, meinen Kopf zu drehen und tatsächlich kurz vor der Landung einen kurzen Blick auf etwas erhaschen konnte, was wie diese Raststätte aussah. Wieder überkam mich eine leichte Panik.

»Ja, Sie können an das Tor gehen, oder Sie nehmen einen Weg, der zwar etwas steil ist, Sie dafür aber mit einem guten Ausblick über das Areal beschenkt. Wie Sie sehen, erhebt sich die Landschaft hier etwas. Das liegt an den

Felsen. Es ist gleich die nächste Abzweigung rechts. Die Indianer bevorzugen, dass die Touristen diesen Weg nehmen und nicht gleich in ihre Siedlung reinplatzen.«

»Das werde ich machen. Vielen Dank für die Information.«

»Ist gut, Ma'am, ist gut«, sagte er, tippte kurz auf seine Mütze und kehrte mir dann den Rücken zu.

Der Pfad wurde tatsächlich steil. Es schien so, als ob ich einen Berg erklimmen würde, und tatsächlich tauchten um mich herum Steinformationen und Felsen auf.

Es war fast unmöglich, die Hütten der Indianer zu sehen. Nur ab und zu waren die Bäume weniger dicht, und ich konnte einen Blick erhaschen. Den Indianern war diese Abgeschiedenheit wahrscheinlich ganz recht, und ich fand es vorteilhaft, mir erst einmal einen Überblick verschaffen zu können. Falls ich meinen Vater doch irgendwo herumlaufen sah, würde mir der Schutz der Natur sehr helfen, mich auf unsere Begegnung einzustellen.

Der Pfad war anstrengend, und als ich endlich auf einer Plattform ankam, war ich ziemlich außer Atem. Doch der Ausblick entschädigte tatsächlich für den mühsamen Aufstieg. Welch ein wunderschönes Gefühl!

Ich stand auf dem höchsten Punkt des Felsens und konnte kilometerweit in alle Richtungen schauen. Unter mir war das Tal, in dem gut geschützt und verborgen vor den Touristen die Indianer lebten. Ich erblickte ungefähr 50 runde Holzhütten, die ohne Ordnung auf dem großen Areal verteilt waren. Es war geradezu nostalgisch, dieses Dorf unter mir zu sehen. Etwa 20 dunkelhäutige

Erwachsene in Leder und Stoff gekleidet befanden sich in dem Reservat. Einige von ihnen standen an einem See mit Netzen und Speeren und versuchten, Fische zu fangen, was ihnen anscheinend mühelos gelang. An einer anderen Wasserstelle waren zwei Frauen, die das Wasser nutzten, um einige Kleidungsstücke zu waschen. Ich sah auch einige wenige Kinder herumtollen. Ich dachte für einen Moment daran, dass es vielleicht eine Schule gäbe, schließlich gab es dort unten auch ein etwas größeres Gebäude, aber den Gedanken ließ ich doch schnell wieder fallen. So wie es aussah, lebten diese Menschen einfach in und mit der Natur. Es war fraglich, ob es Kinder gab, die still sitzend auf Stühlen einem Lehrer zusahen, wie er etwas auf die Tafel kritzelte. Wahrscheinlich lernten die Kinder aus den Tätigkeiten, die die Erwachsenen vormachten, und aus deren Geschichten. Es war faszinierend, was ich dort unten im Tal sah. Nur wenige Kilometer entfernt verband die Interstate Ohios Großstädte, und dennoch schien es hier ein Leben fernab von jeglicher westlicher Zivilisation zu geben. Ich konnte nicht einmal Strommasten sehen, wie sie im restlichen Park, bei den Besucherzentren, alle paar Meter in den Boden betoniert waren. Ich drehte mich etwas zur Seite, um den Eingang zu sehen, doch auf das Tor hatte ich keinen freien Blick.

Ich folgte der Landschaft mit meinen Blicken. Das Dorf selbst war zwar von Wald umgeben, aber natürlich war in dem Lebensumfeld der Indianer alles abgeholzt. Im Wald konnte ich ebenfalls ein, zwei Hütten erahnen, doch was ich sehen konnte, waren nur die mit Stroh bedeckten Dächer.

»Gefällt dir, was du dort siehst?«, hörte ich auf einmal jemanden fragen, und ich wunderte mich, dass ich gedanklich so tief in dieses Dorf versunken war, dass ich niemanden herannahen gehört hatte.

Doch es gab auch niemanden, der hinter oder neben mir stand.

Ich erschreckte mich und ließ fast meine Handtasche fallen, die einen weiten Weg nach unten gehabt hätte.

Dann wurde mir klar, woher die Stimme kam. Hinter dem Geländer etwas nord-östlich von mir saß ein etwa 40-jähriger Mann mitten vor dem Felsabgrund. Er hatte anscheinend keine Angst abzustürzen. Doch wie war er dort hingekommen?

Ich blickte in die Augen dieses Mannes, der offensichtlich ebenfalls ein Indianer war. Seine Haut war zwar fast hell, und er trug auch keinen Federschmuck, wie ich Indianer klischeehaft in meinen Gedanken aussehen ließ, aber er trug Mokassins, eine helle Stoffhose und ein langes, weißes Hemd mit einer braunen Lederweste. Und jetzt entdeckte ich auch eine Kette, die er um den Hals trug und die mit Steinen und Federn verziert war. Also doch klischeehaft.

»Was sagten Sie bitte? Ich war so in Gedanken versunken, dass ich Sie nicht richtig gehört habe.«

»Das geht mir auch so, wenn ich hier oben sitze«, grinste er mich liebevoll an und ließ seine weißen Zähne blitzen. Ich wunderte mich etwas, denn seinem Gesicht nach zu urteilen, hätte dieser Mann auch ein beliebiger Weißer sein können. Wenn ich ihm in einer Stadt über den Weg laufen würde und er normal gekleidet wäre, würde ich nicht im Traum daran denken, dass er ein Indianer sein könnte.

»Ich fragte, ob dir gefällt, was du hier siehst?«

Der Traum! Da war er wieder! Schlagartig stellten sich meine Armhaare auf. Ich schloss meine Augen und versuchte, den Klang der Stimme noch einmal in mir ertönen zu lassen. Die Stimme des Mannes, der nur wenige Meter von mir entfernt auf dem Felsen saß, und die Stimme des Mannes, der mich in meinen Träumen gerufen hatte, waren identisch. Sie kamen von demselben Mann.

Meine Gänsehaut zog sich wie ein Schauer über und durch meinen gesamten Körper, und ich bemerkte, wie ich anfing, rot zu werden. Es war nicht so, dass ich mich schämte, aber die Tatsache, dass an meinen Träumen tatsächlich etwas Reales war, trieb mir den Schweiß auf die Stirn. Ich verspürte Angst.

»Ich ...«, antwortete ich ihm und wusste schon eine Sekunde später nicht mehr, was ich sagen sollte.

Die Situation, diese Begegnung war alles andere als einfach einzuordnen.

Der Indianer stand auf und schritt langsam auf mich zu. Ich stotterte immer noch und machte ganz automatisch einen Schritt nach hinten.

Der Mann hatte das mitbekommen und blieb stehen.

»Entschuldigung, ich wollte nicht ... hm ...«, sagte ich zu ihm, um mich für meinen Schritt nach hinten zu rechtfertigen. »Oh Gott«, flüsterte ich leise, aber dennoch laut genug, dass der Mann vor mir mich verstehen konnte.

»Ich bin froh, dass du dich entschieden hast, zu uns zu kommen!«

Ich presste ein »Ah« aus meinem Mund und schüttelte anschließend den Kopf.

»Nein, nein. Es tut mir leid, ich muss gehen!«

Ich zog meine Handtasche auf meiner Schulter wieder nach oben und drehte mich um. Dann lief ich auf den Pfad zu, dem ich gerade mühsam hier hoch gefolgt war.

»Er ist hier, Violet. Dein Vater ist hier. Das solltest du wissen, bevor du dich dafür entscheidest, wieder zu gehen!«

Jetzt, wo ich die Stimme hinter mir hörte, war ich mir vollkommen sicher, dass ich es hier wirklich mit ein und derselben Person zu tun hatte: dem Mann aus meinem Traum und dem Mann, der mich gerade bei meinem Namen genannt hatte.

Ich blieb augenblicklich stehen, starr vor Schreck. Hätte mich jemand angeschubst, wäre ich sicherlich einfach zu Boden gefallen.

Und dann merkte ich, wie meine Beine weich wurden, so weich, dass ich etwas abknickte und meinen Körper nach vorn beugen musste, um im Gleichgewicht zu bleiben.

Der Schreck wich auch aus meinem Gesicht und machte Platz für einen ganz anderen Ausdruck: Ich fing an zu weinen. Ich wusste nicht wieso. Vielleicht, weil ich nun wusste, dass die lange Reise nicht umsonst gewesen war. Vielleicht aber auch, weil ich jetzt, wo ich hörte, dass mein Vater hier war, einfach Panik bekam. Doch ebenso war es möglich, dass ich einfach nicht glauben konnte, dass dieser Mann gerade meinen Namen gesagt und ich allen Ernstes genau von diesem Mann und von diesem Ort geträumt hatte. War ich durchgedreht? Oder war er ein Magier? Dunkelmagier? Schwindler? Ein verkleideter Detektiv?

»Wenn du mir erlaubst, würde ich mich gern vorstellen.«

Ich drehte mich augenblicklich um und blickte dem Mann ins Gesicht. Doch sagen konnte ich nichts, meine Zunge war wie gelähmt.

Der Mann kam wieder einen Schritt näher auf mich zu. »Mein Name ist Pokuwoo. In deiner Sprache würde man den Namen mit ›Großer Bruder‹ übersetzen.«

Ich nickte ihm immer noch mit offenem Mund zu. Wie ein kleines, hilfloses Mädchen stand ich angewurzelt vor ihm, und es dauerte noch einen Moment, bis ich mich wieder gefangen hatte.

»Ich wusste nicht, dass du solche Schwierigkeiten damit hast. Ich dachte, als Tochter deines Vaters hättest du, nun, sagen wir, seine Offenheit geerbt. Doch es erschreckt dich sehr, mich nun hier zu sehen. Ist es so?« Er grinste wieder.

Ich schluckte und schloss für eine Sekunde meine Augen. »Nun, ich bin es nicht gewohnt, von Menschen zu träumen, die ich dann in der Realität treffe«, antwortete ich ihm etwas gefasster und mutiger.

»Dies ist also der Grund, dass du mich anschaust, als sei ich ein Geist?«

Der Mann hatte ein solch sanftes und herzliches Lächeln, dass meine Angst ein Stück von mir wich.

»Sicherlich wünschst du dir, dass du deine Augen wieder öffnest und ich dann verschwunden bin. Aber damit kann ich leider nicht dienen.«

»Nein«, sagte ich und unterstrich dies mit einem Abwinken, während ich meine Augen wieder öffnete.

»Würdest du mir vertrauen und dich einen Moment mit mir auf den Felsen setzen?«, fragte er mich und deutete mit seiner Hand wieder in die Richtung der Plattform.

Ich nickte, obwohl ich mich nicht ganz wohl dabei fühlte. »Du kannst jederzeit aufstehen und gehen!«

Er lächelte wieder, und ich schaute ihn mir genauer an. Nur für einen kleinen Moment natürlich, schließlich wollte ich ihm nicht den Eindruck geben, ich würde ihn angaffen oder so etwas. Aber wenn ich wirklich mit diesem Mann, diesem fremden Mann auf dem Felsen verweilen sollte, dann wollte ich ihn mir doch etwas genauer anschauen. Sein Gesicht war rundlich, und so richtig schlank war der Mann auch nicht. Er war nicht dick, er machte einfach einen kräftigen, gemütlichen Eindruck. Seine Augen wirkten schmal, hatten aber dennoch einen faszinierenden Ausdruck. Sie glänzten in einem grün-türkisen Schimmer.

Er streckte mir seine Hand entgegen als Geste der Einladung. Seine Hand war kräftig und leicht behaart.

»Okay«, antwortete ich ihm zögerlich.

Ich ging hinter ihm die paar Meter zu dem Felsvorsprung zurück und kletterte über das Holzgeländer, das nicht wirklich schwer zu überwinden war. Er bot mir seine Hand zur Hilfe an, und nah am Abgrund entlang gingen wir noch ein paar Schritte über die Felsplattform. Wir umrundeten den Felsen ein Stück und setzten uns dann, geschützt vor den Blicken anderer, auf den glatten und leicht kühlen Felsboden. Es war wie eine Höhle, da diese Plattform von Felswänden umgeben war.

»Ich sitze jeden Tag hier und betrachte das Dorf, das dein Vater mit mir aufgebaut hat. Es ist manchmal so, als sei es erst gestern gewesen, als wir den ersten Spatenstich gesetzt haben.« Ich blickte ihn an und sah, wie verträumt er über das große Areal blickte. Dann wandte er seinen Blick wieder ab und schaute mich an.

»Dein Vater ist ein großer Segen für uns gewesen.«

Ich blickte beschämt auf den Boden. Wie er über meinen Vater sprach, passte überhaupt nicht in meine eigene Vorstellung von ihm.

»Ich habe leider keine so guten Erinnerungen an ihn«, platzte es aus mir heraus und Pokuwoo nickte lächelnd. »Er hat es mir erzählt.«

Er schwieg für einen Moment und sprach dann weiter: »Dein Vater und ich sind uns vor sieben Jahren begegnet. Er war Kurierfahrer, und eines Tages lieferte er ein Paket in der Firma ab, in der ich arbeitete. Ich war für die Post verantwortlich. Alle Pakete, Rechnungen und andere Briefe landeten bei mir, und ich verpackte, beklebte und sortierte sie, bevor sie auf ihre lange Reise gingen.«

Ich hörte ihm aufmerksam zu und beobachtete diesen Indianer an meiner Seite, der anscheinend ein normales Leben gehabt hatte, bevor er hierhergekommen war.

»Ich war sehr unzufrieden mit meinem Leben«, sprach er weiter. »Ich habe miterlebt, wie meine Kultur immer mehr zugrunde ging. Mein Vater und mein Großvater lebten noch in Reservaten, doch uns Kindern wurde dieses Leben verwehrt. Wir sollten in die Stadt ziehen und eine Lohnarbeit annehmen. Ein normales amerikanisches Leben führen. Das tat ich, aber der Schmerz darüber, was ich bin, nicht ausdrücken zu können, war groß in mir und begleitete mich all die Jahre. Dein Vater erkannte dieses Problem in mir sofort. Er war jahrelang in anderen Ländern unterwegs gewesen und hatte die Kultur von Naturvölkern studiert. Er fragte mich, ob ich indianische Wurzeln hätte, und fing sofort ein Gespräch mit mir an.«

»Du achtest ihn sehr, oder?«, fragte ich meinen Begleiter, der nachdenklich und doch mit einem dankbaren Lächeln in seiner Vergangenheit schwelgte.

»Oh, ja, Violet!«, antwortete er mir, und wieder wurde mir bewusst, dass er mich unmöglich gekannt haben konnte. Am liebsten wäre es mir gewesen, er hätte mich nicht mehr darauf aufmerksam gemacht, wie absurd diese Begegnung war.

»Wir waren fortan Freunde und später wie Brüder. Er war es, der mir half, mein Innerstes nach außen zu kehren und den Platz in meiner Ahnenreihe wieder einzunehmen. Er war es, der mich wieder zu meiner Kultur zurückführte.«

»Kaum vorstellbar, dass ein Weißer einem Indianer etwas über seine Kultur erzählt.«

»Oh, ja, das sagten meine Mutter und meine Frau damals auch, als ich ihnen von William erzählte. Doch unser Schicksal war besiegelt, und unser gemeinsamer Weg lag vor uns. Wir ließen uns nie von unserer Idee abbringen …«

»Ein Indianerdorf zu bauen?«, fragte ich ihn und schämte mich dann, weil in meiner Frage eine Spur Sarkasmus lag.

»Indianern die Möglichkeit zu geben, ihre Kultur und ihr Sein zu leben, ja. Das mit dem Reservat hier hat sich entwickelt. Es wurde alles vom großen Geist zusammengeführt. Welch ein Segen das für uns war, nach all den Jahren, in denen wir versucht hatten, ein Leben zu leben, das mit unserem Blut nicht vereinbar war!«

Ich ließ ihn erzählen und hörte ihm zu, doch immer wieder schoben sich Gedanken in meinen Kopf. Der Schock saß noch viel zu tief, der Schock, meinen Vater gefunden zu haben, und der Schock, an diesem Ort, an dem ich gerade war, bereits im Traum gewesen zu sein.

»Der größte Wunsch deines Vaters war, dich noch einmal zu sehen«, sagte er plötzlich und änderte das Thema. »Deswegen bin ich in deine Traumwelt eingedrungen und habe dich kontaktiert.«

»Du bist in meine Traumwelt eingedrungen und hast mich kontaktiert? Wie soll ich das verstehen?«

»Du warst zu beschäftigt, um mich bei vollem Bewusstsein zu hören. Deswegen habe ich deine Träume benutzt!«

Ich ignorierte, was er mir gerade gesagt hatte. Ich wollte weder wissen, dass er es getan hatte, noch, wie er es tat. Etwas nervös rutschte ich auf meinem Hinterteil hin und her und schlug abwechselnd ein Bein über das andere. Mir war die Situation unheimlich, und ich dachte darüber nach, einfach aufzustehen und wegzugehen. Ich fühlte mich irgendwie nicht echt, nicht in meinem Körper. Das alles wirkte wie ein Film auf mich. Der Indianer hatte ja gesagt, dass ich jederzeit aufstehen könne. Vielleicht wäre es das Beste, genau das zu tun. Doch ich war auch neugierig. Ich wollte wissen, was mit meinem Vater los war. Pokuwoo sagte, mein Vater wolle mich noch einmal sehen, und das klang gar nicht danach, dass alles gut war.

»Liegt er im Sterben?«, fragte ich den Indianer plump. Pokuwoo nickte.

Ich weiß nicht wieso, aber auch ich fing an zu nicken.

»Er wird diese Welt verlassen und zu seinen Ahnen zurückkehren!«

»Was ist los? Was hat er?«, fragte ich ihn und bemerkte, dass ich leicht panisch wurde.

»Er hat Krebs. Die Krankheit hat sich bereits überall in seinem Körper ausgebreitet. Noch lebt er damit, doch er ist mittlerweile schon so schwach geworden, dass es nicht mehr lange dauern wird, bis seine Seele den Körper verlässt!«

Das, was Pokuwoo sagte, machte mich irgendwie wütend, und ich spürte, wie eine einzelne Träne meine Wange hinunterlief. Es war nur eine einzige Träne, die ich für ihn vergoss, doch in dieser Träne lag all mein Vorwurf, meine Verbitterung und Trauer. Nach all den Jahren bis zum Wiedersehen würden wir doch wieder getrennt werden. Doch dieses Mal für immer.

»Ist er zu einem Arzt gegangen?«, fragte ich weiter, um mich abzulenken. Vielleicht konnte man ihn noch retten, wenn er sich medizinisch behandeln ließe.

»Ja, er wollte zwar erst nicht, aber nachdem ich ihn wiederholt aufgefordert hatte, die Fortschritte seiner Kultur nicht zu verleugnen, ist er tatsächlich gegangen.«

Ich lachte und weinte gleichzeitig. Ja, so stur konnte nur mein Vater sein!

»Und der Arzt konnte ihm auch nicht helfen?«

Pokuwoo schüttelte den Kopf und legte kurz seine Hand auf die meine.

»Nein, Violet, leider konnte er das nicht.«

»Ist er hier?«

»Ja, er liegt in der Hütte dort vorn im Wald«, antwortete er mir und deutete auf die Hütte im Wald, die ich vorher bereits bemerkt hatte.

Zu wissen, dass er mir nah war, nur wenige Minuten entfernt, ließ einen Schauer über meinen Rücken laufen.

Ich stand auf und lief die wenigen Meter ab, die mir die Plattform, auf der ich mich befand, zur Verfügung stellte. Mit einem kleinen Seufzer lehnte ich mich an die Steinwand hinter mir. Der Indianer wandte seinen Blick nicht von dem Dorf, das sich vor ihm erstreckte, ab. »Es geht ihm gut, Violet. Er hat mit seinem Leben Frieden geschlossen.«

Pokuwoo stützte sich auf seine Knie und stand auf. Er drehte sich zu mir um. »Doch den Tag, als er dich verlassen hat …«

Ich schloss meine Augen. »Diesen Tag verteufelt er noch heute. Er ist ein guter Mann, und wir verdanken ihm so viel. Doch in seinem Herzen hasst er sich dafür, dass er nicht bei dir geblieben ist.«

»Ich kann das nicht hören«, unterbrach ich ihn wütend. »Wenn er sich doch so sehr dafür hasst, wieso hat er es dann überhaupt getan? Das hätte er vorher wissen müssen.«

Meine Stimme erhob sich, und ich merkte, wie mein Körper anfing zu zittern.

»Wir wissen vorher nie, wie sehr wir einen Menschen mit unseren Handlungen verletzen. Hätte er es gewusst,

wäre er nicht fortgegangen. Er wusste nicht, wie er weiterleben sollte!«

Ich schüttelte den Kopf und rieb mir mit der Hand
über die Stirn, um meine Haare aus dem Gesicht zu wi-
schen.

»Du sprichst so leichtfertig, Pokuwoo. Dich hat er nicht
verlassen!«

»Ich weiß, dass das nicht einfach für dich war. Du hast
die freie Wahl zu entscheiden, und das ist alles, worum
ich dich bitte.«

Mein Herz pochte kräftig, und ich musste wieder säu-
erlich aufstoßen. Mein Arzt hatte mir dringend angeraten,
jeglichen Stress zu vermeiden, doch ich musste ja auf die
glorreiche Idee kommen, meinen Vater zu suchen.

Ich schluckte, doch der Geschmack in meinem Mund
blieb. Gerade noch rechtzeitig nahm ich die Wasserflasche
aus meiner Tasche und nahm einen großen Schluck. Fast
wäre mein Mageninhalt wieder nach oben gekommen.

Pokuwoo sah mich mitfühlend an, dann senkte er seinen Blick.

»Ich werde nun gehen, Violet, und auf deine Antwort
warten. Du wirst mich hier wieder treffen, wenn du dies
möchtest.«

Er stieg den Felsen hinab. Nur ein paar Schritte unter-
halb der Felsen begann ein schmaler Weg, der vermutlich
ins Dorf führte. Ich wollte nicht, dass unser Treffen so endete, und kam hinter ihm her.

Er spürte das irgendwie und blieb stehen. Für einen
Moment herrschte Stille zwischen uns, und ich merkte,
dass er darauf wartete, dass ich etwas sagen würde.

Ich setzte mich auf einen Stein und suchte nach den richtigen Worten.

»Ich kann ihm nicht vergeben. Ich weiß, das verstehst du nicht, und du möchtest, dass dein Freund in Ruhe sterben kann.« Ich fing an zu schluchzen, wenn auch leise.

»Mein ganzes Leben leide ich darunter, dass er von mir gegangen ist. Ich habe solche Angst, verlassen zu werden, von meinem Sohn, von meinem Mann. Das ist alles seine Schuld.«

»Ich weiß, Violet«, antwortete er mir und schwieg dann. Er drehte sich zu mir und blickte nach oben.

»Ich kann ihm nicht einfach vergeben und so tun, als ob nichts gewesen wäre, nur damit er in Ruhe sterben kann! Das ist es doch, was er von mir will, oder?« Ich sprach das aus und verstummte augenblicklich. So etwas kannte ich von mir nicht. Ich war so furchtbar kaltherzig.

Pokuwoo schluckte, als er das hörte, und ich öffnete gerade meinen Mund, um mich dafür zu entschuldigen, was ich gesagt hatte.

»Du verstehst nicht, was Vergebung wirklich bedeutet, Violet. Es geht nicht darum, dass du deinem Vater die Verantwortung nimmst. Es geht nicht darum, ihn von seiner Schuld freizusprechen. Vergebung dient in erster Linie dir und deinem Frieden, Violet. Du befreist dich damit, nicht ihn.«

Ich blickte ihn an. Seine Worte hatte ich zwar gehört, aber deren Bedeutung war mir dennoch nicht klar.

»Ich warte hier auf dich, falls du dich entscheiden solltest zu bleiben.« Mit diesen Worten verabschiedete er sich von mir und ging weiter den Abstieg hinunter.

Ich blieb allein auf dem Felsen zurück und zog verbittert meine Mundwinkel nach unten. Ich war zu stolz und wütend, um zu weinen. Den langen Weg hatte ich auf mich genommen, und statt auf meinen Vater zu treffen, fand ich einen Indianer, der meinte, mir etwas über mein Leben erzählen zu müssen.

Der Gedanke, sofort abzureisen, kam in mir hoch, doch wie festgewurzelt blieb ich dort auf dem Felsen sitzen. Das war es also? Das war alles?

Ich blieb noch einige Minuten sitzen und starrte in die Leere, während meine Gedanken Karussell fuhren. Ich wusste einfach nicht, wohin. Ich wusste nicht, was ich machen sollte. Mich trennten vielleicht 200 Meter von meinem Vater. Von dem Vater, der mich verlassen hatte und der jetzt im Sterben lag. Ein Teil von mir wollte am liebsten aufstehen und zu ihm rennen. Doch der größere Teil war noch nicht bereit, ihn zu sehen. Sollte er doch sterben! Ich wollte das nicht denken, doch die Wut war einfach so groß. Ich hatte damals keine Möglichkeit, ihm zu zeigen, wie enttäuscht ich war. Er ist einfach gegangen, und wir haben uns nie wiedergesehen.

Nach ein paar Minuten bemerkte ich, dass Pokuwoo mich vom Dorf aus anblickte, und vorsichtig richtete ich meine Augen in seine Richtung. Aus dieser Entfernung konnte ich zwar sehen, dass er mich anschaute – schließlich war sein Kopf nach oben gerichtet –, aber ob ich ihn anschaute oder nicht, konnte er unmöglich erkennen.

Was für eine merkwürdige Begegnung. Wer war dieser Mann, der fähig war, mit mir in meinen Träumen zu sprechen? Seine Haltung und seine Bewegungen hatten etwas

Beruhigendes. Seine Augen waren trotz der Tatsache, dass sie sehr schmal waren, klar und offen und wirkten sehr durchdringend auf mich.

Pokuwoo drehte sich um und verschwand in einer kleinen Hütte, aus der drei Kinder herausgerannt kamen. War er enttäuscht von mir?

Ich stand auf, nahm meine Handtasche und kletterte nach oben zu dem Geländer. Für einen kurzen Augenblick schaute ich noch einmal hinter mich, und dann lief ich den sandigen Weg wieder hinunter, dorthin, wo ich hergekommen war.

Ich lief zurück zur Haltestelle, an der ich vor kurzer Zeit erst ausgestiegen war. Enttäuschung machte sich in meinem Herzen breit. Dieser Park war so wunderschön und voller Magie. Doch von all dem bekam ich wenig mit, weil ich, versunken in meine Gedanken, kurz davor stand, wieder abzureisen.

Vor Kurzem noch hatte ich in der Eisenbahn gesessen und lächelnd nach draußen geblickt. Jetzt fuhr ich zurück zum Parkplatz und war endlos traurig und frustriert. Es dauerte eine ganze Weile, bis ich mich wieder auf dem Parkplatz befand, auf dem mein gemietetes Auto stand. Ich stieg ein und ließ mich in den Sitz fallen, den Schlüssel warf ich auf den Beifahrersitz. Mein Blick wanderte vom Schlüssel, der darauf wartete, ins Zündschloss gesteckt zu werden, zu der gewaltigen Parklandschaft, die sich mir im Rückspiegel eröffnete. Ich kramte in meiner Tasche nach meinem Handy und entschied, Peter anzurufen und ihm von meinem Unglück zu berichten. Er hatte sicher die richtigen Worte für mich und konnte mir bei meiner Entscheidung helfen. Doch leider konnte ich ihn auf dem Handy nicht erreichen. Ein Anruf bei meinen Schwiegereltern verriet mir, dass er mit Opa, Justin und Carlos, dem Hund, spazieren war und das Handy natürlich auf dem Tisch liegen gelassen hatte.

Ich sagte meiner Schwiegermutter, dass ich mich später wieder melden würde, und legte auf. Ich war, was meine Entscheidung betraf, auf mich allein gestellt, und das gefiel mir überhaupt nicht. Sollte ich Perry anrufen und ihn um Rat bitten? Aber dann wüsste er, dass ich mich in Ohio befand. Meine Hand griff seitlich des Sitzes nach dem Hebel und verstellte ihn so, dass ich nun fast waagerecht lag.

In meinem Kopf malte ich mir jedes Szenario bis ins kleinste Detail aus. Bleiben, wegfahren, bleiben, wegfahren … Beides schien irgendwie richtig und falsch zugleich zu sein. Nachdem ich eine halbe Stunde nachgedacht hatte und zu keinem Ergebnis gekommen war, verließ ich wieder das Auto und ging auf dem Parkplatz umher.

Mein Magen fing nur wenig später an zu knurren, und vielleicht war es sogar der Hunger, der mir half, eine Entscheidung zu treffen.

Dieser Park war so herrlich. Obwohl ich nur einen winzigen Teil von ihm gesehen hatte, faszinierte mich diese Landschaft. Es wäre eine Schande gewesen, hier zu sein und gleich wieder abzureisen. Ich nickte, so als ob ich meinen Gedanken recht geben wollte, und öffnete mein Auto wieder, um meinen Koffer zu holen. Ich würde jetzt in eines der Hotels gehen und dann etwas essen. Wenn ich ein Zimmer finden würde, dann, so machte ich mit mir selbst aus, bliebe ich noch eine Nacht und würde den Tag nutzen, um mich im Park zu entspannen. Wenn die Unterkünfte alle ausgebucht wären, dann würde ich eben wieder abreisen und Richtung Süden in die kleine Stadt fahren, aus der ich gekommen war. So einfach war das.

Ich zog den Koffer hinter mir her und bestieg abermals die Eisenbahn. Der Schaffner war der gleiche wie zuvor und half mir, mein Gepäck ins Abteil zu bringen. Er lächelte nur leicht, als er mich wiedersah. Was er wohl denken musste?

Der Blick nach draußen in die bezaubernde Landschaft und in die Gesichter meiner Mitreisenden bestätigte mir, dass ich das Richtige getan hatte. Alle wirkten glücklich, freudig und neugierig. Nur ich machte ein Gesicht, als ob jemand gestorben wäre. Naja, irgendwie war dies ja auch so – in doppelter Hinsicht.

Ich nahm einen tiefen Atemzug, blickte aus dem Fenster und zwang mir ein kleines Lächeln auf. Ich war hier und wollte mir von meinem Vater nicht diesen kurzen Besuch verderben lassen. Meine erste Anlaufstelle war das Hotel, das ich vorhin gesehen hatte. Es war ziemlich klein, und ich hatte nur ein paar Fenster gesehen. Es war möglich, dass sie gar kein Zimmer mehr frei hatten. Aber irgendwie hatte dieses Hotel Charme, und mir gefiel die weinrote Fassade des Hauses. Der Schaffner hatte anscheinend darauf gewartet, dass ich ausstieg, und half mir wieder mit dem Koffer.

»Einen schönen Aufenthalt, Ma'am!«, sagte er noch und kümmerte sich dann wieder um andere Passagiere.

Ich murmelte leise: »Hm, mal schauen.«

Wie lange und wie schön der Aufenthalt hier werden würde, war schließlich noch nicht entschieden.

Als ich in das Hotel trat, wurde ich sofort von einem Lachen begrüßt, das mich ansteckte: Eine ziemlich korpulente Frau um die 50 Jahre mit hochgesteckten Haaren und einem deutlich texanischen Akzent unterhielt sich mit einem Paar. Sie stoppte sofort, als sie mich sah, und fragte, ob sie mir helfen könnte.

Wie ich erfuhr, reiste das Paar gerade ab, und somit war ein Zimmer frei geworden, in dem ich wohnen könnte, wenn ich wollte.

Es war zwar ein Doppelzimmer, aber sie zwinkerte mit dem rechten Auge und meinte, ich würde das Zimmer zu einem günstigeren Preis bekommen, weil es im Moment das einzige freie wäre.

Ich war von so viel Gastfreundschaft und der großen Portion Humor ein bisschen überwältigt. Sie nahm sofort meinen Koffer entgegen und bot mir an, dass ich in einer halben Stunde wiederkommen könnte, dann hätte sie das Zimmer sauber gemacht. Da ich ziemlichen Hunger hatte, war mir das recht. Viel schneller wäre ich sowieso nicht zurück gewesen.

Nach ungefähr einer Stunde kam ich mit gefülltem Bauch wieder ins Hotel zurück. Die Hotelbesitzerin, die sich mir gleich als Rose vorstellte, gab mir den Schlüssel für das Zimmer Nummer neun und erklärte mir, dass sie meinen Koffer schon hinauf ins Zimmer gebracht hätte. Und sie fragte mich, ob ich wüsste, wie lange ich bleiben würde. Doch darauf konnte ich ihr vorerst keine Antwort geben. Ich antwortete nur, dass sich das am nächsten Tag entscheiden würde.

Gleich im ersten Stock befand sich mein Zimmer. Ein Blick zur Treppe verriet mir, dass es nur noch ein weiteres Stockwerk gab. Ein kleines gemütliches Hotel also – wenige Zimmer, dafür familiär und schön eingerichtet, wie sich bald herausstellte. Mit einem großen Seufzer öffnete ich meinen Koffer und schaute mir an, was ich alles eingepackt hatte. Zweifellos hatte ich genug für eine Woche gepackt, doch so lange würde ich sicher nicht bleiben. Ich zog den Vorhang am Fenster zur Seite und blickte nach draußen. Die Menschen, die ich erblickte, sahen entspannt und glücklich aus. Als ich meinen Blick weiter in die Ferne richtete, erkannte ich auch den Weg, der vorbei an der Raststätte zum Reservat führte.

Was machte ich bloß hier? Der Gedanke, dass mein Vater nur wenige hundert Meter von mir entfernt in einer Hütte im Sterben lag, verfolgte mich jede Minute. Was für eine Tochter war ich, dass ich nicht sofort zu ihm gegangen war? Doch ich wusste beim besten Willen nicht, was ich hätte tun oder sagen sollen.

Selten war ich in meinem Leben so hin- und hergerissen wie in diesem Augenblick.

Ich verspürte den Drang, irgendetwas zu tun, um mich abzulenken. Doch egal, woran ich dachte, es war nicht Ablenkung genug. Mein Vater würde mich so lange in meinen Gedanken verfolgen, bis ich vor ihm stehen würde. Eine halbe Stunde lag ich mit verschränkten Armen, die mir als Kissen dienten, auf dem Bett, bis mich endlich mein Handy aus meiner Melancholie und Unsicherheit befreite. Peter war dran.

Mir kamen sofort Tränen in die Augen, als ich Justin im Hintergrund lachen hörte. Wieso war ich bloß in diesen Staat geflogen? Viel lieber wäre ich jetzt bei ihnen gewesen.

»Violet, was ist denn los mit dir?«, fragte mich Peter, als er mich wimmern hörte.

»Ich weiß nicht, was ich machen soll!«

Ich erzählte ihm alles, was ich an dem Tag gestern und heute erlebt hatte. Als ich über meine Begegnung mit dem Indianer sprach und die Wut, die ich in dem Moment herausgelassen hatte, fing ich wieder an zu weinen.

Ich war so voller Wut, dass ich mich wie ein kleines Kind verhielt.

»Ich verstehe nicht, wieso du nicht einfach zu ihm gehst und ihm sagst, wie du damals gefühlt hast«, sagte Peter nur, und ich hörte, wie Justin um ihn herumalberte.

»Ich kann doch nicht …«, sagte ich wie automatisch und unterbrach mich dann selbst. »Ich weiß nicht, Peter. Das klingt immer so leicht, wenn du das sagst.«

»Warte, Schatz«, sagte Peter, und dann hörte ich ihn für zwei Minuten nicht mehr. Ich fühlte mich natürlich sofort nicht beachtet und ernst genommen.

»Okay, ich bin in die Küche gegangen. Schatz, wie lange willst du dieses Drama noch mit dir herumtragen? Denkst du nicht, dass es an der Zeit ist, dich deiner Vergangenheit zu stellen?«

»Ich weiß nicht, wie ich das machen soll«, antwortete ich leicht genervt.

Peter lächelte. Das konnte ich an seiner Stimme hören. »Oh, Violet!«

Machte er sich lustig über mich?

»Dieser Unfrieden mit deinen Eltern wird dich dein Leben lang begleiten, das weißt du. Es ändert sich nichts, wenn du es nicht änderst. Was machst du, wenn er morgen sterben sollte? Du hast selbst gesagt, dass er nicht mehr lange zu leben hat. Wenn er stirbt, dann wirst du dich für den Rest deines Lebens fragen, ob ihr euch hättet versöhnen können.«

Augenblicklich wurde ich still. Peters Worte waren so einfach und doch so wahr.

»Okay«, flüsterte ich leise.

»Wie, okay?«

»Ich gehe zu ihm.«

»Du wirst sehen, dass das die richtige Entscheidung ist, Violet. Wie geht es eigentlich deinem Magen?«

»Hm, es geht. Heute Morgen war mir wieder etwas übel.«

»Ich denke, das wird besser, wenn du erst einmal mit deinem Vater gesprochen hast. Willst du Justin noch mal sprechen?«

»Nein, nein. Ich melde mich später wieder!«, sagte ich und beendete das Gespräch.

Nachdem ich mir noch eine Kleinigkeit zu essen gegönnt hatte, machte ich mich auf den Weg, den Park zu erkunden. Doch obwohl ich von dem Park begeistert war, konnte ich meine Gedanken nicht abschalten. Ich wollte jeden Augenblick und jeden Meter des Parks genießen, doch immer wieder musste ich an meinen Vater denken. Ihn in meiner Nähe zu wissen, wirkte auf mich beängstigend.

Nach einigen Stunden entschloss ich mich, zu dem Wasserfall zu fahren, den ich aus der Bahn gesehen hatte.

Dort blieb ich, bis es anfing zu dämmern. Ich saß auf der Bank und sah dem Wasser zu, wie es etliche Meter tosend in die Tiefe stürzte. Es war lange her, dass ich intensiv über mein Leben nachgedacht hatte. Ich musste mir eingestehen, dass mir ein entscheidender Teil in meinem Leben fehlte: meine Eltern. Ich wollte als Kind so schnell wie möglich erwachsen werden, erfolgreich sein und selbst eine Familie gründen. Doch obwohl ich all dies umgesetzt hatte, blieb die Leere in mir bestehen.

Sie war die ganze Zeit in mir gewesen, und immer wenn ich zur Ruhe kam, machte sie sich bemerkbar. Deswegen arbeitete ich so viel, um diese Unruhe in mir nicht fühlen zu müssen. Doch der Preis dafür war hoch. Für meinen Sohn war ich zu einer Fremden geworden. Vielleicht erinnerte er mich einfach zu sehr an meine eigene Kindheit, wenn ich mit ihm Zeit verbrachte.

Ich ballte meine Fäuste und drückte mich von der Bank ab.

Peter hatte einfach recht mit dem, was er sagte. Ich musste meinen Frieden mit meiner Vergangenheit schließen, sonst würde ich sie jeden Moment in meinem weiteren Leben mit mir wie einen Sack herumschleppen. Ich war nicht frei, obwohl ich mir immer eingeredet hatte, dass ich es sei.

Ich lief schnellen Schrittes zur Bahnhaltestelle zurück. Nachdem ich 15 Minuten später wieder an meiner Station ausstieg, ging ich nicht zurück ins Hotel, sondern bog in den Weg ab, der zum Reservat führte.

Mit jedem Schritt, den ich dem Reservat entgegenkam, wurde ich ruhiger. Ich bog nach rechts ab und nahm den mühsamen Weg Richtung Felsen auf mich. Ich war völlig allein. Die meisten Gäste hatten den Park bereits verlassen, weil es schon dunkler geworden war. In der Ferne konnte ich die orange-rosa-farbenen Strahlen der untergehenden Sonne beobachten.

Ich war ganz schön aus der Puste und blieb die letzten Meter doch noch einmal stehen, um durchzuatmen. Am Felsen angekommen, blickte ich um mich. Der Sonnenuntergang war von dort oben viel intensiver zu sehen. Der Park war noch magischer als am Mittag. Überall beleuchteten Straßenlaternen die Wege, und man konnte sogar noch den Wasserfall hören, wenn auch nur ganz leise und unter großer Konzentration. Leider war Pokuwoo nicht da. Doch bevor ich enttäuscht sein konnte, stieg mir ein Geruch von verbrannten Kräutern in die Nase. Ich kletterte über das Geländer, um nachzuschauen, ob Pokuwoo vielleicht dort war, wo er mittags den Felsen heruntergestiegen war.

Er saß tatsächlich dort und räucherte an einer kleinen Feuerstelle, die ich vorher durch die Felswand vor mir nicht hatte sehen können. Andächtig hatte er seine Hände gen Himmel gestreckt und murmelte mit geschlossenen Augen ein paar Worte, die ich nicht verstand.

Er bemerkte, dass ich ein paar Meter seitlich von ihm auf einem Stein stand und ihn anschaute. Langsam drehte er seinen Kopf zu mir und lächelte mich an. Da war also wieder dieser Indianer, den ich am späten Morgen angetroffen hatte. Er hatte sein Wort gehalten und auf mich gewartet.

Pokuwoo sagte nichts und winkte mich nur zu sich. Ich nickte und näherte mich ihm vorsichtig. Er legte seine Weste auf den Boden, klopfte dann mit der Hand darauf und lächelte mich weiter an.

Ich setzte mich, ohne ein Wort zu sagen, neben ihn und blickte mit ihm in den Sonnenuntergang.

»Du hast dich entschieden?«, fragte er mich sanft und leise.

»Ja.«

Er ergriff meine Hand und drückte sie. »Das ist gut, Violet. Das ist gut. Es gibt Momente im Leben, da müssen wir uns unseren Dämonen stellen, Violet. Wenn wir es nicht tun, dann nähren wir sie, und sie werden mächtiger und mächtiger.«

Ich konnte mit seinen Worten über die Dämonen nichts anfangen, aber wahrscheinlich sprach er über die gleichen Dinge, die ich mir noch vor wenigen Minuten am Wasserfall klargemacht hatte: Ich musste mich meiner Vergangenheit und somit meinem Vater stellen.

»Wann kann ich ihn sehen?«, fragte ich ihn und blickte dabei weiter in die untergehende Sonne.

»Nun, Violet, in unserem Stamm gibt es Regeln, die seit Jahrhunderten Bestand haben.«

Als er das sagte, wurde mir für ein Moment kalt. Er wollte doch nicht etwa, dass ich jetzt einen Regentanz machte oder eine Pfeife mit ihm rauchte?

»Was bedeutet das?«, fragte ich schnell hinterher, bevor ich noch weitere unsinnige Gedanken bekäme.

»Dein Vater liegt aus einem bestimmten Grund in der Hütte dort im Wald. Wir nennen diese Hütte die ›Hütte des Übergangs‹. Schon unsere Vorfahren haben in ihrer Tradition Sterbende an einen bestimmten Ort für ihren Übergang gebracht, und nur Mitglieder des Stammes, die keinerlei schädigenden Einfluss auf den Sterbenden hatten, durften diesen Ort besuchen.«

Ich schluckte. »Du glaubst also, ich habe einen schädigenden Einfluss auf meinen Vater?«, spottete ich.

»Die Hütte ist nur jenen zugänglich, die reine Gedanken für den Sterbenden haben, die im Reinen mit dem Sterbenden sind. Nicht-Stammesmitglieder und Fremde, die im Unreinen mit dem Sterbenden sind, würden durch ihre Energie verhindern, dass der große Geist den Sterbenden in sich aufnimmt.«

Ich riss meine Augen auf und schüttelte verständnislos den Kopf. Wollte dieser Mann mir verbieten, meinen Vater zu sehen, jetzt, wo ich mich entschieden hatte, es wirklich zu tun?

»Du darfst natürlich deinen Vater sehen, Violet«, lächelte Pokuwoo, und für einen Moment schien dieser Indianer noch merkwürdiger auf mich zu wirken. Konnte er mit seinem Zauber etwa meine Gedanken lesen? »Ich möchte dich nur bitten, unserer Tradition zu folgen und erst deine Gefühle ins Reine zu bringen. Außerdem möchte ich dich bitten, auf den großen Geist zu warten. Er wird dir das Zeichen geben, dass du in unseren Stamm aufgenommen worden bist.«

Ich stand ruckartig auf und lief die drei Meter nach hinten, die mir der Felsvorsprung an Bewegungsfreiraum gab.

Pokuwoo blickte nach wie vor Richtung Sonne, er machte sich nicht die Mühe, seine Position zu verändern.

»Hast du nicht gesagt, dass mein Vater im Sterben liegt, Pokuwoo? Wie soll ich ›meine Gefühle‹ ins Reine bringen und ein Mitglied dieses Stammes werden, bevor er das Zeitliche segnet?«, fragte ich ihn etwas lauter und nicht weniger spöttisch. Augenblicklich stieg mir wieder die Säure aus dem Magen nach oben, und der widerliche Geschmack in meinem Mund machte sich bemerkbar. Ich hatte mich erneut aufgeregt, was allerdings kein Wunder war bei dem, was dieser Kerl vor mir gerade von sich gab. Ich sollte meine Gefühle klären und eine Indianerin werden, um meinen Vater zu sehen? Für einen Moment dachte ich daran, zur Polizei zu gehen und mir so den Zugang zu der Hütte zu verschaffen. Doch je weiter ich diesem Gedanken folgte, desto mehr musste ich zugeben, dass er keineswegs dazu führen würde, dass ich ein friedliches Treffen mit meinem Vater hätte. Es musste also eine andere Lösung geben. Doch ich wollte keinesfalls warten, bis mich irgendein großer Geist dazu auserwählen würde, ein Stammesmitglied zu werden. Ich war Christin, wenn auch nicht eine besonders überzeugte. Ich hatte nicht vor, in meinem Leben die Religion zu wechseln.

»Wir reden hier von Tagen, Violet. Nicht von Wochen, Monaten oder Jahren. Der große Geist ist schon in deiner Nähe, um dich willkommen zu heißen.«

Ich schüttelte wieder den Kopf, als ich sah, dass Pokuwoo immer noch in die Weite schaute. Die Sonne war allerdings kaum mehr sichtbar.

Ich antwortete nichts, ich sagte nichts mehr und hoffte, dass er irgendwie präziser würde, bevor ich wutentbrannt diesen Ort verlassen und zu einem Ranger laufen würde.

Es gab kein Gesetz, das mir verbieten konnte, meinen Vater zu sehen, wenn er im Sterben lag, und egal, ob diese Indianer meinten, sie müssten einen großen Geist anbeten und ihre Pfeife mit Kräutern rauchen, sie lebten in den Vereinigten Staaten und mussten sich gefälligst an unsere Gesetze halten.

Pokuwoo stand langsam auf und machte einen Schritt in meine Richtung. »Dein Vater hat uns die Möglichkeit gegeben, an diesem Ort hier nach unserer Tradition zu leben. Er kennt und lebt unsere Tradition, genauso wie wir.«

Welch ein wunderbarer Gedanke. Mein alter, verrückter Vater war einem Indianerkult beigetreten. Das stand ihm irgendwie. Er war schon immer unzufrieden mit seinem Leben und seiner Religion gewesen.

»Der große Geist ist sehr präsent in deinem Vater, Violet. Durch seinen Körper und seinen Geist fließt mehr indianischer Glaube als durch manchen von uns, die durch ihr Blut mit den indianischen Vorfahren verbunden sind. William würde wollen, dass du dich an diese Tradition hältst.«

Ich seufzte deutlich hörbar. »Weiß er, dass ich hier bin?«

Pokuwoo lächelte. »Das ist bisher unser Geheimnis, Violet.«

»Ich muss darüber nachdenken, ob ich das will«, antwortete ich ihm etwas hart und rieb mir die Arme, weil es mittlerweile kalt geworden war und ich über meiner dünnen Stoffbluse keine Jacke trug.

Pokuwoo lächelte noch stärker als vorher. Er schien mich wegen meines gerade ausgesprochenen Satzes geradezu zu belächeln. Doch er wirkte nicht unbedingt verurteilend, eher wie ein kleiner Junge, der sich frech und hämisch über etwas freute.

»Was ist?«, fragte ich ihn provozierend.

Pokuwoo erhob den Arm und deutete weiterhin lächelnd mit seinem Zeigefinger in die Richtung meines Kopfes: »Es sind deine Gedanken, Violet.«

Ich zuckte mit den Schultern: »Was ist mit meinen Gedanken?«

»Sie sind zahlreich!«

Ich kam mir wirklich doof vor, am späten Abend in einem Park hunderte Kilometer von meiner Heimat entfernt auf einem Felsen zu stehen und mit einem Möchtegern-Indianer über meine Gedanken zu sprechen. Doch irgendwie hatte diese Unterhaltung auch etwas Lustiges, und so musste ich ein klein wenig grinsen.

Ich warf meine Arme nach oben. »Ja, das sind sie. Ist doch normal, ich bin ein Mensch, und ich denke!«

Pokuwoo schüttelte augenblicklich den Kopf. Eine Geste, die ich vorher noch nie bei ihm bemerkt hatte. Scheinbar verneinte er selten etwas.

»Es ist für eure Kultur und besonders für dich vielleicht normal geworden, doch unser mächtiger Verstand ist keineswegs natürlichen Ursprungs. Er dient uns als Werkzeug. Als solches hat der große Geist ihn erschaffen. Doch für dich, Violet, ist dein Verstand ein Ersatz für dein Herz geworden. Für diese Rolle war er seit unserer Erschaffung nicht vorgesehen.«

Ich nickte äußerlich und schüttelte gleichzeitig innerlich den Kopf. Ich verstand schon, was Pokuwoo sagen wollte, dennoch konnte ich seine Worte nicht richtig einordnen. Hätte er nicht einfach so etwas wie »Du denkst zu viel« sagen können? Damit hätte ich wenigstens etwas anfangen können.

»Möchtest du in Entscheidungsfragen nicht dein Herz als Ratgeber befragen? Es ist ein weitaus größerer Wegbegleiter und Lehrer!«

Nein, diese Unterhaltung hatte doch keinen lustigen Touch mehr. Dieses Gerede von »auf seine Gefühle hören« kannte ich schon von Peter. »Hast du nicht irgendein Kraut, was mir dabei helfen kann, meinen großen Verstand wieder zu beruhigen?«, schoss es aus mir heraus, und im nächsten Augenblick tat mir das Gesagte leid. Ich neigte dazu, zynisch und spöttisch zu werden, wenn ich wütend war.

Doch Pokuwoo reagierte wie immer sanft und war keineswegs beleidigt. »Oh, ja, Violet, es gibt tatsächlich eine Pflanze, die ganz in unserer Nähe wächst und die dir dabei helfen kann, dich wieder mit deinen Gefühlen zu verbinden. Wenn du es mir erlaubst, würde ich dich gerne mit ihr bekannt machen.«

Ich runzelte meine Augenbrauen. Veräppelte er mich jetzt, oder meinte er das ernst?

»Es diente deinem persönlichen Schutz, dass du deinen Verstand so mächtig werden ließest. Doch wenn du möchtest, dann zeige ich dir, wie du wieder Kontakt mit deinem Herzen aufnehmen kannst. Die Schleier auf deinem Herzen werden verschwinden, und die Wunden in ihm werden heilen.«

Ich blickte ihn für einen langen Moment an. Ein Teil von mir war mit dem, was er mir anbot, einverstanden, aber so leicht wollte ich es ihm und mir nicht machen. Ja, ich tendierte zweifelsohne dazu, zu viel über Dinge nachzudenken und weniger aus dem Bauch heraus zu handeln. Ich war eine Analytikerin, eine Denkerin, das erforderte mein Beruf von mir. Ich konnte nicht mit meinem Bauch oder meinem Herz überprüfen, ob die Bonität meiner Kunden in Ordnung war, ob sie verlässliche Partner werden konnten oder ihre Buchhaltung stimmte.

»Das Einzige, was ich jetzt machen werde, ist, ins Bett zu gehen, Pokuwoo.«

»Ja, die Sonne hat sich von uns verabschiedet. Es ist Zeit zu ruhen.«

Die Situation war mir irgendwie peinlich. »Na, dann«, sagte ich zu ihm und wartete, was er darauf antworten würde.

Er lächelte. Was sonst hätte er tun können?

»Bis morgen, Violet. Ich werde hier sein.«

»Wer sagt, dass ich morgen wiederkommen werde? Ich habe mich noch nicht entschieden, Pokuwoo. Ich werde über das, was du mir gesagt hast, nachdenken.«

Für einen Moment schloss Pokuwoo seine Augen, und dann nickte er.

Er drehte sich um und stieg an der Felswand vorbei, um den schmalen Weg den Felsen hinunter ins Dorf zu laufen. »Du hast dich bereits entschieden, Violet. Ich freue mich auf dich.«

»Ja, ja«, murmelte ich leise. Pokuwoo war also nicht nur Traumtänzer, Indianerhäuptling, Pflanzenkundiger und Entscheider über Familienbesuche, sondern auch Hellseher meiner mir selbst noch unbewussten Entscheidungen.

Das konnte ja lustig werden.

Ich machte mich eilig auf den Weg zurück ins Hotel, denn mit jeder Minute wurde es kälter. Ich war einfach nicht entsprechend gekleidet.

Unten im Hotel gab es eine kleine Bar, und ich genehmigte mir noch ein Gläschen Wein an diesem Abend. Nachdem ich mal wieder in Gedanken versunken war und grübelte, welchen Weg ich nun einschlagen sollte, unterbrach mich die Hotelbesitzerin. Das war ganz gut so, denn meine Gedanken führten zu keinem Ergebnis. Ich unterhielt mich noch eine Weile mit ihr, doch so richtig zuhören konnte ich nicht mehr. Ich war viel zu müde, und so verabschiedete ich mich bald von ihr. Egal, wie nett diese Frau war, ich hatte keine Lust, noch mehr Einzelheiten über die Geschichte des Parks und ihrer Familie zu hören.

Ich war so müde, dass ich es nicht einmal mehr schaffte, meine Kleidung zu wechseln oder Peter anzurufen. Ich schlief sofort ein, als ich mich in die Decke gekuschelt hatte.

Ich hatte gehofft, am nächsten Morgen mit etwas mehr Klarheit aufzuwachen. Doch die Nacht war nicht besonders erholsam für mich gewesen. Mein Vater war in meinen Träumen aufgetaucht, und wir hatten heftig miteinander gestritten.

Besser gesagt, ich hatte mich mit ihm gestritten. Er hatte gar nichts gemacht, außer zuzuhören, beschämt auf den Boden zu blicken und ab und zu ein beruhigendes Wort von sich zu geben. Mein Gott, war ich sauer gewesen. Ich hatte ihn angebrüllt. Es hatte nicht viel gefehlt, und ich wäre im Traum handgreiflich geworden. Natürlich empfand mein Magen den Traum als sehr stressig, und so weckte er mich in den frühen Morgenstunden immer wieder, um mir zu signalisieren, dass er gern seinen Inhalt loswerden wollte.

Ich musste mich zwar nicht übergeben, aber schlafen konnte ich auch nicht mehr. Ich kämmte mir also kurz meine Haare, blieb in der Kleidung vom vergangenen Tag und verließ das Hotel. Es war schon sehr warm, und so beschloss ich, auf dem großen Platz in einem Café zu frühstücken. Ein wundervoller Tag! Ich freute mich auf ein ausgiebiges Frühstück, um diesen Tag zu beginnen.

Die Bedienung in dem Café war freundlich und strahlte mit der Sonne um die Wette. Alle um mich herum schienen gut drauf zu sein, und irgendwie wirkte das ansteckend auf mich. Ein Ranger setzte sich an den Nachbartisch und begrüßte mich überschwänglich, obwohl ich ihn niemals zuvor gesehen hatte.

Auch er trank einen Kaffee und genoss die Sonnenstrahlen, die ihm direkt ins Gesicht schienen.

»Dafür liebe ich diesen Job, Ma'am«, lächelte er mich an. »Dieser Park hier ist so magisch, er hilft mir dabei, all jenes zu vergessen, was gestern vorgefallen ist, und jeden neuen Tag in Freude zu leben!«

Erst schmunzelte ich innerlich: Wieder so ein Philosoph, dieser Park schien voll von ihnen zu sein.

Doch meine Laune war sehr gehoben an diesem Morgen. Ob das an der Sonne oder wirklich an dem Park lag, konnte ich schwer beurteilen. Doch was dieser Ranger sagte, freute mich irgendwie, und ja, ich musste ihm wirklich zustimmen. Das war schon eine ganz eigene Welt hier.

»Ich wünsche Ihnen einen erhellenden Tag heute!«, sagte er und verabschiedete sich recht bald wieder, um in seinen Jeep zu steigen, mit dem die Ranger im Park umherfuhren und für Ordnung sorgten.

Ich biss genüsslich in mein Croissant mit Füllung und schlürfte meinen Kaffee. Ich bestellte mir auch noch einen Tee, um mein Gewissen und meinen Magen zu beruhigen, und dann entschied ich mich, so, wie ich jetzt war, einfach eine Weile spazieren zu gehen.

»Und was haben Sie heute noch Schönes vor?«, fragte mich die Bedienung beiläufig.

Ja, was hatte ich vor? Ich würde wieder zu diesem verrückten Indianer gehen. Wenn ich an meinen Tag dachte, dann war der Besuch des Felsens schon eingeplant, so als ob er einfach zu ihm gehörte und ein Stück weit auch zu mir.

Die Freude in mir begleitete mich auch die nächsten Stunden noch. Ich spazierte durch den Park und fühlte mich erleichtert. Ja, es war ein leichtes Gefühl. Wie verwunderlich: Es war wirklich so, als ob die Sorgen einfach weggeblasen wären.

Ich konnte an dem Morgen nichts anderes tun, als zu lächeln, ja, beinahe wirklich zu lachen. Und das, nachdem ich solch einen intensiven und schlechten Traum gehabt hatte. Doch er rückte nur in weite Ferne, sobald ich versuchte, an ihn zu denken.

Ich fuhr mit der Eisenbahn an den Wasserfall, der es mir wirklich angetan hatte, und wanderte noch eine Weile durch ein Gebiet, in dem viele exotische Pflanzen wuchsen.

Menschen begegneten mir dabei nur wenige. Es war noch sehr früh, und die meisten Besucher von außerhalb kamen wahrscheinlich erst später in den Park.

Die Pflanzenvielfalt faszinierte mich, und ich konnte es nicht lassen, ein paar der besonders schönen Pflanzen zu berühren. Ich schwebte über die Sandwege und roch an den Blumen um mich herum. Alles blühte. Es lag ein wunderbarer Duft in der Luft, so süß und zart, wie ich bisher noch nichts gerochen hatte.

Noch weitere drei Stunden ging ich durch den Park. Die Zeit reichte natürlich nicht einmal annähernd aus, um auch nur ein Zehntel des Gebiets zu erkunden, doch ich entdeckte so viele Plätze, die ich beim Durchfahren nicht hatte sehen können. Ich war den ganzen Morgen so beeindruckt und voller Lebendigkeit, dass ich nach dem Mittagessen sogar ein kleines Entspannungsnickerchen machte. Ich war von dem vielen Leben um mich herum richtig erschöpft. Solch einen schönen Morgen hatte ich seit vielen Jahren nicht mehr erlebt. Vielleicht war dies sogar der schönste Morgen meines Lebens. Frei und unbeschwert tat ich nichts anderes, als diese wunderschöne Umgebung in mich einzuatmen und meine leeren Batterien aufzutanken.

Dann, nachdem ich ausführlich und lange mit Peter und Justin telefoniert hatte, nahm ich meine Tasche wieder an mich und verließ mein Hotelzimmer Richtung Indianerreservat. Ein Teil in mir freute sich darauf, Pokuwoo zu sehen. Ich war gespannt, was der verrückte Kauz mir diesmal erzählen würde. Egal, was es war, mir konnte an diesem Tag nichts die Laune verderben, und ich war bereit, mich auf alles einzulassen, was mir begegnen sollte.

Der Aufstieg zum Felsen, so steil der Weg mir auch gestern noch vorgekommen war, war erstaunlicherweise ebenfalls leichter geworden. Ich lachte auf einmal, denn ich hatte den Gedanken, dass über Nacht die Schwerkraft der Erde nachgelassen hatte und sich deswegen heute alles so leicht anfühlte. Oje, was würde mit uns allen passieren, wenn es wirklich so wäre?

»Guten Tag, Violet«, hörte ich auf einmal. Ich hatte gar nicht bemerkt, dass ich schon an der Plattform angekommen war, und Pokuwoo, der an der Absperrung lehnte, hatte ich auch nicht gesehen. Als ich vor ihm stand, lächelte ich immer noch.

Als er mich lachen sah, leuchteten seine Augen wie ein Feuerwerk, und auch er zog seine Mundwinkel nach oben.

»Wieso lachst du, Violet?«, fragte er, doch ich konnte ihm ja wohl unmöglich von meinen Gedanken über die Schwerkraft der Erde erzählen oder die Vorstellung, die ich gerade hatte, in der wir in Zukunft Häuser in der Luft bauen und unser Leben fernab der Erdoberfläche leben würden.

»Ähm«, antwortete ich ihm. Ja, was sollte ich ihm sagen? Also versuchte ich es einfach mit der Wahrheit. Ich meine, dieser Mann sprach mit dem großen Geist, verbrannte rituell Pflanzen und kam mich nachts in meinen Träumen besuchen. Er war wesentlich verrückter als meine Gedanken an die Schwerkraft.

»Ich dachte daran, dass heute Nacht irgendwie die Schwerkraft nachgelassen haben muss. Seit heute Morgen wirkt alles so leicht!«

Pokuwoo lachte, und wie er lachte. »Du bist einfach entzückend!«

Dann verstummte er und beugte seinen Kopf näher zu mir. Er blickte vorsichtig um sich und vergewisserte sich, dass keiner in der Nähe war, der uns sehen konnte.

Ich wunderte mich darüber sehr und war gespannt, was er mir jetzt sagen würde.

»Ich verrate dir ein Geheimnis: Du bist heute wirklich leichter und bildest dir das nicht ein.«

Für einen Moment war meine Leichtigkeit wieder verschwunden, und ich fing an, zu grübeln. Hatte er mir gestern irgendwelche Drogen gegeben? Aber ich hatte gar nichts bei ihm getrunken und auch nichts gegessen. Wieso wusste er dann auf einmal, wieso ich so leicht war? Und irgendeinen Grund musste es ja geben, dass ich, ohne etwas zu tun, plötzlich so glücklich und gut gelaunt war.

»Was meinst du damit, Pokuwoo?«, fragte ich ihn mit einem Stirnrunzeln.

»Komm mit!«, forderte er mich auf, und wir kletterten über das Geländer, um hinter der Felswand zu verschwinden. Pokuwoo setzte sich auf einen kleinen Teppich, der dort schon lag, und klopfte wie schon am vorherigen Tag mit der flachen Hand auf den Boden.

»Setz dich, Violet!«

Ich tat, worum er mich bat. »Du hast mich meiner Freude beraubt«, sagte ich ihm direkt. »Ich war den ganzen Tag so gut drauf, aber jetzt nimmst du mir wahrscheinlich meine Illusion, oder?«

»Nun, es gibt keine Illusion, die ich dir nehmen könnte. Dass nicht die Schwerkraft sich verändert hat, wirst du sicherlich schon wissen. Du bist es, die heute morgen leichter ist. Du hast gestern abend die Entscheidung getroffen, einen schweren Ballast von dir zu werfen, den du seit Jahren mit dir herumträgst.«

Ich nickte nicht und schüttelte auch nicht den Kopf. Ich verstand nicht wirklich, was er sagte.

»Stell dir vor, du würdest seit deinem 14. Lebensjahr mit Ketten herumlaufen, an denen eine schwere Eisenkugel befestigt ist. In den letzten Jahren wurde diese Kugel immer größer und größer. Jeder Schritt, den du gemacht hast, war ein mühseliger Schritt und hat dich sehr viel Kraft gekostet. Gestern Abend hast du die Kugel hinter dir gelassen, sie von den Ketten befreit.«

»Ach, und wo ist sie jetzt?«, fragte ich ihn.

»Sie liegt jetzt hier im Park, und Mutter Erde wird sie für dich auflösen.«

Diese Antwort war zweideutig, und so ganz verstand ich immer noch nicht, was er von mir wollte. Es wäre hilfreich gewesen, wenn er einfach in normaler Sprache mit mir geredet hätte.

»Dann bin ich jetzt also geheilt und frei? Einfach so, weil ich einen Tag hier verbracht habe?«

Pokuwoo schmunzelte und deutete auf meine Beine.

»Die Ketten trägst du immer noch mit dir herum. Also ganz frei bist du noch nicht.«

Ich richtete meine Augen nach unten, obwohl ich natürlich wusste, dass ich dort unten keine Ketten sehen würde.

»Pokuwoo?«

»Ja, meine Liebe?«

»Könnten wir normal miteinander sprechen, bitte? Ohne Blumen und Vergleiche.«

Pokuwoo grinste wieder, und für einen Moment kam es mir so vor, als ob er Freude daran hatte, dass ich ihn nicht verstehen konnte.

»Du hast dich gestern entschieden, das Thema mit deinem Vater wahrhaftig zu lösen, und der große Geist hat dir geholfen, dich von deiner Last zu befreien. Er war heute Nacht bei dir. Gestern Abend habe ich ihn um dich herum gesehen. Er meint es gut mit dir.«

Ich erinnerte mich an meinen Traum. Doch besonders wohlwollend fand ich das nicht. Ich hatte nicht von Frieden oder Leichtigkeit geträumt, sondern von einem Streit mit meinem Vater. Da war kein großer Geist, der mich liebkoste, weil er mich so gern hatte.

»Du hast von deinem Vater geträumt, richtig?«, schoss es aus Pokuwoo heraus, und für einen Moment stellten sich die dünnen, feinen Haare meines Armes auf.

Woher wusste er das bloß wieder?

Ich nickte. »Aber ich habe mit ihm heute Nacht gestritten, es war kein harmonischer Traum.«

»Und dennoch hat er dazu geführt, dass du heute mit Freude aufgewacht bist. Willst du wissen wieso?«

»Ich höre«, antwortete ich ihm und seufzte dabei.

»Du hast heute Nacht mit deinem Vater auf einer Ebene gesprochen, die du im Hier und Jetzt vielleicht noch nicht verstehen kannst. Doch du hast deinen Ballast, deine Gedanken über ihn und deine Wut heute Nacht herausgelassen. Deswegen fühlst du dich so wohl!«

Ich runzelte wieder die Stirn. »Du meinst also, ich hatte heute Nacht ein reales Gespräch mit meinem Vater, und deswegen geht es mir heute so viel besser.«

Pokuwoo nickte. Ich hoffte, eine genauere Erklärung von ihm zu bekommen. Aber diese zu geben, hatte er wohl nicht vor.

»Na, dann kann ich ja jetzt wieder abreisen«, scherzte ich.

»Das könntest du, aber davon würden deine Probleme nicht verschwinden. Du würdest sie wieder mitnehmen.«

»Welche Probleme? Mir geht es gut.«

»Dein Magengeschwür zum Beispiel oder deine unstillbare Einsamkeit, die du immer verspürst. Die Tatsache, dass du deine Familie nicht genießen kannst, und auch dein Drang, vor dir selbst wegzulaufen und dich in Arbeit zu stürzen. Diese Probleme meine ich.«

Mir wurde eiskalt. Wer war dieser Mann neben mir?

Für einen Moment kam er mir wie ein Richter vor, der mir unwiderlegbare Beweise auf den Tisch knallte, um mir zu zeigen, dass ich schuldig war. Doch woher wusste er all das?

»Woher weißt du das?«, forderte ich ihn in einem schärferen Ton auf.

Pokuwoo winkte ab. »Das ist nichts, Violet. Ich sehe einfach mehr, als du im Moment fähig bist, zu sehen. Du schaust dir diesen Wald hier an und siehst Bäume, Pflanzen und vielleicht Tiere. Doch wenn ich ihn betrachte, dann sehe ich nicht nur das, was du siehst. Ich sehe, auch Insekten, die unter der Erde wohnen, ich sehe das

Blut der Bäume pulsieren, ich sehe wie die Blätter der Pflanzen die Luft der Umgebung einatmen und wie alles Leben miteinander in Verbindung steht.«

Wow, dachte ich. Dieser Mann war wirklich ein Hellseher.

»Du hast deine Kugel fallen lassen, oh ja, und das war der erste Schritt, dennoch liegt noch ein wenig Arbeit vor uns. Du wirst sehen, du kannst dich noch leichter fühlen, als du es heute schon empfindest.«

Ich musste zugeben, dass er mir Lust auf mehr machte. Lebte er denn in jedem Augenblick in dieser Leichtigkeit?

»Ich dachte, diese Freude läge an dem Park, aber vielleicht hast du recht mit dem, was du sagst. Ich lasse zumindest die Möglichkeit offen, dass es so ist.«

»Jeder Pflanzengeist in diesem Park hebt automatisch deine Energie und hilft dir mit seiner Schönheit, dich wohlzufühlen. Doch du musst dich auch darauf einlassen. Wenn du mit schlechter Laune in den Park kommst, wirst du nicht gleich voller Freude sein, wenn auch dieser Ort hier dich dabei unterstützen könnte wie kaum ein anderer. Du kennst doch dieses Sprichwort: ›Wie man in den Wald hineinruft, so schallt es wieder heraus‹?«, fragte er mich und grinste.

»Dieser Park hier, jedes Stück Natur wirkt magisch auf die Menschen. Die Pflanzen sorgen sich nicht, die Tiere haben keine Probleme. Die Blume denkt nicht darüber nach, ob sie blühen soll oder nicht. Die Natur lebt einfach das, wozu sie erschaffen worden ist. Sie ist lebendig, und jeder Mensch kann sich von dieser Lebendigkeit motivieren lassen, wenn er dies wünscht. Doch in die Natur hinauszugehen, reicht allein manchmal nicht aus. Gehe hinaus mit der klaren Absicht, dich von der Natur und ihrer Schönheit und Einfachheit anstecken zu lassen, und es wird geschehen! Gehe mit einem Lächeln in die Natur, und sie wird dein Lächeln verstärken!«

»Und wie werde ich jetzt meine Probleme los?«, erkundigte ich mich weiter, denn darauf wollte ich eigentlich eine Antwort haben. Wenn Pokuwoo über meine Probleme Bescheid wusste, dann kannte er vielleicht auch den Weg aus ihnen hinaus.

»Wisse, wer du bist, Violet!«

»Das ist alles?«, fragte ich ihn, und er nickte.

Dieser Spruch klang irgendwie nach einem Bibelspruch, den ein Pfarrer sonntags in die Gemeinde rief, ohne seine Bedeutung zu erklären.

Pokuwoo lächelte in die Sonne und erhob wieder einmal seine Arme. Ich saß nur unbeholfen neben ihm und fühlte mich wie ein kleines Schulmädchen, das seinen Lehrer nicht verstand, aber gute Noten bekommen wollte.

»Und wie weiß ich, wer ich bin?«, fragte ich ihn. Vielleicht konnte ich ja durch zusätzliche Fragen den Sinn dieses Satzes verstehen. Ein Teil von mir zumindest war bemüht, meine Probleme zu lösen.

»Um zu wissen, wer du wirklich bist, musst du vergessen, wer du glaubst zu sein.«

Ich lachte. Was für ein komischer Kauz. Hatte ich ihn nicht gebeten, deutlich mit mir zu sprechen? Keine Blumensprache!

Pokuwoo stand auf und ging zwei Meter auf die Seite. Dann kniete er sich auf den Boden und deutete auf eine kleine Blume mit gelben Blütenblättern, die sich durch den Fels hindurch ihren Weg an die Oberfläche erkämpft hatte. Also doch Blumensprache!

»Sieh, Violet. Diese Blume tut nur das, wozu sie erschaffen wurde. Sie strahlt, sie lebt, sie leuchtet, sie schenkt den Bienen ihren Nektar und erhält so den Kreislauf des Lebens. Sie spielt keine Rollen wie du. Sie ist, wer sie ist, und glaubt nicht, jemand anderes zu sein.«

Er sprach weiter, bevor ich mich gegen diese Aussage wehren konnte.

»Du glaubst, Mutter zu sein, Arbeitende zu sein, Ehefrau zu sein. Du glaubst, die Leidende zu sein oder die Glückliche. Wenn du isst, dann glaubst du, eine Essende zu sein. Wenn du schläfst, dann glaubst du, eine Schlafende zu sein. Aber die Wahrheit ist, dass dies Rollen sind, in die du kurzzeitig schlüpfst. Sie sind nicht du. Sie sind nicht dein wahres Wesen. Ihr Amerikaner liebt doch eure Schauspieler. Diese Menschen schlüpfen in ihre Rollen hinein, spielen und leben sie. Doch sie wissen, dass sie nur in einer Rolle sind, die nach Drehschluss nicht mehr existieren wird. Du, Violet, und der Großteil deiner Kultur, ihr glaubt, eure Rollen zu sein! Wenn du in ein Kino gehst und dir einen Film anschaust – egal, wie real dieser Film auch ist –, dann magst du dich vielleicht kurzfristig so sehr in den Film einfühlen, dass du glaubst, ein Bestandteil von ihm zu sein. Aber wenn der Film endet und du nach Hause gehst, dann weißt du wieder, dass du nur kurzzeitig woanders warst. Die meisten Menschen allerdings, Violet, bleiben ihr Leben lang in einem Film stecken!«

Was Pokuwoo zu mir sagte, machte mich neugierig. Das musste ich schon zugeben. Ich wollte ihn etwas fragen, doch er machte den Eindruck, als wollte er noch weitersprechen.

»Ihr habt nicht nur verlernt, mit der Natur im Einklang zu leben, und zerstört sie, wo immer ihr könnt. Nein, ihr habt auch verlernt, mit euch selbst im Einklang zu leben, und zerstört euch selbst.«

»Was ist so schlimm daran, eine Mutter zu sein?«, fragte ich ihn empört.

Pokuwoo griff mit seiner Hand neben sich. Dort lag eine Ledertasche, die mir zuvor gar nicht aufgefallen war. Hatte er sie immer bei sich?

Er zog eine Glasflasche hervor und nahm einen Schluck Wasser.

Ich musste mir das Grinsen verkneifen. Ich hätte erwartet, dass er als Indianer aus einem Lederbeutel trinken würde.

Pokuwoo bemerkte davon nichts.

»Es ist nichts Falsches, eine Mutter zu sein, Violet. Du hast den Sinn meiner Worte nicht verstanden.«

Ich zog meine Knie näher an mich und legte meinen Kopf an meine Beine.

»Es ist auch nicht so einfach, dich zu verstehen«, antwortete ich.

»Wir alle stammen von dem einen großen Geist ab, Violet. Dieser große Geist ist wie ein riesiger Ozean. Wir

Menschen sind die Form für das Wasser des Ozeans. Du kannst ein Glas nehmen oder eine Flasche, du kannst alle möglichen Formen in diesen Ozean eintauchen und doch hast du am Ende Wasser in deinen Händen.

Du kannst dieses Wasser in deiner Form durch Kälte gefrieren lassen oder durch das Feuer verdampfen lassen, aber es ist und bleibt Wasser. Du, Violet, glaubst, dass du die Form bist. Du glaubst, das Glas zu sein. Du hast vergessen, dass du den großen Geist in dir trägst, dass du aus ihm bestehst, dass du ein Teil von ihm bist! Du kannst diesen großen Geist in dir nutzen, um eine liebende Mutter zu sein. Du kannst diesen großen Geist in dir auch nutzen, um zu leiden. In beiden Fällen aber gilt es, zu erkennen, dass du dem, was du bist, dem großen Geist, eine Form gibst. Aber du bist nicht diese Form.«

»Oje, oje«, dachte ich mir. Musste er gleich am ersten Tag mit den schwersten Lektionen anfangen?

»Ich schließe gleich damit ab, es sind genug Informationen für dich«, sagte er plötzlich zu mir gewandt, ganz so, als ob er wusste, was ich eben gedacht hatte. Das war unheimlich und aufregend zugleich.

»Deine Frage an mich war, wie du erfahren kannst, wer du wirklich bist. Die Antwort lautet: Höre auf, dich mit Dingen zu identifizieren, die du gerade erfährst oder die du gerade machst. Wisse, dass du dem großen Geist für einen Moment eine Form verleihst, du diese Form aber nicht bist. Wisse, dass du für eine Zeit in eine Rolle schlüpfst, aber dass du diese Rolle nicht bist! Glaube nicht, dass du eine Analytikerin bist, glaube nicht, dass dein Leben aus der Arbeit besteht, glaube nicht, dass du nur Mutter oder

Ehefrau bist, glaube nicht, dass du deine Krankheit bist. Wisse, dass du all diesen Rollen für einen Moment Leben einhauchst, aber jederzeit entscheiden kannst, zu deiner ursprünglichen, formlosen Gestalt zurückzukehren!«

»Okay«, antwortete ich ihm und sagte mir zugleich, dass ich später über seine Worte nachdenken würde. Im Moment war mein Kopf einfach zu voll, um alle Aussagen sortieren zu können. Mir schwindelte vor dieser neuen Sicht der Welt.

»Aber …«, ich zögerte ein wenig. Ich war neugierig zu hören, was er sagen würde. Gleichzeitig wusste ich nicht, ob ich seinen Worten richtig folgte. »Aber, was ändert es dann für mich, wenn ich erkannt habe, dass ich dem großen Geist in mir nur eine Form gebe, um sich für eine Zeit in einer Rolle auszudrücken?«

Pokuwoo öffnete seine Augen und lächelte mich an. »Fantastisch, Violet, du bist auf dem richtigen Weg!«

Ich zog meine Augenbrauen hoch. Ich fand, meine Worte klangen überhaupt nicht nach dem, was er zu mir gesagt hatte. Aber so hatte ich das eben Gesagte interpretiert.

»Du hast das gut gemacht, genau das wollte ich dir vermitteln.«

Er lächelte immer noch. Nur, wieso hatte er es nicht so zu mir gesagt, dann hätte ich es gleich verstanden.

»Wenn du erkannt hast, dass du nur diese Rollen spielst, hören alle deine Probleme auf!«

Ein Satz, keine Erläuterung, keine Ausführungen, nichts. Wollte er mich schonen, oder wurde er wortkarg?

»Aha, dann gibt es keinen Streit mehr mit meinem Mann, keine Trauer wegen meines Vaters, keinen

Nachbarn, der uns nervt, keinen Sohn, der sich verletzt und ich vor Sorge ...«

»›Deine Probleme hören auf‹, sagte ich eben. Die Probleme der anderen bleiben jedoch bestehen.«

»Aber, Pokuwoo, die Probleme der anderen sind auch meine Probleme!«

Er schüttelte zum zweiten Mal den Kopf. »Probleme entstehen nur, weil du dich mit ihnen identifizierst. Du würdest mit deinem Mann gar nicht mehr streiten, weil du die Rolle der Streitenden nicht mehr einnehmen würdest. Du würdest wegen deines Vaters nicht mehr trauern und auch nicht mehr wütend sein, weil du dich nicht mehr mit der leidenden Tochter identifizierst. Dein Nachbar könnte dir zwar noch böse Worte an den Kopf werfen, aber du würdest diese Worte gar nicht richtig wahrnehmen können, weil du dich nicht mit ihnen identifizierst. Und natürlich könnte dein Sohn sich nach wie vor ein Bein brechen, doch du würdest eher deine Hand heilend über sein Bein legen, als panisch zu reagieren. Wenn du einmal erkannt hast, welche Rollen du einnimmst, dann kannst du auch entscheiden, sie gar nicht erst einzunehmen.«

Ich rieb mir die Hände übers Gesicht und verbarg ein Gähnen. Es war erst früher Nachmittag, aber dennoch war ich müde.

»Du glaubst, deine Probleme zu sein. Du identifizierst dich mit ihnen. Das würde augenblicklich aufhören, und somit gäbe es für dich keine Probleme mehr. Diese Probleme wären fortan nur noch Erfahrungen, die du machst, die aber keinen schlechten Charakter hätten.«

»Klingt gut!«, erwiderte ich und lächelte.

Dann setzte ich allerdings nach: »Aber es ist nicht umsetzbar. Schalte doch nur einmal die Nachrichten an. Jeden Tag sterben Tausende von Menschen, es gibt Hungertode, Vergewaltigungen, Misshandlungen, Morde, Korruption, Umweltzerstörung …«

»Das würde es nicht mehr geben«, unterbrach er mich, und in seinen Worten lag ein Klang von Traurigkeit.

»Aha«, antwortete ich ihm.

»Wenn du im Einklang mit dir lebst, lebst du auch im Einklang mit der Natur und deinen Mitmenschen. Wir alle stammen von dem einen Geist ab und tragen ihn in uns. Wir sind somit alle Geschwister und als Geschwister Gäste dieser Erde. Wozu sollte es Hunger, Tod, Zerstörung oder Krieg geben, wenn die Menschen erkannt haben, dass sie eins sind? Dass sie Geist sind, der sich in vielerlei Formen ausdrückt? Was du einem anderen gibst, gibst du dir selbst. Wenn du einem anderen schadest, schadest du dir selbst. Wenn du dies erkannt hast, dann gibt es diese Probleme nicht mehr. Du bist doch Christin, oder?«

»Hm«, murmelte ich.

»Ein weiser Mann, den eure Kultur anbetet, sagte einmal: ›Was ihr für einen meiner geringsten Brüder getan habt, das habt ihr mir getan.‹ Dieser Mann hatte als einer der wenigen erkannt, dass er eins mit seinem Gott und eins mit seinen Mitmenschen ist.«

»Das klingt alles so, als ob ihr Indianer die Heiligsten wärt und keine Fehler machen würdet!«

Pokuwoo stützte sich am Boden ab. Es schien, als ob er Schmerzen beim Aufstehen hatte.

»Nein, die Indianer sind nicht die Heiligsten. Auch sie haben Fehler gemacht und machen noch immer Fehler.«

»Da bin ich beruhigt«, rief ich, denn er hatte sich schon ein paar Meter von mir entfernt.

»Komm mit«, winkte er mir zu.

Ich folgte ihm den Abstieg des Felsens hinunter und war voller Freude.

Er schien mich mit in das Indianerdorf zu nehmen, dem wir mit jedem Schritt näher kamen. Während ich darauf acht gab, dass ich mit meinen Schuhen auf der glatten Steinoberfläche nicht abrutschte, wanderte mein Blick immer wieder zu dem Dorf. Eine Indianerfrau, die mit einem geflochtenen Korb mit Pflanzen in Richtung einer Hütte ging, winkte mir freundlich zu. Ich lächelte nur, denn meine Arme brauchte ich, um in Balance zu bleiben.

Ich fühlte mich geehrt, dass er mir sein Dorf zeigen wollte, doch leider betraten wir einen Pfad, der weiter geradeaus in die Tiefen des Waldes führte. Die Siedlung, in der Pokuwoo lebte, ließen wir links neben uns.

Wollte er mich direkt zu meinem Vater führen? Aber er sagte doch, dass ich ihm noch nicht begegnen konnte. Die Hütte ließen wir ebenfalls links neben uns, ich konnte das Dach durch die Baumkronen deutlich erkennen.

Enttäuscht zog ich meine Mundwinkel nach unten und folgte schweigend dem Indianer, der gemütlich vor mir herlief. Auch er schwieg, bis wir mitten im dichtesten Wald anhielten und er sich auf einen großen Stein setzte.

Er seufzte beim Hinsetzen. »Die Sonne ist sehr stark an diesem Tag. Ich hielt es für eine gute Idee, unsere

Unterhaltung unter dem Schutz der Bäume fortzusetzen.«

Ich nickte ihm nur zu. »Konntest du meine Worte eben aufnehmen, Violet? Hast du verstanden, was ich dir mit all dem sagen wollte?«

Was fragte er mich da? Natürlich hatte ich seine Gleichnisse mit dem Wasser, dem großen Geist und dem übermächtigen Verstand gehört und auch ein Stück weit verstanden. Doch es waren so viele Informationen, die er mir da versuchte, in meinen Kopf zu zwängen.

»Ich weiß. Das, was ich gesagt habe, hat mit deiner Sicht auf die Welt nicht viel zu tun, und es ist auch nicht notwendig, dass du jedes Wort glaubst, das ich sage. Aber es ist Zeit für dich, deine Vorstellungen von der Welt zu hinterfragen und neue Wege zu gehen. Dabei möchte ich dir helfen!«

Ich setzte mich ihm gegenüber auf den Boden. »Ich weiß, dass ich neue Wege gehen muss, und ich bin dir dankbar, dass du mir dabei helfen willst.«

Auch Pokuwoo nickte nun und lächelte. Er war sich wohl genauso unsicher wie ich gewesen, ob unsere Unterhaltung überhaupt stattfinden würde. Bis heute Morgen war ich mir da ja selbst noch nicht so sicher gewesen. Aber irgendetwas hatte mich einfach dazu gedrängt, Pokuwoo aufzusuchen. Ich schob es auf die gute Laune, die um mich herum gewesen war, die Leichtigkeit, die ich so stark sonst noch nie gespürt hatte.

»Das, was ich dir zeigen möchte, braucht normalerweise sehr viel Zeit. Weit mehr Zeit, als wir im Moment haben. Wir haben nicht viel davon, und so gebe ich ein bisschen Gas.« Pokuwoo grinste und rieb sich den leichten Schweiß von der Stirn. Vielleicht war es nicht nur die Sonne, die ihm den Schweiß auf die Stirn trieb, sondern die Unterhaltung selbst. Mich auf jeden Fall wunderte es, dass ich von den vielen Worten nicht selbst schon schwitzte. Pokuwoo öffnete wieder seine Tasche, die nun seitlich an seinem Körper hing, und holte seine Wasserflasche heraus.

Er streckte sie mir entgegen. Ich erwiderte ihm aber, dass ich selbst eine Flasche Wasser in der Tasche hätte.

»Ich weiß nicht, wie weit wir mit unseren Lektionen kommen werden, aber ich denke du wirst sehr viel aufnehmen und für dich lösen können.«

Ich schwieg noch immer. Es war einfach so, dass ich im Moment nicht viel sagen konnte. Nicht, weil mir die Worte fehlten, sondern, weil es einfach nichts zu sagen gab. Ich hörte ihm aufmerksam zu. Tatsächlich war ich an dem, was er sagte, sehr interessiert. Ich war neugierig, seine Sicht auf die Welt zu erfahren. Ich hatte mich in meinem Leben schon immer schwergetan, meine Ansichten über die Dinge zu verändern. Hatte ich erst einmal irgendetwas in meinem Kopf, veränderte ich es nicht mehr.

Aber dieser Tag, dieser Ort und dieser Mann sorgten dafür, dass meine geistigen Scheuklappen sich langsam öffneten. Es war wirklich Zeit, meine bisherigen Vorstellungen und Ansichten zu überdenken. Ich war jetzt hier in diesem Park, nicht woanders. Also konnte ich die Chance, die sich mir bot, auch einfach nutzen.

Pokuwoo blickte durch die Baumkronen in den Himmel.

»Das Wetter schlägt um. Wir werden in den nächsten Tagen mehr Wolken als Sonne sehen. Das ist gut. Diese Zeit werden wir nutzen, um deine Gefühle zu heilen.«

»Du willst meine Gefühle heilen?«, fragte ich ungläubig.

»Wenn du dies auch möchtest?«, war seine Gegenfrage.

»Welches Gefühl meinst du denn?«

Pokuwoo nickte nachdenklich.

»Es gibt immer einen Zeitpunkt in unserem Leben, der den Ursprung unserer Probleme darstellt. Ein Großteil der Probleme, die du im Jetzt hast – all jene Probleme, die ich dir oben auf dem Felsen beschrieben habe –, resultiert aus dem Verlust deines Vaters. Die damit verbundenen Gefühle werden wir in dir heilen.«

»Ich dachte, meine Probleme kommen daher, dass ich mich mit ihnen identifiziere? Reicht es nicht, die Identifikation mit ihnen aufzugeben?«

Pokuwoo lächelte wieder. Ich wusste, er freute sich, dass ich ihm aufmerksam zugehört hatte. Er blickte mich lächelnd an und neigte seinen Kopf für einen kleinen Moment nach unten.

»Heilung muss auf der Ebene der Verletzung geschehen, Violet.«

Ich beobachtete, wie Pokuwoo sich umschaute und nach etwas in seiner Umgebung suchte, mit dessen Hilfe er mir ein anschauliches Beispiel geben konnte. Sein Blick blieb an einer Kiefer hängen, deren unterer Teil des Stamms mit Pilzen übersät war. Als Pokuwoo anfing zu sprechen, konnte ich mir ein Lächeln nicht verkneifen. Dafür mochte ich seine Beispiele einfach schon zu sehr.

»Nimm diesen Baum, Violet. Seine Wurzeln sind beschädigt, und sie können nicht mehr die Nährstoffe in den Stamm geben, die der Baum eigentlich brauchte. Da der Baum aufgrund der mangelnden Nährstoffe schwach geworden ist, haben sich Parasiten in dem Stamm eingenistet. Das Übel sitzt also in der Wurzel. Du könnest nun den Stamm unterstützen, indem du einen Pflanzenbrei auf ihn streichst, der die Parasiten vergrault oder gar abtötet. Du könntest auch die Baumkrone zurechtschneiden, die Krone verkleinern, sodass weniger Nährstoffe benötigt werden. Beides würde natürlich dem Baum helfen, wieder Kraft zu gewinnen. Die Ursache des Problems liegt aber eben in der Wurzel, und genau dort muss die Heilung erfolgen.«

Pokuwoo blieb für einen Moment mit seinem Blick am Baum hängen. Dann wandte er sich mit seinem Kopf wieder mir zu.

»Deine Verletzungen, Violet, sind in deinem Herzen. Dein Herz ist deine Wurzel. Ich zweifle nicht daran, dass dein Verstand dadurch auch in Mitleidenschaft gezogen worden ist. Gewiss hast du Glaubensmuster entwickelt und Einstellungen angenommen, die belastend auf dich wirken. Die Ursache ist aber im Herzen zu finden. Wenn deine Gefühle im Herzen heilen, dann kann auch die Heilung in deinem Verstand beginnen. Und mit der Heilung des Verstandes hört die Identifikation auf.«

Pokuwoo nickte und wischte sich wieder den Schweiß von der Stirn.

Er wirkte immer noch sehr schwach. Vorhin hatte ich das Gefühl gehabt, dass ihm das Laufen, die Bewegung im Allgemeinen, irgendwie Schmerzen bereitete. Doch ich wollte ihn noch nicht fragen, was mit ihm los sei. Noch kannten wir uns nicht gut genug.

»Ich würde dich gern fragen, wie man die Identifikation aufgeben kann. Wenn ich zum Beispiel wütend werde, weil Peter – das ist mein Mann – nicht versteht, was ich von ihm will oder von ihm verlange. Wie kann ich vermeiden, dass ich wütend werde?«

Pokuwoo hielt sich vor Lachen den Bauch. Dies wirkte so ansteckend auf mich. Er lachte so laut, klar und kraftvoll mit seiner sanften tiefen Stimme. Der ganze Wald schien sich daran zu erfreuen.

Ganz liebevoll blickte er mich an, und wieder hatte ich für einen Moment das Gefühl, ein kleines Mädchen zu sein. Sein Lächeln verschwand, und seine Lippen waren nur noch ein gerader Strich.

»Das ist ganz einfach. Erwarte nicht, dass er dich versteht und das tut, was du willst.« Er betonte das »Du« ganz deutlich und fing schließlich wieder an zu lachen. Aber was war daran so komisch? Ist es denn nicht richtig, dass mein Partner mir meine Wünsche erfüllt oder mich versteht?

»Morgen!«, sagte er schließlich zu mir. »Morgen werde ich dir einen Weg zeigen, der aus den Problemen hinausführt. Doch bedenke, auch die Ursache für viele deiner Verhaltensweisen liegt im verletzten Herzen. Dieses muss erst geheilt werden. Ich werde dir morgen zeigen, wie du dein Verhalten ändern kannst.«

»Morgen?«, fragte ich ihn und war ein wenig traurig, dass unsere Unterhaltung schon endete.

Pokuwoo nickte. »Ich werde mich nun ausruhen, und auch du solltest etwas ruhen!«

»Aber ich bin doch gar nicht müde«, wehrte ich mich und musste dabei aufpassen, dass ich nicht gähnte.

Ich wollte diese Unterhaltung nicht beenden, doch ich folgte seinem Rat. Ich konnte schließlich schlecht allein weiterreden. Wenn er gehen wollte, dann würde ich wieder zurück ins Hotel gehen, einen Kaffee trinken, Peter und Justin anrufen und etwas Schönes unternehmen. Falls Pokuwoo recht hatte und sich das Wetter in den nächsten Tage verschlechtern würde, wollte ich diesen Tag noch nutzen.

»Okay«, sagte ich schließlich.

»Wenn du diesem Pfad folgst, führt er in einem großen Bogen zu dem Platz zurück, wo dein Hotel steht. Oder du läufst den Weg zurück, den wir gekommen sind. Der ist aber beschwerlicher.«

Ich wollte ihm gerade antworten, als ich mich fragte, ob ich ihm erzählt hatte, wo ich nachts untergekommen war. Hatte ich das erwähnt?

»Ich werde lieber den Bogen machen«, antwortete ich und stand auf.

Er stand ebenfalls auf und machte einen Schritt auf mich zu. Er öffnete seine Arme, und nur ein klein wenig zögerlich machte auch ich einen Schritt auf ihn zu.

Er überragte mich um mehr als einen Kopf. »Danke, dass du gekommen bist«, flüsterte er mir zu, legte seine Hände auf meine Schultern und nickte.

»Bis morgen, Violet!«

»Treffen wir uns hier oder oben auf dem Felsen?«

»Auf dem Felsen. Morgen wird der Himmel bedeckt sein.«

»Okay, um die gleiche Uhrzeit wie heute?«, fragte ich weiter.

»Ja, ich werde dort sein.«

»Okay.« Ich zögerte erst, dann hob ich meine Hand und verabschiedete mich. Ich legte die Tasche um meine Schulter und lief den Pfad entlang.

Noch einmal, bevor der Pfad eine Kurve nahm, drehte ich mich vorsichtig um und warf einen letzten Blick für diesen Tag auf Pokuwoo, der ebenfalls langsam durch den Wald zurück ins Dorf lief. War ich ihm zu anstrengend? War er deswegen so müde? Ich drehte meinen Kopf wieder in die Richtung, in die ich lief, und versuchte, mir keine Sorgen zu machen. Ich war zwar nicht mehr ganz so beschwingt wie am Morgen, aber die Heiterkeit war immer noch spürbar.

»Wie hast du gesagt, Pokuwoo?«, murmelte ich vor mich her. »Die Natur unterstützt meine positiven Gefühle?«

Ich fing an zu lächeln und wünschte mir, dass Pokuwoo mich in diesem Moment sehen würde. Er würde sicher ebenfalls lachen.

Ich lief bestimmt eine halbe Stunde, bis ich wieder am Hotel war. Der Pfad war manchmal so dicht bewachsen, dass ich nicht wusste, ob ich überhaupt weiterlaufen konnte. Sehr oft wurde dieser Weg sicherlich nicht benutzt.

Nun war ich allerdings etwas verschwitzt. Ich ging zurück auf mein Zimmer und wechselte meine Bluse. Ich hatte zwar noch genügend Kleidungsstücke im Koffer, weil Peter natürlich so vorausschauend war und mir den Tipp gegeben hatte, lieber etwas mehr einzupacken. Doch wenn ich hier wirklich noch ein paar Tage bleiben würde, dann musste ich mich dennoch nach einer Waschmaschine und auch nach einem Geldautomaten umsehen. Auf meinem kleinen Schreibtisch im Hotelzimmer gegenüber dem Bett stand ein kleiner Ventilator, den ich jetzt das erste Mal anschaltete. Es war heiß an diesem Tag, aber was die Hitze unerträglich machte, war die Schwüle, die sich seit den Mittagsstunden bemerkbar. Es würde also wirklich regnen und bedeckt sein, ganz so, wie es Pokuwoo gesagt hatte.

Ich legte mich aufs Bett, doch bevor ich meine Füße ausstrecken konnte, klopfte es an der Tür. Die liebe Hotelbesitzerin stand davor, mit einem großen Tablett in den Händen.

»Hallo, ich wollte Ihnen etwas erfrischende Limonade anbieten. Es ist doch ziemlich schwül geworden, oder?«

Ich freute mich, musste allerdings aufpassen, dass ich mich nicht in ein Gespräch verwickeln ließ. Ich wollte mich wirklich etwas ausruhen und anschließend Peter und Justin anrufen. Ich nahm also ein Glas, bedankte mich und wartete einen Augenblick. Die Frau ging von ganz allein. Sie warf mir noch einen letzten, freundlichen Blick zu, wünschte mir einen schönen Tag und verschwand wieder.

Zurück auf dem Bett schloss ich für einen kurzen Moment meine Augen und war schon eingeschlafen.

*E*ine Stunde später wachte ich wieder auf. Die Sonne schien noch immer, und obwohl die Gardinen in meinem Hotelzimmer ein gutes Stück geschlossen waren, reichte das einfallende Sonnenlicht aus, mein Zimmer zu erhellen. Ich öffnete das Fenster und blickte auf den Platz vor meinem Hotelzimmer. Es war nach wie vor ein wunderschöner Tag, und ich sah nur glückliche und fröhliche Gesichter.

Ich holte mein Handy, das auf der Kommode lag. Obwohl ich Sehnsucht nach Peter und Justin hatte, verspürte ich nur wenig Drang, die beiden anzurufen. Dieser Park und die Gespräche mit Pokuwoo, die gerade erst begonnen hatten, hüllten mich vollkommen ein und schnitten mich irgendwie von meinem gewohnten Leben und Umfeld ab.

Ich rief Peter dennoch an, wenn auch nur aus Pflichtgefühl. Ich war schließlich Ehefrau und Mutter und hatte die Pflicht … für einen Moment unterbrach ich den Gedanken, um einem anderen zu folgen. Das, was Pokuwoo zu mir über die Identifikation mit meinen Rollen gesagt hatte, kam tiefer bei mir an, als ich zugegeben hätte. »Sehr interessant«, murmelte ich vor mich hin. Ich fühlte mich in diesem Augenblick einfach so wohl und vollständig, dass ich einfach keine Lust hatte, jetzt in die Rolle der Ehefrau zu schlüpfen. Ich überlegte tatsächlich noch weitere Minuten, ob ich anrufen sollte oder nicht. Dann endlich entschied ich mich für ein kurzes Hallo. Ich selbst wäre wahrscheinlich vor Sorge gestorben, wenn Peter und Justin von mir weggegangen wären und sich nicht regelmäßig gemeldet hätten. Doch Peter sah das natürlich wesentlich entspannter als ich.

Er erkundigte sich, wie es mir ging, und ich erzählte ihm kurz von meinem Gespräch mit Pokuwoo und wie wunderbar es mir heute ging. Justin war mal wieder nicht im Haus, sondern mit Opa und Hund spazieren. Ich versprach Peter, mich später bei Justin zu melden, und würgte ihn ein wenig ab. Ich wollte unbedingt noch raus in die Sonne, bevor es dafür zu spät war.

Als ich mit der alten Eisenbahn durch den Park fuhr, entschied ich mich ganz spontan dafür, an der vierten Station auszusteigen, egal, wo das sein mochte.

Für diese Entscheidung wurde ich reichlich belohnt: Auf einem kleinen Pfad durch einen Wald, der interessanterweise aus einer anderen Art von Bäumen bestand als denen, die sonst überall im Park vertreten waren, gelangte ich zu einem kleinen See, an dem sich nur vier Touristen befanden. Einer von ihnen umrundete den See joggend, ein älteres Ehepaar saß auf der mir gegenüberliegenden Seite auf einer Bank, und eine junge Frau lag einfach am Ufer des Sees. Der Wald war hier so dicht und hoch gewachsen, dass nur wenige Sonnenstrahlen direkt durch die Bäume fielen. Dadurch wirkte der See noch mystischer und entspannender auf mich.

Ich setzte mich ebenfalls auf eine der Bänke, die um den See herum aufgestellt waren, lehnte mich zurück und schloss die Augen. Die Luft hier war kühler, und es roch ein wenig nach Moos. Ein fantastischer Platz zum Entspannen, hier würde ich sicherlich noch öfter sein. Vielleicht hätte ja Pokuwoo sogar Lust, mit mir hierherzukommen. Nur den Felsen vor sich zu haben konnte doch irgendwann auch bedrückend wirken.

Ich dachte eine Zeit lang über Pokuwoos Worte nach, so wie ich es den ganzen Tag über schon ab und zu getan hatte. Je tiefer ich über seine Worte nachdachte, desto besser schien ich sie zu verstehen. Eine Sache hatte mich besonders nachdenklich, aber auch neugierig gemacht. Es war der Satz: »Um zu wissen, wer du wirklich bist, musst du vergessen, wer du glaubst zu sein.«

Das Gespräch mit Pokuwoo am Mittag war sehr lang und intensiv gewesen, aber dieser Satz haftete besonders in meinem Gedächtnis. Mit einem hatte Pokuwoo wirklich recht: Das Gefühl der Einsamkeit und der Flucht kannte ich nur zu gut. Es traf mich ein Stück weit, als er mir das so schonungslos offenbarte. Doch er hatte recht, vielleicht flüchtete ich wirklich in meine Arbeit und in meine Rollen, um dem, was ich wirklich war, keinen Raum geben zu müssen.

Und wenn wir tatsächlich nur ein Gefäß für diesen großen Geist waren, wieso war ich nicht fähig, das zu verinnerlichen, ja, sogar zu fühlen? Von irgendeinem Geist in mir hatte ich noch nichts mitbekommen. Möglicherweise zeigte er sich einfach nicht.

Ich sinnierte immer weiter und holte mir Szenen aus meinem Leben zurück ins Bewusstsein. Das alles geschah irgendwie ganz von selbst. Auf der einen Seite dachte ich ganz bewusst, auf der anderen Seite kamen die Bilder und Gedanken von ganz allein in meinen Kopf.

Ich nahm eine Beobachterhaltung ein – so würde ich das jetzt einfach mal bezeichnen. Ich kramte in meiner Erinnerung und erlebte mich quasi selbst, wie ich in unterschiedlichen Situationen reagierte. Mir fiel zum Beispiel auf, dass ich mich in meinem Leben oft für Banalitäten rechtfertigte und gar entschuldigte. Das wurde erst anders, als ich anfing, im Büro zu arbeiten, und von Perry so viel Anerkennung bekam. Doch vorher hatte ich mich für jede Kleinigkeit entschuldigt oder gerechtfertigt. Aber wieso tat ich das? Je intensiver ich mich in meine inneren Bilder hineinbegab, desto deutlicher und klarer wurden sie auch. Und auf einmal tauchte ein Gefühl im oberen Teil meines Bauches auf und rutschte irgendwie nach oben. Ich fing für den Bruchteil einer Sekunde an zu schluchzen, und augenblicklich schossen Tränen in meine Augen. Eine unbeschreibliche Trauer kam in mir hoch. Woher wusste ich nicht, aber sie musste anscheinend etwas mit dem Hinterfragen meiner ständigen Rechtfertigung und meiner Unfähigkeit, Harmonie zu genießen, zu tun haben. Sobald ich anfing, darüber nachzudenken, hörte das Gefühl sofort wieder auf.

Ich schaute mich schnell und ein wenig panisch um. Einerseits wollte ich nicht, dass mich jemand bei meiner Heulattacke gesehen hatte, andererseits war ich so von diesem kurzen Gefühl überwältigt, dass ich nach etwas suchte, was mich ablenkte. Ich versuchte, mich darauf zu konzentrieren, dass ich hier an diesem See saß und dass alles in Ordnung mit mir war. Auch hatte ich ein wenig Angst. Dieses Gefühl gerade war so stark gewesen. Es schien meinen ganzen Körper ausgefüllt, gar in Vibration gebracht zu haben.

Ich stand auf und ging ein paar Meter, wobei ich mehrere tiefe Atemzüge tat. Noch immer hatte ich eine Gänsehaut an Armen und Beinen. Ich ließ einige Minuten verstreichen und nutzte die Zeit, um den kleinen See zu umrunden. Dann, als ich wieder an meiner Bank ankam, setzte ich mich und versuchte noch einmal, an dieses Gefühl anzuknüpfen. Die Angst vor dem Gefühl war inzwischen wieder vergangen, und die Neugier, woher dieses Gefühl kam, wurde stärker.

Ich suchte wie an einem Faden den letzten Gedanken, den ich gehabt hatte, bevor mich dieses überwältigende Gefühl eingenommen hatte. Und schließlich fand ich ihn. Es war der Gedanke, dass ich meine Arbeit nutzte, um vor etwas zu flüchten. Das war der letzte Gedanke gewesen. Nun war ich innerlich mit diesem Gedanken irgendwie einverstanden. Ich hatte verstanden, dass er wirklich wahr war, und dann war dieses Gefühl hochgekommen, das sich anschließend nicht wieder gezeigt hatte. Es zeigte sich jetzt nicht einmal ansatzweise, so sehr ich auch versuchte, es hervorzubringen.

Für einen Moment wünschte ich mir, dass jetzt Pokuwoo neben mir säße. Er hatte all das in mir initiiert, daher wusste er sicher auch die Antworten auf meine Fragen.

Es ärgerte mich ein klein wenig, dass ich nicht selbst auf die Antwort kam. Sie hatte sich für einen kurzen Augenblick, nicht länger als der Flügelschlag eines Vogels, in mir gezeigt. Die Antwort hatte sich als ein Gefühl gezeigt. Doch ich war weder fähig, dieses Gefühl zu identifizieren, noch, es ein weiteres Mal hervorzurufen.

Ich versuchte es erneut, nachdem ich ein paar Minuten einfach an den See und die Sonne gedacht hatte. Dennoch, es kam einfach nicht wieder. Ich musste mich damit abfinden, bis zum nächsten Tag zu warten. Geduld also – etwas, was ich überhaupt nicht hatte.

Es schien so, als ob auch die Natur meinte, dass ich den See verlassen sollte, denn ein kleiner, feiner Tropfen landete auf meinem Kopf. Ein Blick in den Himmel verriet mir, dass sich Regenwolken zusammengebraut hatten. Da der Wald hier sowieso schon kaum Sonne durchließ, war mir das erst gar nicht aufgefallen. Eine riesige, kilometerbreite, dunkle Wolke kam langsam auf den Park zu, und ein paar kleinere Regenwolken dienten als Vorboten. Ich nahm die Warnung ernst, da ich für einen Regen nicht angemessen gekleidet war, und machte mich sofort auf den Weg zurück zur Haltestelle. Ich war nicht die einzige Person, die wieder aufbrach. Es herrschte etwas Hektik an der Station. Der Schaffner pfiff für jedermann laut hörbar, und die Eisenbahn setzte sich schließlich in Bewegung. Ich hatte vorgehabt, an diesem Abend in einem anderen Restaurant zu essen, aber nun wollte ich in der Nähe des Hotels bleiben.

In dem Besucherzentrum gab es einen Italiener, wo ich am vorherigen Abend schon gegessen hatte, eine alte Braustube und einen kleinen Imbiss. Ich ging zum Imbiss, aß ein belegtes Brötchen und einen Salat und lief dann zum Hotel zurück. Gerade rechtzeitig, denn nur wenige Minuten später brachen die Regenwolken auseinander, und Unmengen Wasser prasselten auf den Boden.

Nachdem ich mich, wie versprochen, noch kurz bei Justin gemeldet hatte, legte ich mich aufs Bett und schaltete den Fernseher ein. Es liefen verschiedene Talkshows, die ich für gewöhnlich nicht besonders gern mochte, aber für diesen Abend waren sie ausreichend. Ausreichend, um mich von meinen Gedanken und meiner Neugier abzulenken, und ausreichend, um mich in den Schlaf zu begleiten. Ich erwachte am nächsten Tag ohne die wohlig wärmenden Sonnenstrahlen, die mich die beiden Morgen zuvor noch im Gesicht gekitzelt hatten. Der Himmel schien bedeckt zu sein, was mich in dem Moment des Aufwachens nicht allzu sehr verwunderte. Die Wolken am gestrigen Abend waren gewaltig gewesen, und so wie Pokuwoo schon gesagt hatte, würde es ein paar Tage bedeckt bleiben.

Ich schlug die Decke zurück und wollte aufstehen. Dabei bemerkte ich, wie schwerfällig ich war. Es war nicht so, dass mir die Knochen wehtaten oder mein Magen zeigte, dass er wieder die Kontrolle über mich hätte.

Nein, es war eher eine innere Schwerfälligkeit. Irgendwie war ich an diesem Morgen müde und auch depressiv. So fühlte es sich zumindest an, und ich hatte keine Ahnung, wieso das so war.

Mein Gesicht schien an diesem Morgen verquollener zu sein als sonst, und als ich nach unten ging, um einen Kaffee zu trinken, schienen mir die Schritte, die Bewegungen ebenfalls schwerzufallen. Was war los mit mir? War ich über Nacht 30 Jahre gealtert?

Meine Zeit am See gestern Nachmittag schoss mir wieder ins Gedächtnis, und plötzlich verstand ich, dass diese Müdigkeit und diese Frustration dort herrührten. Wieso wusste ich natürlich nicht. Aber ich wusste, dass es einen Zusammenhang gab.

Ich zog mich an und verließ das Hotel, nicht ohne festzustellen, dass auch die Temperatur über Nacht stark gesunken war. Ich musste mir eine Jacke holen, so viel kälter war es geworden.

Ich fühlte mich verloren, und das erste Mal nach diesen beiden wunderschönen Tagen kam der alte Zweifel in mir hoch, ob ich am richtigen Ort war.

Die Wolken ließen keine Sonne durch, und so wirkte alles grau um mich herum. Der Wind, der scheinbar von allen Seiten kam, sorgte dafür, dass die Wärme, die noch vorhanden war, nicht bis zu meinem Körper durchdrang.

Ein schrecklicher Tag, an dem ich zu Hause an einem arbeitsfreien Tag einfach im Bett geblieben wäre oder den Abend auf der Couch und vor dem Fernseher verbracht hätte.

Ich blickte auf dem Platz in alle Richtungen und überlegte, was ich mit dem miesen Morgen anfangen sollte. Das Einzige, was ich machen konnte, war, zu Pokuwoo zu gehen, doch ein Teil von mir hatte keine Lust auf seine Lektionen. Die Schwerfälligkeit an diesem Morgen erdrückte mich. Ich setzte langsam einen Fuß vor den anderen und lief in Richtung Reservat. Was hätte ich auch anderes tun können? Ich war nur seinetwegen hier. Na ja, eigentlich war ich wegen meines Vaters hier, doch um an ihn zu kommen, brauchte ich erst Pokuwoos Segen. »Welch eine bescheuerte Situation«, dachte ich mir. »Wieso mache ich das überhaupt mit?«

Wie ein Zeichen des Himmels öffnete sich für einen Moment die riesige Wolke über mir. Nur einen kleinen Spalt, doch der reichte aus, dass die Sonne für ein paar Sekunden den ganzen Park und natürlich mich selbst erhellte. Ich schloss sofort die Augen und nutzte diese wenigen Augenblicke. Als ob ich auftanken wollte, streckte ich mein Gesicht der Sonne zu und seufzte leise.

Etwa 15 Sekunden später wurde es wieder dunkel, und ich öffnete die Augen. »Wie schade!«, dachte ich, obgleich die paar Sekunden ausgereicht hatten, etwas in mir zu verändern. Denn sobald die Sonne da war und strahlte, schien sich meine Stimmung augenblicklich zu verändern, mit Leichtigkeit sogar. Es geschah wie von selbst. War meine Laune von der Sonne abhängig? Wohl kaum.

Ich entschied mich dafür, einfach so zu tun, als ob die Sonne scheinen würde. Als sie gestern geschienen hatte, hatte ich einen herrlichen Tag. Heute war es grau, und ich fühlte mich schrecklich.

Es kostete mich sehr viel Anstrengung. Mein Gedanke war, dass ich mich gerade selbst betrog. Doch mein Entschluss stand fest. Ich lief in Richtung Reservat, und sobald sich mir eine gerade Strecke erschloss und nichts im Weg lag, was mich hätte behindern können, schloss ich immer wieder meine Augen. Ich erinnerte mich daran, wie ich gestern diesen Weg gegangen war, voller Freude, voller Sonnenschein. Es dauerte ein paar Minuten, dann war es wirklich so, als ob die Sonne schiene. Meine Stimmung veränderte sich unverzüglich. Diese Schwere war zwar noch in mir, aber sie schien irgendwie weiter nach unten gewandert zu sein. So weit nach unten zumindest, dass ich ihr nur noch mit Konzentration nachspüren konnte. Die gute Laune stand wieder im Vordergrund.

War das so einfach? Ich ging die restlichen Minuten den Weg entlang, bog dann wieder nach rechts ab und nahm den mühsamen Weg hoch zur Felsplattform.

Obwohl ich mir gerade sichtlich erfolgreich ein Lächeln aufzwang, war der Aufstieg doch mühsamer als am gestrigen Tag. Ich drückte meine Füße fest vom Boden ab in der Hoffnung, so vielleicht etwas mehr Elan zu erhalten. Doch daraus wurde nichts. Ich brauchte etwa doppelt so lange, bis ich den Felsen erreichte.

Als ich oben ankam und der Wind mir um die Ohren fegte, war meine gerade eben erschaffene freudvolle Erinnerung wie weggeblasen und das Gefühl von Frustration mit voller Wucht zurück. Ich kletterte über das Geländer und lief die Felsen entlang zu dem Ort, an dem ich mich mit Pokuwoo treffen wollte. Ich hörte ihn, bevor ich ihn hinter der Felswand erblicken konnte. Er pfiff ein Lied. Ich musste sofort grinsen. Dieser verrückte Kerl saß tatsächlich wieder am Felsen und hatte nichts Besseres zu tun, als ein Lied zu pfeifen.

»Guten Morgen, Violet. Ist es nicht ein herrlicher Tag?«

Er drehte sich zu mir um und lächelte. In seinem Gesicht war keine Spur von Müdigkeit oder Schwerfälligkeit. Am Wetter lag es also nicht.

Ich ging die restlichen Meter zögernd auf ihn zu. »Wieso bist du hier?«, fragte ich ihn, bevor ich ein Wort der Begrüßung über meine Lippen kommen ließ. »Wir waren doch erst später verabredet. Wusstest du etwa, dass ich komme?«

Pokuwoo verzog seinen Mund, als ob er nachdenken würde. »Nun, vielleicht? Vielleicht bin ich aber auch einfach hier, um diesen wundervollen Morgen zu begrüßen.«

Ich setzte mich schweigend neben ihn und wünschte mir in diesem Moment, eine heiße Tasse Kaffee in meinen Händen zu halten. Ich zog meine Jacke noch enger an meinen Körper. »Ich wüsste nicht, was an diesem Morgen schön sein sollte. Es ist kalt, es ist windig, und die Sonne scheint nicht.«

»Ja, der Wind ist heute stark. Aber er bringt immer Veränderung mit sich. Das ist gut.«

Ich schüttelte innerlich den Kopf. Für Pokuwoo war anscheinend immer alles gut und richtig.

»Meine Laune ist etwas im Keller, verzeih mir also bitte, wenn ich deine freudige Ansicht nicht teilen kann«, murmelte ich etwas zynisch.

»Wollen wir ein Stück laufen?«, fragte er mich, aber ich schüttelte den Kopf.

»Tut mir leid, Pokuwoo«, antworte ich ihm und schaute ihn traurig an.

Pokuwoo dachte wieder für einen Moment nach, dann drehte er seinen Körper in meine Richtung und öffnete seinen Mund. »Du hättest heute die Möglichkeit, eine ganz wichtige Lektion zu lernen. Doch angesichts der Umstände helfe ich ein wenig nach.«

Mein Kopf, der müde auf meinen Armen lag, erhob sich, und ich blickte Pokuwoo an.

»Eine Lektion?«

»Ja«, nickte Pokuwoo zustimmend.

»Und die wäre?«

»Wie hast du dich heute Morgen gefühlt, als du aufgewacht bist?«, erkundigte er sich ganz liebevoll, obwohl er es wahrscheinlich schon wusste. Sonst hätte er nicht so genau danach gefragt. Nur, wie war das möglich, dass er das wusste? Hatte er mich nachts wieder besucht?

»Violet?«, ermunterte er mich noch einmal.

»Schrecklich.«

»Das ist alles, Violet? Schrecklich? Nun, ich habe eine andere Vorstellung, was schrecklich ist, also bitte, sage mir, was dein Gefühl war.«

»Depressiv?«, fragte ich ihn.

»Ja. Und was noch?«

»Schwermütig. Mies gelaunt, unglücklich, verzweifelt, frustriert …«

Pokuwoo erhob seine Hand. »Okay, okay! Das reicht«, lachte er, »Was ist dann geschehen?«

»Du meinst auf dem Weg hierher?«, musterte ich ihn fragend, und Pokuwoo nickte.

Auf einmal war da wieder Leben in mir. Ich richtete mich auf, warf meine Arme nach oben und fragte ihn laut: »Pokuwoo, du bist unheimlich. Woher weißt du das alles?«

Pokuwoo lehnte sich etwas zurück und lachte.

»Möchtest du das erlernen?«, fragte er mich, ohne auf meine Frage einzugehen. Er zwinkerte mit einem Auge und brachte mich zum Grinsen.

»Was lernen? Andere auszuspionieren?«

»Nein, es ist kein Ausspionieren. Ich würde es nicht tun, wenn du mir nicht die Erlaubnis gegeben hättest.«

Ich hob meinen Zeigefinger: »Daran kann ich mich nicht erinnern!«

»Möchtest du?«, fragte er mich wieder.

»Nein«, antwortete ich. »Ich habe genug Sorgen mit meinem Leben. Es interessiert mich wirklich nicht, was andere denken.«

Ich verweilte für einen Moment in Gedanken und grinste dann. »Obwohl so ein Spionageprogramm doch von Vorteil sein könnte.«

»Denkst du dabei an Peter?«

Mein Grinsen verschwand, und ich schaute wieder ernüchtert zu Pokuwoo. Dann winkte ich ab. »Egal, Pokuwoo. Also, was ist meine Lektion?«

»Deine Lektion ist das, was du heute Morgen auf dem Weg hierher getan hast.«

»Mich zu belügen?«

»Wenn du das so nennen möchtest. Ich würde es eher eine Entscheidung nennen.«

»Also, ich beschloss heute Morgen, mich nicht von meiner Laune runtermachen zu lassen, und habe mich einfach auf den gestrigen Tag konzentriert.«

»Und was geschah dann?«

Es langweilte mich etwas, Pokuwoo davon zu erzählen, weil es doch so offensichtlich war, dass er sowieso schon Bescheid wusste. Wieso fragte er mich dann?

»Meine Laune änderte sich«, antwortete ich ihm knapp. Pokuwoo nickte wieder nur.

»Und das war meine Lektion?«, fragte ich enttäuscht.

»Ich habe dir doch gestern gesagt, dass du heute erfahren würdest, wie du deine Gefühle ändern kannst.«

»Warte, Pokuwoo. Heißt das, du hast mir heute Morgen diese miese Laune gemacht? Bist du heute Nacht gekommen und hast mich mit deinem Indianerkraut verzaubert?«

In meiner Frage lag zwar deutliche Ironie, doch gleichzeitig meinte ich es ernst.

»Es ist nicht so, wie du denkst. Ich kann nicht einfach deine Gefühle verändern, doch ich kann auf deine Gefühle reagieren. Ich weiß, du hast noch keine Vorstellung davon, wer oder was der große Geist ist und wie er wirkt. Aber er leitet dich seit du hier bist in besonderem Maße. Er führt dich in deine Gefühle hinein. Ich beobachte das lediglich und baue darauf auf.«

Ich nahm wieder einen tiefen Atemzug und verdrehte meine Beine. Die Position war unangenehm, und lange konnte ich so nicht mehr sitzen. Die feuchte Kühle ließ meine Gelenke erstarren.

»Also hat mir dein großer Geist heute Morgen freundlicherweise eine Lektion in mieser Laune erteilt?«

»Ich habe wirklich Freude daran, mich mit dir zu unterhalten. Dein Zynismus ist mir nichts Neues. Ich mag ihn, er gibt unseren Gesprächen ein bisschen Pep.«

Er hatte »Pep« gesagt. Der weise Indianer hatte »Pep« gesagt.

»Die Lektion sollte dir verdeutlichen, dass Gefühle und Gedanken immer zusammenspielen. Sie bedingen einander, sie fließen ineinander über wie zwei Flüsse, die gemeinsam in ein Meer münden. Du kannst deine Gefühle nicht mit deinen Gedanken heilen, aber sehr wohl beeinflussen. Deine Gedanken erzeugen Gefühle in dir, wenn du sie nur oft genug denkst. Und deine Gefühle wiederum färben deine Gedanken. Du warst heute Morgen ziemlich mies drauf, doch du hast dich dafür entschieden, an die Sonne und an dein Gefühl von gestern zu denken. Das hat dafür gesorgt, dass du diesen Morgen zumindest für ein paar Minuten genießen konntest. Oder täusche ich mich da?«

»Kannst du dich täuschen?«, foppte ich ihn kumpelhaft.

Er blickte mich weiter an und reagierte nicht auf meinen Scherz. Wenn wir diese Unterhaltungen fortsetzen wollten, wäre es von Vorteil, wenn er weniger ernsthaft reagieren würde.

»Und das war die tolle Lektion?«

»Nun, eigentlich hätte ich dich in dieser Laune lassen können und heute Abend, wenn du den ganzen Tag mit dir gekämpft hättest, wäre es wirklich eine große Lektion für dich gewesen.« Auch Pokuwoo machte sich über mich lustig.

»Dann hast du mir also gerade meine Lebenslektion verkürzt? Was soll ich jetzt daraus lernen, großer Meister?«

Innerlich legte ich mir die Hand auf den Mund. Ich wollte ihn nicht beleidigen, ich war wirklich eine Spur zu frech gewesen. Es war nicht so, dass ich das böse meinte. Ich mochte ihn einfach, das musste ich zugeben. Und ich hatte das Gefühl, dass ich so sein durfte, wie ich war.

Pokuwoos Grinsen wurde noch breiter, und erleichtert, dass ich ihn nicht verletzt hatte, wartete ich auf seine Antwort.

»Nun, Violet, ich glaube, du verstehst diese Lektion, auch ohne sie noch einmal in voller Länge durchleben zu müssen.«

Ich legte die rechte Hand auf mein Herz, die linke versteckte ich hinter meinem Rücken und dann verneigte ich mich vor ihm. »Sie sind sehr gnädig zu mir.«

Pokuwoo legte seinen Arm um mich herum und schüttelte vor Freude meinen Körper. Vielleicht hatte er doch etwas Sinn für Humor. Nur war es vielleicht nicht ganz der Humor, den ich kannte.

»Okay, wieder ernst!«, rief ich schnell. »Ich verstehe schon, dass ich ein Stück weit entscheiden kann, wie ich mich fühle oder wie ich denke. Aber das beantwortet mir nicht die Frage, wieso ich diese Laune heute Morgen hatte. Oder …«, ich zögerte, bevor ich weitersprach. »Oder habe!«

Aber hatte ich sie überhaupt noch? Ich spürte in mich hinein, doch fürs Erste fand ich dieses frustrierende Gefühl nicht mehr.

Pokuwoo richtete seinen Kopf auf und nahm einen tiefen Atemzug, wobei er seine Augen geschlossen hatte. »Der Grund für deine Gemütsänderung liegt darin, dass sich dein Gefühlskörper geöffnet hat.«

»Oh, Pokuwoo, bitte rede Klartext mit mir!«, bat ich ihn mit flehenden Augen. Genau das war es, was ich wollte: Klarheit. Mit mir geschahen in den letzten Wochen merkwürdige Dinge. Angefangen mit dem Magengeschwür, dann diese merkwürdigen Träume, in denen eine Stimme mit mir sprach, anschließend mein Ohnmachtsanfall im Badezimmer. Und schließlich befand ich mich weit weg von zu Hause und musste feststellen, dass meine Träume Sinn ergaben und mein Vater wirklich hier in einem Park in Ohio lebte. Und, was noch viel erschreckender war, diese Stimme, die nachts mit mir gesprochen hatte, existierte wirklich, und zwar als ein verrückter Indianer, der mit meinem Vater befreundet war. Ich wusste nicht, wie viele verwirrende Dinge ich noch erleben konnte, bevor ich wieder ohnmächtig würde.

»Was ich dir sagen will, Violet, ist, dass sich deine Gefühle, die du jahrzehntelang in dir eingesperrt hast, jetzt einen Weg nach draußen, in dein Bewusstsein gegraben haben. Deine Gefühle zeigen sich jetzt in dir, damit du Heilung erfahren kannst.«

Was er sagte, konnte mich nicht besonders motivieren. Ganz im Gegenteil. »Muss das denn jetzt sein, dass sich meine Gefühle zeigen?«

Das Wort »Gefühle« betonte ich etwas abfällig, wie ich bemerken musste.

»Du siehst das als eine Strafe, aber es ist ein Segen, Violet. Wenn du deine Gefühle erst einmal angenommen hast, werden sie dir Heilung schenken.«

Ich vergrub mein Gesicht noch tiefer zwischen meinen Beinen und legte die Arme um mich. Zusammengekauert saß ich dort auf diesem Felsen und wollte von meiner Umgebung einfach nichts mehr wissen.

Pokuwoo legte behutsam seine Hand auf meine Schulter. »Ich komme gleich wieder, Violet. Bleib bitte hier!«

Ich antwortete ihm nicht, war ich doch in diesem Moment zu sehr mit mir selbst beschäftigt. Ich dachte über meinen Vater nach. Er war so nah bei mir. Ich konnte die Hütte von dem Felsvorsprung aus sehen. Ich kannte ihn gar nicht mehr und fragte mich, ob ich ihn jemals gekannt hatte.

Ich öffnete meine Arme einen Spalt und beobachtete, wie Pokuwoo die Felsplattform hinauflief. Nach fünf Minuten, die ich weiter mit Nachdenken verbrachte, kam er langsam wieder zu mir herunter und setzte sich neben mich.

»Okay, Violet. Es ist Zeit. Wir dürfen an deinen Gefühlen arbeiten.«

Ich löste meinen Kopf von meinen Knien und blickte ihn verwundert an.

»Hast du jetzt mit dem großen Geist geredet?«

Hatte er jetzt wirklich den großen Geist darum gebeten, dass wir an meinen Gefühlen arbeiten können? Was immer diese Arbeit auch bedeutete: Wieso hatte er mich nicht selbst gefragt? Immerhin schien ich für diese Frage der richtige Ansprechpartner zu sein.

»Es war nicht direkt der große Geist. Ich habe mit meinen Ahnen gesprochen.«

Ich kannte dieses Wort. In einer Dokumentation über Indianer hatte ich einmal davon gehört, dass Indianer angeblich mit Verstorbenen sprächen und sie um Rat bäten. Aber jetzt zu sehen, dass dieser Indianer wirklich so etwas Verrücktes tat, war schon merkwürdig. Ich war bisher der Meinung, wenn Menschen tot sind, dann sind sie eben tot. Noch etwas, was mein Weltbild zusammenstürzen ließ. Der Gedanke, dass meine Großeltern um mich herumschwirrten, löste bei mir sofortige Abneigung aus und ließ mir einen Schauder über den Rücken laufen.

»Wichtig ist nur, dass der Zeitpunkt der richtige ist, Violet. Morgen schon wirst du dich freier fühlen, als du es dir je hättest vorstellen können!«

»Das klingt gut«, antwortete ich, ohne wirklich an seine Worte zu glauben.

»Sagst du mir jetzt auch, wieso ich heute Morgen diese schlechte Laune hatte?«, bat ich ihn weiter und richtete mich wieder auf.

»Das war wegen deines Erlebnisses gestern Abend. Ich sah dich auf einer Bank sitzen und für einen Moment warst du ganz intensiv mit einem Gefühl in dir verbunden. Es überrannte dich richtig«, sagte er und schmunzelte dabei.

Unfassbar, er konnte sehen, was ich gestern gemacht hatte? Das gab es doch gar nicht. Konnte er mich wirklich beobachten? Wenn ich auf die Toilette ging? Peter anschnauzte? In der Nase bohrte?

Der Schauder, den ich vor wenigen Sekunden wegen der Gedanken über die Verstorbenen hatte, wurde jetzt noch stärker. Nicht nur, dass Geister mich sehen konnten, Lebende konnten das anscheinend auch.

Obwohl es mich wirklich sehr interessierte, ob er mir dabei zusehen konnte, wie ich auf die Toilette ging, fragte ich ihn dennoch nicht.

»Und welches Gefühl war das?«, fragte ich ihn wehmütig. Augenblicklich zeigte sich das Gefühl von gestern Abend wieder. Die gleiche Emotion, die tiefe Traurigkeit und die Schwere. Ich richtete mich noch stärker auf, öffnete erstaunt meinen Mund. Irgendetwas in mir wollte dieses Gefühl richtig spüren, mit jeder Zelle meines Körpers erleben und erfahren. Doch sofort verschwand diese Traurigkeit wieder. »Dieses Gefühl?«, fragte mich Pokuwoo.

Ich nickte traurig.

»Hm …«, murmelte er und überlegte. Ich hatte keinen Zweifel daran, dass er genau wusste, was hinter diesem Gefühl lag, aber ich vermutete, dass er noch mit sich rang, ob er es mir sagen sollte.

»Es ist ein Schuldgefühl, Violet. Ein Teil in dir, ein großer und mächtiger Teil in dir, gibt sich die Schuld daran, dass dein Vater dich verlassen hat.« Er sagte das und schaute mich dabei sanft und liebevoll an. Dann neigte er seinen Kopf etwas zur Seite.

»Was für ein Quatsch, Pokuwoo. Ich gebe mir doch nicht die Schuld daran, dass …« Ich konnte nicht weitersprechen, weil das Gefühl sich wieder in mir regte. Es war wieder da, und augenblicklich schossen mir Tränen in die Augen. Sie waren so schnell und stark, dass sie sofort meine Wangen hinunterliefen. Was geschah da mit mir?

Ich blickte Pokuwoo hilflos an. »Es ist gut, Violet. Du musst es fühlen. Glaube mir, es ist die Schuld, die du in dir trägst. Ein ganz tiefes Gefühl von Schuld. Das kleine Kind in dir glaubt, falsch zu sein, glaubt, nicht richtig zu sein, nicht gut zu sein, wie es ist. Dieses Kind in dir gibt sich die Schuld daran, dass sein Vater gegangen ist. Wenn du vielleicht nur etwas lieber gewesen wärst, ihm mehr Aufmerksamkeit gegeben hättest …«

Ich schluchzte laut. Ein undefinierbares Geräusch drang aus meinem Inneren. Es war wie ein lautes Aufatmen und Aufschreien. Mein ganzer Körper fing an zu zittern und zu vibrieren, und wieder schluchzte ich laut. Die Tränen liefen unaufhörlich über mein Gesicht. Das Gefühl war jetzt so gewaltig. Es schien nur dieses Gefühl zu geben. Violet war nicht mehr da. Ich weinte so stark wie noch nie in meinem Leben. Pokuwoo hatte recht. Ich fühlte mich wirklich schuldig dafür, dass er uns verlassen hatte. Ich gab mir die Schuld daran. Jetzt konnte ich es deutlich fühlen. Pokuwoos Worte drangen tief in mich hinein. Er hatte recht! Er hatte wirklich recht! Aber wieso hatte ich all die Jahre nicht gemerkt, dass ich mir selbst die Schuld daran gab, dass mein Vater uns verlassen hatte?

Ich spürte, wie Pokuwoo seinen Arm um mich legte und mich zu sich heranzog. Mit seiner rechten Hand strich er mir die von den Tränen durchnässten Haarsträhnen aus dem Gesicht.

Doch er sagte nichts und sprach nicht weiter. Das musste er auch nicht. Er hatte den Kern getroffen. Das Bild, als mein Vater vor mir im Garten kniete und sich verabschiedete, kam ganz deutlich in mein Bewusstsein. Was für ein schmerzhafter Anblick, den ich so lange verdrängt hatte.

Als ich mich dort stehen sah, fingen meine kurz zuvor versiegten Tränen wieder an zu fließen.

»Es ist wahr, Pokuwoo«, sagte ich nach weiteren tränenreichen Minuten. Das Gefühl in mir beruhigte sich wieder. Es fühlte sich so an, als ob es aus mir herausgelaufen wäre, wie bei einem Fass, das schon lange unter Druck gestanden und nun endlich die Chance hatte, sich zu entleeren.

»Hm«, antwortete Pokuwoo und nickte dabei.

Ich stand auf und lief ein paar Meter zur Felswand. Mein Körper vibrierte, als wenn ich hyperventilierte und das Blut zu viel Sauerstoff bekäme. Doch ich atmete normal. Meine Beine und meine Finger kribbelten. Es fühlte sich gut an. Ja, es war ein Gefühl von Lebendigkeit in mir. Ich holte aus meiner Hosentasche ein Taschentuch heraus.

Dann setzte ich mich wieder neben Pokuwoo und kramte in meiner Handtasche nach weiteren Taschentüchern.

Ich hatte das Gefühl, irgendetwas sagen zu müssen. Doch ich wusste nicht, was. War es mir peinlich, dass ich vor ihm geweint hatte? Ich blickte ihn an. Nein, es war mir nicht peinlich. Es war, als wenn ich vor meiner besten Freundin geweint hätte.

Pokuwoo lächelte mich an. »Möchtest du mich zu dem Ort führen, an dem du gestern warst? Ich würde gerne mit dir dorthin gehen.«

Er lächelte mich sehr sanft und liebevoll an. Für einen Moment war ich sehr ergriffen und dankbar, dass ich Pokuwoo hier begegnet war.

Ich nickte und stand auf. »Sehr gern!«

Pokuwoo stand ebenfalls auf, wieder etwas schwerfällig. Kurz überlegte ich, ob ich ihm meine Hand reichen sollte, um ihm zu helfen, doch er stand schon.

Gemeinsam liefen wir den Pfad vom Felsen hinunter in den Park. Wir schwiegen beide, und dennoch waren wir in einer merkwürdigen Vertrautheit miteinander verbunden.

Ich fühlte mich gut und lächelte wieder. Dieser Weinanfall war so befreiend für mich gewesen. Meine Sinne schienen in Watte gepackt zu sein. Ich hatte zwar noch nie Drogen genommen, aber ich war mir sicher, dass es sich genau so anfühlen musste. Ich nahm die Dinge um mich herum gar nicht richtig wahr. Meine Augen und meine Sinne waren nach innen gerichtet. Ja, ich war wie betäubt. Betäubt von meinen eigenen Gefühlen.

»Es fühlt sich gut an, wenn man den Gefühlen in sich erlaubt, nach draußen zu fließen? Hm?«

Wir liefen weiter nebeneinander und ich nickte. Dann sagte ich schnell »Ja«, denn ich hatte keine Ahnung, ob Pokuwoo mich in dem Moment des Nickens angeschaut hatte. Nach wenigen Augenblicken waren wir schon unten am Weg angekommen, der uns zu meinem Hotel brachte. Ich hatte den Abstieg fast gar nicht bemerkt.

Wir stiegen in die alte Eisenbahn und suchten uns einen Sitzplatz. Pokuwoo saß neben mir und blickte lächelnd und zufrieden aus dem Fenster. Ich wiederum blickte nirgendwo hin. Ich schaute einfach in die Leere. Nach ein paar Minuten schien es, als ob sich die Wattebäusche um mich herum wieder aufzulösen begannen, und ich tat einen tiefen Atemzug.

Dieses Gefühl, betäubt zu sein, in Glückseligkeit eingehüllt zu sein, ließ wieder nach. Es blieb nur eine große Müdigkeit, die sich mit einem Hauch Zufriedenheit mischte.

»Dieser Park ist so wunderschön. Ich bin dankbar, dass er meine neue Heimat geworden ist«, lächelte Pokuwoo.

Ich nahm Pokuwoos Arm und lehnte mich an seine Schulter, während wir weiter durch den Park tuckerten. Ich war ebenfalls dankbar, dass ich hier sein durfte, und so dankbar, dass ich auf Pokuwoo getroffen war. Ein unglaublich liebevoller und weiser Mann saß neben mir.

Und … na ja … auch ein bisschen verrückt.

»Erzähl mir von meinem Vater. Erzähl mir, wie das hier entstanden ist.«

Pokuwoo neigte seinen Kopf zu mir und lächelte mich an.

»Ich habe dir ja erzählt, dass ich deinen Vater damals in der Firma getroffen habe, in der ich arbeitete. Er war von Anfang an sehr offen auf mich zugegangen. Schon als ich ihn in der Tür stehen gesehen hatte, war mein Blick sofort auf ihn gefallen. Als wir uns dann in die Augen sahen, war eine solch starke Vertrautheit dagewesen. Dieses Gefühl kann man kaum beschreiben. Man muss es erlebt haben.«

Ich lächelte, denn vielleicht war das genau dieses vertraute Gefühl, das ich gerade selbst mit Pokuwoo erlebt hatte.

»Wir trafen uns an dem Abend noch in einem Pub. Er erzählte mir so viel, und ich hörte ihm einfach zu. Wir sprachen überwiegend über meine Kultur, die ihm sehr am Herzen lag. Er hatte in Südamerika viele eingeborene Stämme besucht, und die Kultur der Indianer zog ihn sehr an.

Damals hab ich oft zum großen Geist gebetet, dass er mir aufzeigen solle, wie ich wieder zurück zu meiner Kultur und damit zurück zu mir finden könnte. Ich lebte damals nicht das, was ich war. Es war mir nicht möglich. Ich war in der Gesellschaft gefangen, im Funktionieren und Arbeiten. Mein Leben bestand nur daraus, dafür zu sorgen, dass ich meiner Frau und meinen Eltern etwas zu essen und ein Haus zum Wohnen bieten konnte.

Es war ein Kampf für mich, morgens aufzustehen und abends einzuschlafen – so sehr wünschte ich mir, in der freien Natur zu leben und ein Leben zu führen, wie es meine Ahnen bereits Jahrhunderte vor mir getan hatten.«

Ich blickte nach draußen und erkannte, dass wir bald an unserer Station halten würden. Ich zog Pokuwoo am Arm, und wir verließen die Eisenbahn. Wir gingen dann auf dem Weg, der durch den dichten Wald führte.

»Dein Vater berichtete mir sehr viel davon, was er in Südamerika erfahren hatte. Er wurde von allen Stämmen wie ein Bruder aufgenommen und lebte viele Jahre dort. Der Häuptling des Indianerstamms, bei dem er als Letztes lebte, sagte ihm eines Tages, dass er wieder in die Stadt zurückkehren solle. Für ihn war das ein Schock, er fühlte sich ausgestoßen. Doch schon bald hatte er eine Vision. Er wollte diese Kultur in die Stadt bringen.« Pokuwoo lachte laut, sodass die Vögel auf den Bäumen aufgescheucht davonflogen.

»Oh ja, dein Vater. Ich fand seine Idee, ein Indianerdorf zu errichten, toll, aber nicht realisierbar. Nachdem wir schon ein, zwei Jahre befreundet gewesen waren, fuhren wir zusammen zu seinem Stamm in den Süden. Das war eine große Ehre für mich, und ich weiß, was es bedeutet, wenn man einen Außenstehenden in seinen Stamm führt. Wir hatten auch vorher schon jeden Tag miteinander verbracht, dennoch wurde unsere Freundschaft durch diese Reise noch enger als zuvor. Für mich war das die aufregendste Reise meines Lebens. Ich hatte sonst nur noch mit meiner eigenen Familie Kontakt, und die hatte sich während der letzten Jahre immer weiter von ihrer

Kultur entfernt. Wir blieben drei Monate dort. William machte in dieser Zeit viele Pläne und telefonierte mit Regierungsstellen und Kulturämtern. Eines Abends kam er mit einem großen Blatt zu mir, auf dem er das Gebiet eingezeichnet hatte. In seinen Augen lag so ein Leuchten, als er es mir zeigte. Und was soll ich sagen?«

Pokuwoo lächelte mich während des Laufens wieder an.

»Genau so wie damals auf dem Blatt steht das Dorf nun hier in diesem Park!«

»Das ist wunderschön. Danke, dass du mir das erzählst.«

Ich hatte immer noch meinen Arm bei ihm eingehakt.

»Wie bist du dann mit deinen …«, ich zögerte einen Moment, »Ahnen wieder in Kontakt gekommen?«

»Der Stammeshäuptling Molakzate, dessen Namen man in deiner Sprache mit ›Weiße Feder‹ übersetzen kann, verbrachte jeden Tag mit mir und führte mich wieder in meine alte Kultur zurück. Er zeigte mir alle Bräuche und lehrte mich die indianischen Rituale. Er verband mich nicht nur wieder mit meinen Ahnen, sondern er ließ mich auch wieder mit der Natur und den Elementen verschmelzen. Der Aufenthalt dort war eine Art Einweihung, eine Rückerinnerung für mich.

All das, was in mir war, konnte nun nach außen gekehrt werden, und schon bald war ich nicht mehr Joseph Mallahan, sondern nahm meinen alten Namen wieder an: Pokuwoo, ›der große Bruder‹.«

Er sagte das voller Stolz und Liebe. Wir hatten nun den See erreicht und setzten uns auf die Bank, auf der ich gestern ebenfalls Platz genommen hatte.

Pokuwoo stützte seine Arme auf seinen Beinen ab und machte seinen Rücken ganz gerade. Er blickte umher und lächelte. »Welch ein wunderschöner Platz, Violet. Ich war noch nie hier. Danke, dass du mich hergeführt hast.«

Ich antwortete nicht, denn ich wollte hören, wie seine Geschichte weiterging.

Er nickte nur und sprach dann weiter: »Wir gingen wieder zurück in die Stadt, doch ich war nicht mehr der, der ich früher war. Ich war wieder ich, Violet. Ich arbeitete noch für ein paar Wochen in der alten Firma. Es war mir einfach nicht mehr möglich, in dieser Welt zu leben.«

»Hast du dich fremd gefühlt?«, fragte ich ihn.

»Wir Menschen erschaffen unser eigenes Gefängnis, Violet. Schau dir das Leben von euch Durchschnittsamerikanern an: Ihr arbeitet und jagt dem Erfolg und dem Geld hinterher. Ihr glaubt, in eurem Erfolg, in dem Geld und in eurem Haus liegt euer Glück. Ihr glaubt, dieses und jenes tun zu müssen, erreichen zu müssen, und wie ein Feuer treiben diese Gedanken euch an. Doch dieser Weg führt euch aus eurem Herzen heraus. Ihr glaubt, dass ihr nicht vollständig seid, und so sucht ihr ständig nach einer besseren Version von euch. Einer Version, die mehr erreicht hat, ein größeres Haus, mehr Ansehen.«

Ich ließ meinen Kopf sinken, denn das, was Pokuwoo sagte, traf auch auf mich zu. Jetzt konnte ich das alles von einem anderen Blickwinkel aus sehen und verstand, dass es ein Irrweg gewesen war, so wie ich zu handeln. Das Leben bestand einfach nicht nur aus Arbeit.

»Wie kann man aufhören, so zu leben, Pokuwoo? Ich jage auch dem Geld und dem Glück hinterher.«

»Ja, meine Liebe, das tust du. Dabei musst du nur eines verstehen, um diese Suche zu beenden: Du glaubst, dieses und jenes tun zu müssen, dieses und jenes erreichen zu müssen. Wenn du diesen Glauben aufgibst und erkennst, dass alles, was du tun musst, darin liegt, das zu sein, was du bist, dann wird diese Jagd aufhören. Es gibt nichts, was du erreichen musst, Violet. Du bist vollkommen, genau in diesem Augenblick.«

Was er sagte, berührte mich und zauberte wieder eine feine Gänsehaut auf meinen Körper. »Das hast du schön gesagt, mein Freund«, antwortete ich ihm.

Ich hatte ihn »Freund« genannt, mit vollem Bewusstsein, denn das war er wirklich für mich geworden.

»Du hast also mit dem Arbeiten aufgehört. Wie ging es weiter?«

»Nur wenige Wochen nach unserer Rückkehr meldete sich das Kulturamt bei William. Unser Traum wurde so schnell real, Violet – ich hätte das niemals für möglich gehalten. Dein Vater glaubte vom ersten Tag daran, dass wir unseren Traum realisieren konnten. Er hielt so fest an diesem Gedanken, dass dieser sich wirklich realisierte!«

»War er glücklich?«

»Oh ja, Violet, das war er.«

»Hm«, murmelte ich etwas traurig. Ich war froh, dass mein Vater sein Glück gefunden hatte, doch es schmerzte noch immer, dass er mich dafür verlassen musste.

»Dein Vater hat nie aufgehört, an dich zu denken. Er hatte immer ein Bild von dir bei sich, und ich konnte ihn oft dabei beobachten, wie er mit dir auf dem Bild sprach.«

Ich fing wieder an zu weinen. Leise liefen die Tränen meine Wangen hinunter. Wieso hatte er mich dann verlassen, wenn er doch so oft an mich hatte denken müssen? Wieso hatte er mich nie besucht?

»Ich sah ihn abends oft weinen. Er war voller Freude und Glück, doch der Schmerz, den er spürte, weil er dich verlassen hatte, begleitete ihn stetig. Und auch alle Freude und alles Glück, das er spürte, waren vom Gefühl des Schmerzes begleitet. Er erlaubte es sich nie, diese große Freude wirklich zu leben.«

»Das tut mir leid, Pokuwoo. Das wollte ich nie.«

Er rückte wieder an mich heran. »Ich weiß, meine Liebe, ich weiß. Schon bald wirst du es ihm selbst sagen können.«

»Ja, ich glaube, ich möchte das auch.« Ich nickte, während mir weiter die Tränen übers Gesicht liefen.

Pokuwoo deutete mit seinem Finger in den Himmel. »Heute Nacht, Violet, wird der Mond seine volle Größe und Kraft erreicht haben. Wir Indianer sagen, dass bei Vollmond der richtige Zeitpunkt erreicht ist, um seine Masken fallen zu lassen. Ich möchte dich bitten, heute spät abends, wenn es schon dunkel ist, zum Felsen zu kommen. Ich werde dich dann in deine Gefühle führen, und der große Geist wird dich von deinen alten Lasten befreien.«

»Ich werde da sein!«

»Ich freue mich, Violet. Heute Nacht wirst du neu geboren werden.«

Ich lächelte ihn an, denn ich fand, dass ich heute schon einmal neu geboren worden war. Ich wusste nicht, ob es daran lag, dass ich dieses Gefühl der Schuld, das tief in mir saß, herausgeweint hatte, oder an Pokuwoos Präsenz. Aber das war mir auch egal. Dieser Tag gehörte mir, und so, wie er es schon vorher prophezeit hatte, fühlte ich mich unglaublich befreit und leicht.

Wir blieben noch eine weitere Stunde auf dieser Bank sitzen. Pokuwoos Arm lag die ganze Zeit um meine Schultern. Er erzählte mir vieles von seiner Kultur und deren Bräuchen. Und ich erzählte ihm von meinem Leben. Ich erzählte ihm, wie ich früh von zu Hause ausgezogen war und mich durch das Leben gekämpft hatte. Wie ich schon in jungen Jahren darauf fixiert war, erfolgreich zu werden, eine hohe, angesehene Position zu haben. Eine Familie zu haben, konnte ich mir lange Jahre nicht vorstellen, bis ich auf Peter traf, der einfach der Mann meines Lebens war. Und ich erzählte Pokuwoo von Justin, meinem kleinen, wunderbaren Engel, der mich mit seiner Freude, seinem Lächeln und seiner zarten Art immer wieder daran erinnerte, wie schön das Leben war.

Kurz nach 18 Uhr fuhren wir mit der Eisenbahn zurück. Obwohl er es eigentlich nicht hätte sagen müssen, bedankte sich Pokuwoo doch dafür, dass ich ihm diesen schönen Ort gezeigt und dass ich mich ihm geöffnet hatte.

Ich war überglücklich. Bevor wir uns voneinander verabschiedeten und ich zurück ins Hotel lief, umarmten wir uns sehr lange. Mir kam es vor, als wären es mehrere Minuten gewesen. Im Hotel rief ich sofort Peter an. Als ich ihm von meinem Tag erzählte, schossen mir wieder Tränen in die Augen. Doch dieses Mal war es nicht das Schuldgefühl, sondern die Dankbarkeit, die mich so berührte.

Obwohl es spät war, ging ich in das Café auf dem Platz vor dem Hotel und trank einen großen Kaffee. Es wurde schon dunkel, und ich war so müde, dass ich nicht sicher war, ob ich heute Nacht wirklich klar und wach bei Pokuwoo erscheinen konnte.

Ich hatte erst etwas Bedenken, denn der Kaffee war wirklich groß, und normalerweise reagierte mein Magen sofort. Doch dieses Mal tauchte zu meinem Erstaunen keine Übelkeit auf. Mein Magen war an dem Tag genauso entspannt wie ich.

Ich wusste nicht, was ich die letzte Stunde noch tun sollte, bis es dunkel und der Mond in seiner vollen Kraft sichtbar würde. Also blieb ich einfach dort, wo ich war. Wie sagte Pokuwoo? Es gibt nichts zu tun! Alles was ich tun muss, ist das, was ich gerade tue.

Die nächste Zeit verbrachte ich einfach damit, die Menschen zu beobachten. Durch das Beobachten konnte ich Pokuwoos Worte noch mehr in mir vertiefen.

Um mich herum waren so viele Menschen: viele Nationalitäten, alle Generationen und unterschiedliche Typen waren hier unterwegs. Es gab einige, die waren richtig glücklich, sie lächelten unentwegt und sprachen liebevoll und humorvoll miteinander. Dann gab es die gestressten Eltern, die an ihren Kindern zogen, als seien es Puppen. Vorwurfsvolle Mütter und Väter, die versuchten, sich aus der Verantwortung zu stehlen. Es gab einige, die nass geschwitzt durch den Park joggten, und andere, die ganz langsam und gemäßigt schlurften. Ein paar der Schlurfer wollten wahrscheinlich jeden Schritt und jeden Meter ganz bewusst wahrnehmen und genießen, andere wiederum sahen so aus, als ob jeder Meter für sie eine Qual wäre, und in ihren Augen lag eine große Traurigkeit. Ganz klar überwogen jedoch jene Menschen, die glücklich zu sein schienen. Der Park konnte einen wirklich nur zum Lächeln bringen. Doch ab und zu tauchten auch jene Menschen auf, die man ebenso in der Hektik des Großstadtlebens trifft.

Was es wirklich so einfach? Musste man nur an etwas Positives denken, um seine Stimmung zu verändern? Hatten alle diese Leute um mich herum ihr Schicksal selbst in der Hand?

Ich kannte die Hektik von meinem Leben nur zu gut. Ich reagierte immer ganz automatisch auf Situationen, oft mit Gereiztheit oder Abneigung. Doch ja, jetzt erkannte ich, dass ich im Grunde immer eine Wahl hatte. Die Muskeln um meinen Mund herum, die entweder die Mundwinkel nach unten oder nach oben zogen, unterlagen meiner Kontrolle. Und wenn ich schlecht drauf war, dann könnte ich eben diese Muskeln aktivieren und die Mundwinkel nach oben ziehen. Wer sollte mich daran hindern?

Ich beschloss, mein Leben, das Leben unserer kleinen Familie, zu verändern. Ich würde weniger arbeiten, das war klar. Perry würde das nicht gefallen, aber ich wusste nun einfach, dass meine ständige Arbeitssucht nur eine Flucht gewesen war. Doch wovor war ich geflohen? Ich glaube, vor einer harmonischen Familie und vor mir selbst.

Das laute Pfeifen der Eisenbahn riss mich wieder aus meinen Gedanken. Erschrocken schüttelte ich ein wenig den Kopf, um mich wieder in die Realität zu holen. »Wie immer in Gedanken, Violet, oder?«, fragte ich mich selbst und grinste. Mit einem kleinen Sprung verließ ich den Stuhl des Cafés. In eben jenem Moment kam die Bedienung auf mich zu, um mir mitzuteilen, dass das Café nun schließen würde.

Ich ging zurück ins Hotel und nahm eine lauwarme Dusche. Als meine Haare getrocknet waren und ich mich wieder angezogen hatte, war es an der Zeit, zum Felsen zu gehen, wo Pokuwoo auf mich wartete, um meine Gefühle zu heilen. Noch vor drei Tagen hätte ich über seine Prognose gelacht und Pokuwoo als einen esoterischen Spinner bezeichnet. Doch die Violet war eine andere geworden. Ich hatte keinen Zweifel an dem, was Pokuwoo mit mir vorhatte und dass es dabei wirklich um die Heilung meiner Gefühle ging.

Mit Handtasche und einer Stoffjacke ausgerüstet, lief ich den Weg entlang. Das bläuliche Mondlicht hüllte bereits den ganzen Park ein. Selbst ohne Straßenlaternen hätte man gut sehen können.

Als ich in den Weg abbog und ihm hoch auf den Felsen folgte, lag der Mond direkt vor mir. Es schien, als ob ich direkt auf ihn zulaufen würde. Nach einigen Minuten konnte ich die Holzabsperrung sehen, die den Abgrund vom Felsen trennte. Oben angekommen, drang mir sofort der Geruch von verbrannten Pflanzen in die Nase. Pokuwoo war also schon vor mir da.

Ich kletterte über die Absperrung, lief den Felsen etwas nach unten und verschwand hinter der Felswand. Für Ortsunkundige war ich jetzt nicht mehr sichtbar.

Zu meinem Erstaunen musste ich feststellen, dass Pokuwoo jemanden mitgebracht hatte: eine junge Indianerin mit wunderschönen Augen und pechschwarzem Haar, das im Mondlicht leuchtete. Xylanta hieße sie und würde ihm bei dem Ritual, das er plante, behilflich sein. In mir kam sofort die Frage auf, um was für ein Ritual es sich handelte, wenn er dafür schon Hilfe brauchte. Doch ich würde es in wenigen Augenblicken erfahren.

Pokuwoo bat mich gleich, mich an das kleine Feuer zu setzen, das er für uns vorbereitet hatte. Xylanta holte dann, als Pokuwoo ihr zunickte, eine Trommel und eine merkwürdig zusammengeflochtene Pflanze. »Erinnerst du dich daran, als du mich gefragt hast, ob ich nicht irgendein Kraut hätte, das dir helfen könnte?«

Pokuwoo lächelte, und ich hoffte, dass er meine sofort aufgekommene Röte nicht sehen konnte. Oh ja, ich erinnerte mich daran. Ich erinnerte mich daran, wie mir dieser Satz herausgerutscht war und ich mich sofort dafür geschämt hatte.

»Hier ist diese Pflanze«, sagte er leise und reichte mir das trockene Bündel. Ich konnte natürlich nichts Besonderes daran feststellen. Es war eine getrocknete, gräuliche Pflanze, die zu einem Bündel zusammengeschnürt war. Zwischen den grauen Pflanzenteilen gab es auch noch violette, die vielleicht aber auch zu einer anderen Pflanze gehörten. »Wie passend«, dachte ich für einen Moment und versuchte, das Bündel so demütig an Pokuwoo zurückzugeben, wie er es mir zuvor gegeben hatte.

»Diese Pflanze wird dich in deine Gefühlswelt eintauchen lassen, Violet.«

»Was muss ich damit machen? Essen?«

»Nein, Violet. Ich werde gleich die Pflanze zum Glimmen bringen und das, was du dann tun musst, ist, den Rauch, den Pflanzengeist, einzuatmen.«

»Okay«, antwortete ich ihm erstaunt. Ich war ja ein absoluter Gegner, was Zigaretten und andere zigaretten-ähnliche Drogen betraf. Doch dieses Mal würde ich eine Ausnahme machen. »Was passiert, wenn ich das Kraut einatme? Werde ich benebelt oder so?« Ich hatte schon etwas Angst davor.

»Du brauchst keine Angst zu haben, Violet, wir sind die ganze Zeit bei dir. Du wirst deinen Körper weniger spüren, und es kann sein, dass dir etwas schummerig wird oder du Farben und Formen siehst. Das ist aber nur am Anfang so. Nach wenigen Sekunden werden sich Gefühle in dir zeigen, deine verletzten Gefühle. Es wird ungefähr so sein wie heute Mittag, nur noch etwas intensiver.«

»Noch intensiver«, dachte ich mir, und sofort erschauerte mein ganzer Körper.

Ich biss mir nervös auf die Unterlippe. Ich vertraute Pokuwoo, aber dennoch hoffte ich, dass das gut gehen würde.

Pokuwoo nickte seiner Gehilfin abermals zu. Diese griff nach der Trommel neben sich und fing an, leise und rhythmisch auf ihr zu schlagen.

»Vertraust du mir, Violet?«, fragte er mich leise.

Ich nahm einen tiefen Atemzug. Pokuwoo wollte mich anscheinend wirklich benebeln, und ich hatte etwas Angst davor, aber ich vertraute ihm. »Ja«, antwortete ich ihm und nickte dabei.

Pokuwoo legte nun ganz langsam das Pflanzenbündel mit dem einen Ende in die Glut und pustete darauf. Dabei murmelte er unverständliche Worte. Ich beobachtete, wie sich die Glut des Feuers auf die getrocknete Pflanze übertrug und das Bündel ebenfalls anfing zu glimmen. Sofort stieg ein starker, intensiver Rauch auf. Es roch sehr krautig, wie verbranntes Gras, und dennoch ein wenig würzig-süßlich.

Ich wollte schon den Rauch einatmen, als Pokuwoo aufstand und mit dem Bündel ein Mal um das Feuer lief. Dabei schwenkte er es so, dass die Pflanze noch stärker glimmte. Dann drehte er sich viermal in jede Himmelsrichtung und sprach – diesmal sehr laut – indianische Sätze. Ich verstand nur etwas wie: »Neuan ti tehuan, tawo tawo pentai.«

Immer wieder hob er seine Hände über den Kopf und sprach jedes Mal die gleichen Worte. Ich bekam eine Gänsehaut, während ich ihm zuhörte. Das, was er sagte, klang so tief, stark und magisch, dass es mich berührte, egal, ob ich seine Worte verstand oder nicht.

Xylanta trommelte immer stärker und lauter. Zuvor war es noch ein Trommelschlag pro Sekunde, mittlerweile waren es einige mehr. Sie wurde immer schneller und schneller und bald konnte man die einzelnen Schläge nicht mehr erkennen. Pokuwoo kniete sich vor mich und schloss seine Augen. Wieder sagte er indianische Worte, die ich so gerne übersetzt bekommen hätte. Dann hörte ich, wie neben mir das Trommeln langsam verstummte. Xylanta kniete nun hinter mir und Pokuwoo bat mich, mich an sie zu lehnen. Ich solle immer auf meinen

Rücken und den Kontakt mit Xylanta achten. Sie würde mich halten.

»Oje«, dachte ich für einen Moment. »Worauf habe ich mich da eingelassen?«

Pokuwoo hielt nun das glimmende Pflanzenbündel vor mein Gesicht und schwenkte es wieder in der Luft. »Atme ein, Violet!«

Es fiel mir schwer, und ich hustete sofort, als dieser Rauch in meine Nase und dann in meine Lunge drang. Doch bald beruhigte ich mich wieder und nahm erneut einen tiefen Atemzug. Der Rauch war unglaublich stark. Der krautig-würzige Geschmack schien meinen gesamten Mund zu belegen. Ich schluckte, weil mein Mund von dem Rauch ganz trocken war, und stellte fest, dass der Geschmack meinen Hals entlanglief. Nun fingen meine Hände an zu kribbeln, und dann auch meine Beine. Nur einen Augenblick später breitete sich das Kribbeln in meinem ganzen Körper aus. Es fühlte sich so an, als ob mein Körper ganz langsam betäubt wurde. Das unbequeme Gefühl, das ich kurz zuvor noch verspürt hatte, weil ich schon einige Minuten auf dem harten Steinboden gekniet hatte, verschwand. Das Kribbeln wurde immer stärker, und sofort trat das angekündigte, schwindelige Gefühl auf. Jetzt wusste ich, wieso Xylanta hinter mir saß, und ich ließ mich noch tiefer in ihre Arme sinken. Plötzlich sah ich um mich herum einen dunklen Nebel, der sich um mich legte, und auch Pokuwoo schien auf einmal zu verschwinden. Egal, wie sehr ich mich anstrengte – was sowieso kaum möglich war –, ich konnte ihn nicht mehr richtig erkennen. Er war nur noch ein nebulöses Etwas. »Lass dich fallen, Violet, es geschieht dir nichts.«

Seine Stimme, sanft wie immer, klang so, als ob sie aus weiter Ferne zu mir strömte. Es war tatsächlich wie ein Fluss. Die Töne seiner Stimme waren zu einer Schwingung geworden, die nicht einfach in mein Gehör eindrang, sondern mich auf eine seltsame Art und Weise einhüllte. Die Stimme schien nun in mir und um mich herum zu sein.

Für einige Sekunden glaubte ich, in Ohnmacht zu fallen. Ich fühlte mich wohl, ja, fast schon gut, aber ich spürte meinen Körper nicht mehr, und der Rauch und die Stimme waren so stark wahrnehmbar für mich, dass es schien, als ob mein Kopf zerplatzen würde. Es gab nur noch seine Stimme, die in meinem Körper, ja, in jeder Zelle vibrierte.

Ich lag wie eine Halbtote in den Armen von Xylanta und öffnete mit letzter Kraft meine Lippen, die schon so vertrocknet waren, dass sie aneinanderklebten. Der letzte Tropfen Speichel war aus meinem Mund verschwunden.

Ich schluckte, doch es gab nichts zu schlucken. Ich versuchte, meine Hand zu heben, um Pokuwoo um etwas Wasser zu bitten, doch weder hatte ich Kontrolle über meine Hand noch die Kraft, etwas zu sagen. Auf einmal spürte ich einen unerträglichen Schmerz in meinem Bauchraum, der mich sofort zusammenzucken ließ. Ich krümmte mich vor Schmerzen. Es fühlte sich wirklich so an, als ob eine Klinge meinen Bauch durchdrang. Doch der Schmerz kam mehr aus meinem Inneren als von außen.

Verzweifelt und verängstigt blickte ich in Pokuwoos Richtung. Was geschah da mit mir? Ich sah eine Hand auf mich zukommen, Pokuwoos Hand. Er spielte mit ihr vor meinen Augen, machte kreisförmige Bewegungen. Der Schmerz in mir war so groß, dass ich seine Bewegungen nicht nur doppelt, sondern vierfach wahrnahm.

»Es geht jetzt los, Violet. Lass es einfach zu!«, hallte es überall, so, als ob Pokuwoo von allen Seiten zu mir spräche.

Ich war mittlerweile vom Schmerz zu betäubt, um irgendetwas zu denken. Ich wollte einfach sterben, denn diesen Schmerz konnte ich nicht mehr ertragen. Ich wollte um Hilfe schreien, doch es ging nicht. Ich konnte nichts tun. Dann plötzlich verschwand dieser Schmerz in meinem Bauch so schnell, wie er gekommen war. Erleichtert atmete ich auf. Doch augenblicklich vibrierte mein Körper noch stärker, und ich fing an zu schluchzen. Es war unglaublich, was geschah: In mir entstand ein so starkes Gefühl, dass ich sicher war, es würde mich auseinanderreißen.

Ich spürte, wie Xylanta ihre Arme noch enger um mich legte. Sie hielt mich fest umklammert mit all ihrer Kraft. Ich verstand auch sofort wieso. Auf einmal ertönte ein Schrei, ein markerschütternder Schrei aus meinem Inneren. »AAAAAAAAHHHH!«

Ich atmete unfassbar schnell, ich hechelte fast. Und wieder schrie es aus mir heraus: »AAAAAHHH!« Ich fing an zu weinen. Ich schluchzte und weinte so laut, dass ich kaum atmen konnte. Xylanta hielt mich noch fester, und ich spürte den harten Druck ihrer Arme an meinem Körper. Ich knurrte auf einmal wie ein wildes Tier und versuchte, mich aus ihren Armen zu befreien. Ich schrie abermals auf. Dieses Gefühl, das mich zerreißen wollte, war nichts anderes als der pure Zorn, die pure Wut. In mir war dieses hasserfüllte Gefühl, das sich seinen Weg nach draußen bahnte. Wieder knurrte ich und schrie. Ich wollte weg, ich wollte aus dieser Fesselung raus. Wie ein tollwütiger Wolf versuchte ich, mich aus den Armen Xylantas zu befreien. Doch sie war stark. Trotz der Wut in mir gelang es mir nicht, mich zu befreien.

Ich gab schließlich auf und ließ einfach los. Ich hatte keine Macht mehr über mich.

Plötzlich tauchte das Bild meines Vaters vor mir auf. Ich konnte sein Gesicht ganz deutlich sehen, ja, ganz tief in seine Augen blicken. Es war so, als ob er vor mir stand und alles andere um mich herum nicht mehr existierte. Ich wurde ganz leise und wisperte: »Wieso?« Ich sah ihn deutlich vor mir. All die Wut, die ich eben noch empfunden hatte, all die Wut verwandelte sich in die größte Enttäuschung und Trauer, die ich jemals in mir gespürt hatte. Wie ein kleines Mädchen blickte ich ihn an und fragte: »Wieso?«

Nun war es Trauer, die mich innerlich zerriss. Ich spürte sie nicht in meinem Bauch, wie die Wut, sondern in meinem Herzen. Mein ganzer Brustkorb schien sich zusammenzuschnüren. Ich weinte noch stärker als vorher und schrie wieder. Ich versank in Xylantas Armen und weinte bitterlich. Ich fühlte mich so allein gelassen.

Xylanta lockerte ihren Griff, und ich wandte mich automatisch zu ihr. Ich spürte, wie sie ihre Hand ganz zärtlich auf meinen Kopf legte und diesen sanft an ihre Brust drückte. Ich lehnte nun meinem Oberkörper vollständig an sie und ließ mich wieder in ihre Arme fallen.

Ich schluchzte weiter, und der ganze Schmerz, den ich durch den Abschied meines Vaters erfahren hatte, kam empor. Wieder winselte ich: »Wieso, wieso?«

Doch es waren nicht die Worte einer 31-jährigen Frau, sondern die Worte eines kleinen 14-jährigen Mädchens, für das eine Welt zusammenbrach.

Ich wollte keine Erklärung auf diese Frage, keine Antwort. Es war vielmehr mein innerstes Bedürfnis, diese Frage, die schon seit so vielen Jahren in meinem Herzen war, auszusprechen. Immer wieder vibrierte mein Körper. Und mit jedem Zittern kam ein neues Gefühl der Trauer zum Vorschein. Xylanta spürte dies, und sobald sich wieder Emotionen in meinem Inneren lösten, hielt sie mich fester in ihren Armen. Nach einigen Minuten, in denen ich unaufhörlich weinte und meinen Vater vor meinem inneren Auge sah, verschwamm sein Gesicht plötzlich. Aus der Mimik und der Form seines Gesichtes bildete sich auf einmal das Gesicht meiner Mutter. So deutlich, wie ich zuvor meinen Vater gesehen hatte, jede einzelne seiner Wimpern, so deutlich trat nun meine Mutter vor mich. Ich hatte keine Kraft mehr zu weinen, ich hatte keine Kraft mehr zu schreien. Doch mein Inneres nahm keine Rücksicht auf mich. So, wie mein Magen sich teilweise fünf Mal am Tag gemeldet hatte und ich mich erbrechen musste, obwohl mein Magen schon ganz leer war, so meldeten sich nun diese Gefühle in mir. Unbarmherzig schossen sie in mein Bewusstsein.

Ich spürte den Vorwurf an meine Mutter, dass sie nicht gehandelt hatte, dass sie meinen Vater nicht zurückgehalten hatte. Ich spürte die Wut auf sie, weil sie immer wieder mit ihm gestritten hatte. Ich spürte die Verzweiflung, dass ich nach dem Auszug meines Vaters kaum noch eine Rolle in ihrem Leben gespielt hatte.

Wieder drang ein tiefes Grollen aus meinem Hals, und ich schrie abermals auf. Die Wut war weitaus schwächer als vorher. Das bedeutete aber nicht, dass ich sie weniger intensiv in mir spürte. Es dauerte lediglich nicht mehr so lange wie vorher, bis die Wut aus mir herausgeströmt war.

Mein lautes Schreien und Weinen verstummte langsam. Leise winselte ich in Xylantas Armen, und sie strich mir tröstend über den Kopf.

Dann spürte ich weitere Hände an meinem Hinterkopf, sie waren warm, ja fast heiß. Das mussten Pokuwoos Hände sein. Ich hörte ihn abermals hinter mir indianische Worte sprechen. Ich hörte ganz aufmerksam zu, und es gab wieder nur seine Stimme. Wenige Sekunden später fiel ich in Xylantas Armen erschöpft in einen tiefen Schlaf.

Als ich aufwachte, wusste ich nicht, wie viel Zeit vergangen war. Es war wesentlich dunkler als vorher, es war tiefe Nacht. Ich hob ganz langsam meinen Kopf, der jetzt auf Xylantas Schoß lag. Sie hatte die ganze Zeit meine Haare gestreichelt und zu mir gesprochen.

Pokuwoo blickte mich intensiv an. »Hallo, Violet!«, sagte er und deutete eine Umarmung an. Ich hatte kaum

Kraft, mich abzustützen. Pokuwoo wusste das anscheinend und kam mir so nahe, dass ich mich nur in seine Arme fallen lassen musste.

Was war mit mir geschehen? Ich konnte mich natürlich an das Ritual erinnern, dennoch war es irgendwie bloß verschwommen in meiner Erinnerung.

»Wasser!«, flüsterte ich, und augenblicklich reichte mir Xylanta eine Flasche.

Mein Arm kribbelte immer noch etwas und fühlte sich leer an, wie aus Gummi. Doch ich schaffte es trotzdem, die Flasche zu ergreifen und an meine Lippen zu führen.

Ich blickte auf das Feuer neben mir. Die Flammen waren erloschen, und nur noch ein paar Holzstücke glühten nach.

Ich betrachtete meinen Körper, der in eine Decke eingewickelt war. Mein Körper war so schwach, dass ich mich kaum bewegen konnte. Ich versuchte, in meine Beine zu fühlen, in meinen Bauch zu fühlen, und tatsächlich konnte ich meinen Körper wieder etwas mehr wahrnehmen. Er war wieder da.

Xylanta reichte mir ein Stück Fladenbrot, das ich dankbar annahm. Hastig biss ich hinein und schluckte das Stück ohne groß zu kauen herunter.

Es war still geworden im Park. Ich hörte den Wind, der die Bäume zum Rascheln brachte, und das Zirpen der Grillen, die ganz in meiner Nähe waren.

Es verging noch ungefähr eine halbe Stunde, bis das schwache und benebelte Gefühl aufhörte. Pokuwoo und Xylanta waren in der Zeit beide ganz nahe bei mir, sprachen jedoch kein Wort. Es war einfach ein magischer Moment. Erst dann schaltete sich endlich mein Kopf wieder ein, und sofort fragte ich mich, ob ich den ganzen Park geweckt hatte.

»Ist jemand gekommen?«, fragte ich mit einem zarten Lächeln. Ich hatte mich wahrscheinlich angehört wie eine Frau, die ermordet wurde.

»Ich glaube kaum, dass dich jemand gehört hat, Violet. Dein Schall reicht von hier oben nicht bis in den Park. Außerdem ist es bewölkt und windig.«

»Hm«, flüsterte ich. Ich hoffte, er hatte recht.

»Und selbst, wenn jemand dich gehört hätte, die Ranger wissen, dass wir dieses Ritual hier manchmal abhalten. Und sie wissen, dass es dabei laut werden kann. Mach dir also keine Gedanken.«

Nein, das wollte ich auch nicht. Keine Gedanken mehr.

»Wir werden dich jetzt nach Hause bringen, Violet. Kannst du schon aufstehen?«

Was das Aufstehen betraf, hatte ich meine Zweifel, doch ich versuchte es. Ich stütze mich an Pokuwoo ab, und Xylanta zog gleichzeitig an meiner Hand. Als ich stand, rieb ich mir müde über das Gesicht.

»Dann lass uns gehen, meine Liebe!«, lächelte mir Pokuwoo zu und nahm mich in seinen Arm. Xylanta nahm meine Tasche in die Hand und lief rechts neben mir her.

Welch komische Empfindungen ich hatte. Das Mondlicht leuchtete uns den Weg, und alles, was ich um mich herum sah, war in ein magisches Licht gehüllt. Alles um mich herum und in mir drin war friedlich. Ich war müde und überglücklich zugleich. Obwohl meine Beine noch sehr schwach waren, hatte ich ein Gefühl der Freiheit und Klarheit in mir, das ich bisher noch nicht gekannt hatte. Ob das an der Wirkung der Pflanzen lag, würde ich spätestens am nächsten Morgen feststellen. Doch für den Moment genoss ich dieses Gefühl. Ich war einfach glücklich.

Offensichtlich hatte ich kein Zeitgefühl mehr. Obwohl ich nur flüchtig in Gedanken war, hatten wir in der kurzen Zeit einen großen Teil der Strecke zurückgelegt, und so standen wir nach wenigen Augenblicken vor dem Hotel. Niemand war mehr auf der Straße. Wir waren vollkommen allein. »Der Schlüssel ist in der Tasche«, sagte ich leise und hörte, wie Xylanta in der Tasche kramte. Gott sei Dank, konnte ich das Hotel mit meinem Schlüssel öffnen und war nicht darauf angewiesen, dass die Besitzerin mir aufmachte. In diesem Zustand wollte ich niemanden sehen.

Wir gingen zusammen die Treppe nach oben, und Xylanta schloss schließlich meine Zimmertür auf. »Warte, hier. Ich mache alles bereit«, sagte sie und ging als Erste in mein Hotelzimmer. Obwohl ich noch draußen auf dem Gang stand, blendete mich das grelle Licht der Deckenleuchte. Einige Sekunden später hörte das Blenden auf, und stattdessen schimmerte nur noch das sanfte Licht der Nachttischlampe in den Gang. Xylanta half mir ins Zimmer.

»Okay«, sagte sie und nahm meinen Arm. Sie führte mich geradewegs auf mein Bett, dessen Decke schon aufgeschlagen war. Ich ließ mich einfach hineinfallen und beobachtete Xylanta dabei, wie sie mir die Decke umlegte. Pokuwoo stand vor dem Bett und lächelte. Er schien größer und präsenter zu sein, als ich ihn heute Mittag wahrgenommen hatte. Auch Xylanta stellte sich vor mein Bett.

Beide lächelten mich an, und dann schlossen sich meine Augen wie von selbst. Ich war eingeschlafen.

Durch das Zucken meines Beines wurde ich wieder wach. Ich nahm einen tiefen, befreienden Atemzug, wobei ich meinen Mund so weit wie möglich öffnete. Wie zu erwarten, war es schon hell. Dennoch schien der Himmel immer noch bedeckt zu sein. Ich erinnerte mich daran, wie Pokuwoo und Xylanta mich ins Bett gebracht hatten. Auf dem Nachttisch stand ein Glas Wasser. Das Glas zu sehen, brachte mich ein klein wenig zum Schmunzeln. Die beiden wussten wohl genau, mit welchem Durst ich morgens erwachen würde. Meine Kehle brannte. Sie war vollkommen ausgetrocknet, und es fühlte sich an, als ob meine Schleimhäute zusammenklebten. Ich trank das Glas in einem Zug leer.

Mit der linken Hand rieb ich mir über das Gesicht. Ich erwartete erst, dass ich noch etwas benebelt von der Pflanze wäre, doch zu meinem Erstaunen war ich topfit. Ein Blick auf mein Handy verriet mir, dass Peter angerufen hatte und dass es schon Mittag war. Wann genau ich gestern Nacht im Bett gewesen war, wusste ich nicht, aber jetzt war es kurz nach eins. Ich hatte also ziemlich lange geschlafen. Ich stand auf und verschwand auf der Toilette.

Augenblicklich dachte ich an Pokuwoo, und Dankbarkeit erfüllte mein Herz. Welch ein Segen, ihn getroffen zu haben. Mir war die Bedeutung der vorherigen Nacht noch nicht einmal ansatzweise bewusst, doch schon an diesem Morgen hatte sich etwas in mir gewandelt. Ich konnte es nicht wirklich beschreiben. Es schien nur so, als ob ich ein ganz anderes Körpergefühl hätte. Vielleicht sogar ein anderes Ich. Hatte Pokuwoo nicht gesagt, dass dieses Vollmondritual die Persönlichkeit ändern würde?

In mir spürte ich noch ein kleines Fünkchen Traurigkeit, doch es war eher eine schwache Erinnerung als ein reales Gefühl. All die Trauer und die Wut, die ich in der letzten Nacht empfunden hatte, waren verschwunden. Was ich an diesem Morgen besonders stark merkte, war ein inneres Gefühl von Frieden und Ruhe. Es war nicht so, dass ich auf einmal ganz ruhig war. Ich war immer noch die gleiche, quirlige Person, aber auf eine feine, subtile Art und Weise spürte ich einen Frieden in mir. Etwas war gelöst worden. Das erkannte ich sofort. Ich war freier.

Mein Magen grummelte vor sich hin. Ich bemerkte, dass sich das Gefühl im Magen verändert hatte. Es war so, als ob ich in ihn hineinschauen konnte. Irgendwie hatte auch er etwas von dieser Ruhe abbekommen. Normalerweise nahm ich gleich nach dem Aufstehen die erste der beiden Tabletten gegen die Übelkeit, doch ich entschied mich dafür, abzuwarten, ob ich die Übelkeit überhaupt noch einmal verspüren würde.

Dennoch, mein Magen musste gefüllt werden, und so verließ ich ohne zu duschen das Hotel in Richtung Café. Ich konnte mich in diesem Park richtig gehen lassen. Es war mir egal, ob meine Haare zerzaust waren, ich kein Make-up im Gesicht oder Mundgeruch hatte. Dieser Park hatte etwas Familiäres. Obwohl ich weder die junge Bedienung noch den älteren Italiener vom Restaurant, geschweige denn die Hotelbesitzerin näher kannte, waren wir dennoch miteinander vertraut. Wir teilten etwas miteinander, und ich konnte so sein, wie ich war: ungewaschen und hungrig wie ein Bär.

Die junge Frau aus dem Café lächelte wie immer und hatte keine Einwände gegen mein spätes Frühstück. Sofort zu Mittag essen wollte ich nicht. Sie sagte mir, dass sie schauen würde, was sie in der Küche noch zum Frühstück auftreiben könne. Ich saß also in der Mittagszeit im Café und aß ein Brötchen mit Ei und trank eine extra große Tasse Kaffee. Ich ließ mir sehr viel Zeit damit. Es war schönes Wetter und trotz der Wolken angenehm warm, sodass ich draußen auf dem Platz sitzen konnte. Immer wieder verzog sich eine große Wolke und ließ die Sonne für ein paar Momente auf den Park scheinen. Jedes Mal schloss ich meine Augen und streckte meinen Kopf den Strahlen entgegen.

Nach dem Frühstück rief ich Peter an, der tatsächlich etwas ungeduldiger war als sonst. Fast vorwurfsvoll fragte er mich, wieso ich mich nicht gemeldet hätte. Ich hatte erstaunlicherweise auch an diesem Tag kaum Lust zu sprechen. Ich überlegte für einen kleinen Moment, ob es an Peter und unserer Beziehung lag, aber ich stellte fest, dass eher der Park und Pokuwoo der Grund dafür waren. Ich war zum ersten Mal von der Außenwelt und von meiner Familie abgeschnitten. Jedoch fühlte sich das für mich auf eine bestimmte Art und Weise richtig an. Es war gut so.

»Peter, ich habe gestern Nacht etwas Unglaubliches erlebt. Ich glaube, das hat mein ganzes Leben verändert!«

»Was meinst du damit? Was hast du erlebt?«

Ich schmunzelte. War er etwa eifersüchtig? Peter?

»Ich habe gestern mit Pokuwoo ein Ritual gemacht. Ich … Ich weiß nicht … Peter, ich habe stundenlang nur geweint und …« Ich zögerte etwas. Ein klein bisschen war mir das doch unangenehm: »geschrien!«

»Du hast was?«, fragte Peter belustigt.

»Geschrien. Ich habe mir den Schmerz aus dem Leib geschrien«, antwortete ich ihm mit einem beschämten Gefühl. Aber genauso war es: Ich habe all die Trauer und die Wut herausgeschrien.

»Wow …«, äußerte sich Peter, und ich konnte fast sein Gehirn rattern hören.

»Du?«, erkundigte er sich weiter. »Versteh mich nicht falsch, ich finde das wunderbar, und ich denke, dass wurde auch wirklich Zeit. Aber … Was ich nicht verstehe, ist, wie du es geschafft hast, von einer, nun sagen wir mal, sich kontrollierenden Frau zu einer hemmungslos Schreienden zu werden. Ich meine, wie hast du …«

»Es war eine Pflanze«, unterbrach ich ihn, wohl wissend, dass er sich darüber wunderte, dass die normalerweise eher unterkühlte und selbstkontrollierte Violet auf einmal einen Gefühlsausbruch erlebt hatte.

»Du hast Drogen genommen?«, fragte Peter noch erstaunter. Er hob sogar ein klein wenig seine Stimme. »Ich … Violet, was geht da vor?«

»Mach dir keine Sorgen, Schatz. Es ist alles in bester Ordnung. Ich habe den Rauch einer Pflanze eingeatmet, und die hat gewissermaßen meine Gefühle geöffnet. Es war wunderbar, Peter. Ich fühle mich so befreit!«

Mir kamen die Tränen, als ich das sagte. Doch ich konnte mir vorstellen, wie das auf Peter wirken musste: Seine Frau fliegt weg, um ihren Vater zu suchen, landet in einem Park, trifft dort auf einen Indianer, mit dem sie in der Nacht Rauch einatmet und dann all ihre Gefühle und Schmerzen herausweint.

Peter wechselte das Thema und fragte mich, ob ich denn jetzt bereit wäre, meinen Vater zu sehen. Dabei meinte er allerdings weniger meine Bereitschaft als eher die Einwilligung von Pokuwoo.

»Darüber habe ich mir noch keine Gedanken gemacht, Peter. Es wird alles kommen, wenn der richtige Zeitpunkt da ist.«

Hatte ich das gerade gesagt? Ja, das hatte ich. Ich hatte keinen Zweifel mehr, dass das, was ich vorher als Spiel angesehen hatte, seinen Sinn und Zweck besaß. Pokuwoo hatte seine Gründe, mich darum zu bitten, seine Kultur und Bräuche zu achten und mich erst einmal zu reinigen, bevor ich an das Bett eines Sterbenden herantrat. Jetzt verstand ich es.

Ich versprach Peter, mich am Abend noch einmal zu melden, und legte dann zügig auf.

Ich wollte sofort zu Pokuwoo, doch es war sicherlich besser, wenn ich vorher duschte. Ein Blick in den Spiegel ließ mich auch gleich auflachen. Ich sah völlig zerzaust und verquollen aus. Womöglich würde mich Pokuwoo gar nicht erkennen. Normalerweise trug ich mein schulterlanges Haar offen und fein glänzend gekämmt oder in einem sehr adrett gebundenen Pferdeschwanz.

An diesem Tag waren meine Haare von Tränen und Schweiß verklebt und störrisch. Einzelne Strähnen standen in alle Richtungen und warteten darauf, dass ich sie in ihre ursprüngliche Form zurückkämmen würde.

»Na, gut!«, sagte ich laut und verschwand für einige Zeit im Badezimmer. Dann verließ ich das Hotel und lief zum Indianerreservat. Meine Schritte waren schneller als sonst. Ich hatte es zwar nicht wirklich eilig, aber ich wollte unbedingt Pokuwoo sehen. Ich wollte verstehen, was gestern passiert war, denn auch jetzt spürte ich noch die Veränderung in mir, die mir allerdings weiterhin unerklärlich blieb. Ich war nach wie vor die Analytikerin, und mein Verstand wollte nun einmal wissen, was geschehen war. Es fühlte sich für mich so an, als ob ich durch ein Tor gegangen wäre. Durch ein Tor in eine andere, innere Welt, die ich zuvor nicht gesehen, nicht einmal bemerkt hatte. Selbst mit größter Mühe konnte ich mich nicht mehr genau an die Nacht erinnern, die ich auf dem Felsen verbracht hatte. Es lag ein Schleier darüber.

Doch das, woran ich mich erinnern konnte, reichte vollkommen aus, um eines zu verstehen: Ich hatte die Barriere zu meiner Gefühlswelt durchbrochen. So würde Pokuwoo sagen. Ich konnte mich nicht daran erinnern, jemals so geweint zu haben. Die letzte Erinnerung, in der ich mich derart weinen sah, war, als mein Vater mich verlassen hatte. Da hatte ich geweint, mehrere Tage lang. Doch dann hatte ich meine Tränen verschlossen. Wahrscheinlich waren sie einfach zu schmerzhaft für mich gewesen. Ich hatte auch meine Gefühle, mein Herz verschlossen, denn zu groß war die Angst gewesen, wieder verletzt zu werden. Dieser Zustand hatte 17 Jahre angehalten. Bis gestern Abend, als anscheinend alle Tränen und Gefühle der letzten 17 Jahre aus mir herausgebrochen waren.

»Siehst du, Pokuwoo«, murmelte ich lächelnd vor mich hin. »Ich kann mir das auch selbst erklären.« Ich erreichte den Felsen und sah Pokuwoo vor dem Geländer stehend in meine Richtung schauen. Er öffnete mit einem breiten Lächeln seine Arme, in die ich direkt hineinlief.

Er war ein gutes Stück größer als ich, und so hatte er keine Mühe, mich auf die Stirn zu küssen, um mich zu begrüßen.

»Meine liebe Violet, wie geht es dir?«

Wir kletterten über das Geländer und gingen zu unserem gewohnten Platz. Asche auf dem Steinboden und die Feuerstelle erinnerten mich an die vergangene Nacht.

Wir setzten uns an die Felswand und blickten uns an.

»Mir geht es wunderbar, Pokuwoo. Aber das weißt du sicherlich schon, oder?«

Er lächelte und schüttelte dann mit dem Kopf. »Nein, ich dachte mir, dass alles gut sein würde, doch ganz sicher war ich mir nicht.«

Ich öffnete entsetzt meine Augen, etwas übertrieben natürlich. »Wie? Hätte etwas schiefgehen können?«

Pokuwoo winkte lachend ab. »Nun, es kommt manchmal vor, dass sich die Person nach diesem Ritual nicht wieder richtig vom Gefühlskörper löst und weiter in diesen starken Emotionen bleibt. Aber selbst diese Erfahrung wäre dann nicht von langer Dauer.«

Nun war ich es, die den Kopf schüttelte. »Nein, es geht mir einfach wunderbar. Ich glaube eher, dass ich von den alten Gefühlen erlöst worden bin.«

»Das ist auch so, Violet«, nickte Pokuwoo.

Er lächelte mich wieder einfach nur an.

194

»Das heißt, es ist alles draußen? Alle Gefühle weg?«

»Nun, Gefühle können ja nicht einfach weg sein. Du fühlst ja nach wie vor. Aber die alten, dir schadenden Gefühle sind größtenteils alle draußen, ja.«

»Größtenteils?«, fragte ich gleich hinterher.

»Ja, größtenteils. Wenn du diese alten Gefühle mit einem Becher vergleichst, so war dieser Becher gestern übervoll. Wenn du diesen Becher jetzt anschauen würdest, dann würdest du nur noch eine kleine Pfütze darin entdecken können.«

Seine Worte zauberten sofort ein Lächeln der Dankbarkeit auf mein Gesicht. Genauso fühlte sich das für mich auch an. Doch von Pokuwoo die Bestätigung zu erhalten, bedeutete mir sehr viel.

Ohne Scham, ohne Gedanken, so, als ob unsere Freundschaft schon Jahre überdauern würde, lehnte ich mich an ihn an und legte meinen Kopf an seine Schulter. Er umarmte mich und legte seinen Kopf auf den meinen.

»Dein Vater wird sehr stolz auf dich sein.«

»Weiß er immer noch nicht, dass ich hier bin?«, fragte ich, mit meinem Kopf an seiner Schulter liegend.

»Nein, er weiß es nicht«, antwortete Pokuwoo, und das erste Mal bemerkte ich, wie intensiv seine Stimme seinen Körper zum Vibrieren brachte. »Aber bald wird er es wissen, Violet. Es gibt nun nicht mehr viel zu tun.«

Ich löste mich aus der Umarmung und klatschte ihm mit der Hand auf die Schulter.

»Du willst doch nicht etwa sagen, dass deine Lektionen schon vorbei sind?« Ich lachte, doch ein klein wenig war ich auch enttäuscht. Wir hatten nur vier Tage miteinander verbracht. Konnte das denn schon alles gewesen sein?

Pokuwoo erhob lehrerhaft seinen Zeigefinger und runzelte die Stirn. »Noch sind sie nicht vorbei.« Er verstellte dabei seine Stimme, was urkomisch klang.

»Aber, Violet …«, fügte er dann hinzu und blickte mir dabei in die Augen, »für dich galt es, nur eines zu tun: dich von all diesen alten Gefühlen zu befreien. Der große Geist hat dich an die Hand genommen und wird dich weiter durch das Leben führen. Das Leben selbst wird dein Lehrmeister sein. Die Tür ist offen, der Weg ist bereitet!«

»Hm«, murmelte ich und lehnte mich wieder an ihn.

»Du hast nun gelernt, wie deine Gefühle dein Leben steuern, deine Wahrnehmung steuern. Du hast erkannt, wie deine Gefühle deine Gedanken manipulieren und dass deine Gedanken ebenfalls einen Einfluss auf deine Gefühle haben.«

Ich blickte in die Weite und ließ mir den Wind um meine Ohren wehen. Über uns war eine dicke Wolke, die verhinderte, dass die Strahlen der Sonne uns wärmten. Nur ab und zu schaffte es die Sonne, sich ein Loch durch die Wolken zu erkämpfen und die Welt für einen Moment in ihren Glanz zu legen.

»Deine Gefühle müssen aufrichtig und wahrhaftig sein, Violet. Deine Gefühle müssen ihre Kraft aus der Verbundenheit mit dem großen Geist schöpfen. Es sind Gefühle wie Ablehnung, Verletzung, Wut, Enttäuschung und Hass, die unsere Mutter Erde zerstören. Sie sorgen dafür, dass wir nicht im Einklang mit unseren Brüdern und Schwestern, mit unserem Vater und unserer Mutter leben. Es sind diese Gefühle, die zu Kriegen führen, ob in einer Beziehung oder in einem ganzen Volk. Es sind diese Gefühle, die zu Krankheiten führen. Es sind diese Gefühle, die den Wind, das Meer und die Erde vergiften.«

»Aber wie können wir das ändern? Wie können wir diese Gefühle wirklich ändern? Ich werde nun mal wütend, wenn ich Ungerechtigkeit erfahre!«

»Das darfst du auch. Das ist okay. Ziel ist es nicht, deine Gefühle zu verdammen, sondern, die Erfahrung zu machen, auf Ereignisse in deinem Leben anders zu reagieren. Wenn du wütend bist, dann sei wütend. Aber dann löse dieses Gefühl auch wieder auf, bevor es dich oder andere verletzt. Die Lösung ist einfach, Violet. Wir nennen es ›Tahinu Aloma‹, ihr nennt es Mitgefühl. Wenn du in deinem Herzen Mitgefühl trägst und es immer wieder neu entfachst, bist du nicht mehr mit den verletzenden Gefühlen in dir verbunden, sie entstehen gar nicht erst.«

Ich griff mit meiner Hand um seinen Arm und schmiegte mich noch fester an ihn.

»Meinst du wirklich, dass wir Menschen zu Mitgefühl fähig sind?«, fragte ich ihn weiter. Ich hatte meine Zweifel.

»Man hat uns eingeredet, dass wir hart sind, Violet. Man hat uns dahin erzogen, dass wir sündig und schlecht sind. Man hat uns eingeredet, wir seien egoistisch.

Doch das Naturell des Menschen ist es, zu dienen, Violet. Unser Herz kennt nur das Dienen. Es ist das, was das Menschsein ausmacht. Das ist die Kraft, die in uns allen wohnt und die die Liebe auf Mutter Erde aufrechterhält. Dies ist die Kraft, die alles wandelt, was dem großen Geist nicht dient.«

Pokuwoo blickte mich nochmals an, diesmal mit einem prüfenden Blick. Er sah wohl, dass ich ihm nicht ganz glauben konnte. Seine Vorstellung vom Menschen war romantisch und kitschig, real war sie nicht.

»Wir Menschen haben vergessen, dass die Liebe sowie das Dienen unser Naturell sind, und manche Menschen erkennen es ihr ganzes Leben lang nicht. Aber wenn Not eintritt, wenn Gefahr in unser Leben tritt, dann zeigt sich die Wahrheit deutlich. Stell dir doch einmal vor, du könnest das Leben eines anderen Menschen retten, wenn du deines aufgibst. Was würdest du tun?«

»Was ist das denn für eine Frage? Vor so einer Entscheidung werde ich nie stehen.«

»Das mag sein, aber ich bitte dich dennoch, einmal darüber nachzudenken, damit du erkennst, dass meine Worte wahr sind. Stell dir vor, dass ein Rettungsboot nur einen Platz hätte, du aber noch mit einer anderen Person auf einem sinkenden Schiff bist. Stell dir vor, du stehst in einem brennenden Haus und die Flammen sind dir und einem Kind so nahe, dass eure Haut schon glüht. Die Feuerwehr kann aber nur eine Person von euch retten, bevor die Flammen das gesamte Haus niederreißen. Wen würdest du im Angesicht dieser Gefahr retten? Dich oder das Kind?«

Ich dachte tatsächlich darüber nach. Ich stellte mir vor, wie ich in solch einer Situation handeln würde. Ich war mir zunächst sicher, dass ich alles tun würde, um mein eigenes Leben zu retten, doch dem war nicht so. Ich spürte ein warmes Gefühl in mir, ein Gefühl der Berührung, die meinen ganzen Körper in eine Emotion des Mitgefühls wandelte. »Ich würde das Kind retten. Ich würde mein Leben für das seine geben!«

»Siehst du, Violet? Der große Geist hat die stärkste Kraft aller Universen in das Herz eines jeden Menschen gelegt. Es ist die Kraft der Liebe, die Kraft des Dienens. Über das Mitgefühl für andere aktivierst du diese Kraft in dir.«

»Soll ich mir jetzt immer vorstellen, dass ich mit der Person, auf die ich wütend bin, in einem brennenden Haus stünde?«

Ich lachte bei der Vorstellung, denn ich war mir sicher, dass ich manchmal diese Wut eher als Anreiz nehmen würde, die Person neben mir aus dem Fenster zu schmeißen, statt sie zu retten.

»Der Tod ist ein großer Lehrmeister, Violet. Stell dir vor, dass die Person, auf die du wütend bist, bereits so schwach ist, dass sie bald ihren Körper verlassen wird.«

Ich bekam eine Gänsehaut und dachte augenblicklich an meinen Vater.

»Hm«, nickte Pokuwoo zustimmend. »Spürst du, wie weich du wirst? Wie all deine Gedanken, Gefühle, wie all dein Zorn und deine Enttäuschung sich auflösen? Wenn du erkennst, wie wertvoll eure Zeit ist, dann entscheidest du dich automatisch dafür, dass nur die Reinheit zwischen euch stehen sollte. Dies gilt für dich und deinen Vater und für jeden weiteren Menschen auf der Welt.«

»Ich würde ihn gern sehen, Pokuwoo.« In meinem Blick lag nicht nur eine Bitte, sondern fast schon ein Flehen.

Pokuwoo stand auf und wandte sich wieder von mir ab. Er murmelte ein paar Worte und streckte seine Hände nach oben. Ich beobachtete genau, was er tat.

Dann ließ er seine Arme wieder sinken und kam zu mir zurück.

»Du wirst deinen Vater schon sehr bald sehen können, Violet. Es ist uns wichtig, dass der Sterbende seinen Übergang in Frieden machen kann. Jedes Gefühl der Wut, der Enttäuschung oder des Unfriedens bindet den Sterbenden stärker an diese Welt hier. Du hast diese Gefühle für deinen Vater überwunden, und nun wird es Zeit, dass er in sich selbst diese Gefühle überwindet.«

Ich nickte traurig. Ich wusste nicht, ob ich mir das nur einredete, aber es schien so, als merkte ich in meinem Herzen, wie mein Vater sich selbst für seine Tat verachtete.

»Violet, ich bitte dich aber, als Freund, unseren Brauch, den unsere Ahnen schon gelebt haben, zu respektieren. Es ist unser Brauch, dass nur ein Mitglied unseres Stammes den Übergang eines Sterbenden zurück in den großen Geist begleiten darf.«

Es war wirklich eine Bitte, die er aussprach. William war immer noch mein Vater, und wenn ich ihn sehen wollte, dann konnte auch Pokuwoo dies nicht verhindern. Das würde er auch niemals tun.

Ich wollte ihm diese Bitte gewähren, denn ich hatte ihm so vieles zu verdanken. Es war das Mindeste, dass ich seinen Brauch und seine Kultur achtete.

»Was kann ich tun, um in euren Stamm aufgenommen zu werden?«

Pokuwoo lächelte noch mehr, als er es sonst schon tat. Ich konnte sehen, wie dankbar er für diese Frage war.

»Ich werde gleich, wenn wir uns verabschiedet haben, zu meinen Ahnen sprechen. Der große Geist selbst wird dir ein Zeichen geben.«

»Und du meinst, dass ich das Zeichen erkennen werde?«, fragte ich ihn etwas unsicher. Was war, wenn ich kein Zeichen erhielte oder eines missdeutete?

»Ich bin mir sicher.«

Ich seufzte leise. Ich hoffte, Pokuwoo hatte recht. Und ich hoffte, dass es schnell gehen würde. Lange wollte ich nicht mehr warten. Die Zweifel, ob ich meinen Vater wirklich sehen wollte, waren komplett verschwunden. Anstelle der Wut auf ihn und der Enttäuschung war nur noch die brennende Sehnsucht, ihn in meinen Armen zu halten und ihm zu sagen, wie sehr ich ihn liebte und vermisste.

Pokuwoo legte seine Hand auf meine Schultern, während ich noch in Gedanken versunken auf den Boden starrte.

»Komm später noch einmal hier zum Felsen. Dann wirst du deine Antwort erhalten.«

»Du gehst?«, fragte ich Pokuwoo. Er nickte nur. »Ich werde nun zu meinen Ahnen sprechen.«

Ich nickte ebenfalls und sah ihm hinterher. Er machte irgendwie einen ernsten Eindruck auf mich. Nur, was hatte das zu bedeuten?

Das erste Mal spürte ich wieder eine leichte Traurigkeit in mir. Der Wunsch, meinen Vater zu sehen, war sehr groß. Ich war bereit, ihn zu sehen. Und ich war zu weit mehr bereit. Ich wollte die Zeit, die ich mit ihm noch verbringen durfte, auch nutzen. Ich wollte, dass er in Frieden gehen konnte. Ich wollte nicht, dass er sich schuldig oder schlecht fühlte. Ich wollte … Ein Kloß steckte in meinem Hals, und augenblicklich begann ich zu weinen. Ich wollte, dass er wusste, dass alles in Ordnung und seine Tochter nicht mehr böse auf ihn war.

Ich stand auf und ging ebenfalls den Weg hinunter. Es war Zeit für mich, etwas zu essen. Als ich mir beim Italiener meine Pasta bestellte, war ich immer noch so in Gedanken versunken, dass ich meine Umgebung kaum wahrnahm. Ich dachte über Pokuwoo und seine Worte nach. Ich überlegte, wie ich all das, was er mir mitgeteilt hatte, auf mein Leben übertragen konnte. Wenn ich von diesem Ort hier gehen würde und mich von meinem Vater verabschiedet hatte, dann wollte ich nie wieder mit jemandem im Unfrieden leben. Ich hatte aus meiner Wut und Enttäuschung heraus allen Unrecht getan. Ich hatte nicht nur den Kontakt mit meinem Vater, sondern auch mit meiner Mutter abgebrochen. Auch sie hatte ich in den vergangenen Jahren nur ein paar Mal gehört. Einmal hatte sie uns besucht, als Justin gerade wenige Wochen alt gewesen war. Ich hatte sie in unser Haus gelassen, doch ihr ganz klar zu verstehen gegeben, dass ich sie nicht sehen wollte. Ich hatte sie unter einem Vorwand wieder nach Hause geschickt und sie angelogen. Ich hatte gesagt, wir seien müde und wollten allein sein. Fast unter Tränen hatte sie mich gebeten, wiederkommen zu können, und ich hatte ihr hart geantwortet, dass ich von dieser Idee nichts hielt.

Eine stille Träne tropfte in meinen Teller. Wie hart ich gewesen war. Wieso?

Ich schüttelte den Kopf, ich wollte diesen Gedanken einfach abschütteln. Ich rief den Kellner und bat ihn darum, zahlen zu dürfen. Es waren zwar noch Nudeln auf dem großen weißen Teller geblieben, aber ich konnte beim besten Willen nichts mehr essen. Der liebe Italiener brachte mir noch einen Espresso an den Tisch und wünschte mir einen schönen Tag.

Ich konnte den Tag jedoch nicht genießen. Erst heute Morgen war ich mit einem der wunderbarsten Gefühle erwacht, die ich je erfahren hatte. Eine unglaubliche Ruhe und Freude hatte ich in den ersten Stunden dieses Tages verspürt. Aber nun kam meine Mutter immer wieder in meine Erinnerung. Und mit ihr auch ein Stück weit Wut auf mich selbst.

Der Gedanke an sie rüttelte an mir, und ob ich wollte oder nicht, ich konnte meine Emotionen nicht verbergen. Auch wenn ich zwanghaft versuchte, an etwas anderes zu denken. So ganz schien die Wirkung der Pflanze vielleicht doch noch nicht verflogen zu sein.

Ich wollte allein sein. Mein Plan war es eigentlich gewesen, noch einmal zu dem wunderschönen Wasserfall zu gehen und für eine Stunde einfach nur dem tosenden Geräusch des Wassers zu lauschen. Doch ein Gefühl in mir wollte erlöst werden. Meine Gedanken wollten Klarheit.

Ich ging noch mal kurz auf die Toilette in meinem Hotel, schnappte mir schnell etwas Süßes aus meinem Koffer, und schon machte ich mich wieder auf den Weg.

Ich hatte den Felsen noch nicht erreicht, da fing es plötzlich an zu regnen. Erst waren es nur ein paar Tropfen, doch dann wurde der Regen immer stärker, sodass ich die letzten Meter zum Felsen rannte. Auf dem Weg hatte sich bereits eine Schicht Regenwasser gebildet, und ganz achtsam stieg ich über das Geländer. Ein falscher Schritt, ich wäre ausgerutscht, und aus dem Besuch bei meinem Vater wäre nichts geworden.

Die Felsplattform war ganz hinten durch einen weiteren waagerecht liegenden Felsen überdacht, und sofort lief ich zu der Felswand und setzte mich auf den Boden. Bald schon reichte mein Blick nicht mehr weit über den Park. Der prasselnde Regen bildete eine Wand, durch die ich nicht blicken konnte. Gott sei Dank, hatte ich diesmal eine dickere Jacke mitgenommen.

Dort saß ich also, meine Beine so nahe wie möglich an den Körper gepresst und meine Arme um die Knie geschlungen. Einige Minuten prasselte der Regen auf den Boden, als ob er die Erde überschwemmen wollte. Ich hatte selten so viel Regen auf einmal gesehen. »Welch eine trostlose Situation«, dachte ich mir.

Ich hätte auch im gemütlichen Hotelzimmer bleiben oder eine warme Dusche nehmen können. Aber nein, ich saß mutterseelenallein auf dem Felsen und musste achtgeben, nicht nass zu werden.

Ich blickte um mich und sah, wie der Regen in kleinen Wasserfällen an den Felswänden herunterfloss und mit einem lauten Geräusch auf den Boden strömte. Wieso war ich bloß hierher gegangen? Sobald der Regen nachließ, würde ich mich in Bewegung setzen und wieder zurück ins Hotel gehen. Später könnte ich dann immer noch zurückkommen und auf Pokuwoo warten. Er würde mir dann sagen, wie es weiterging. Ein Zeichen gab es im Moment einfach nicht. Das Einzige, was ich im Augenblick sah, war der Regen, der vom Himmel auf die Erde prasselte.

Ich blickte frustriert und traurig in die Regenwand vor mir, und wieder drängten sich Gedanken an meine Mutter in mein Bewusstsein. Für einen Moment überzog sich mein ganzer Körper mit einer Gänsehaut, die mich noch mehr frieren ließ.

Immer wieder erschien ein Bild meiner Mutter in meinem Kopf, und der Kloß in meinem Hals meldete sich gleich darauf. »Was ist das?«, fragte ich mich laut.

Ich dachte nicht an sie, ich dachte an gar nichts, und dennoch, so als ob ich fremdgesteuert wäre, erschien mir immer wieder ihr Bild. Immer wieder sah ich, wie ich sie damals vor der Tür stehen ließ.

Mein Körper war in Aufruhr und zitterte leicht. Ich rieb mir nervös meine linke Hand und schluckte. Ich hatte kein Wasser bei mir, doch der Kloß in meinem Hals schien mit jeder Sekunde zu wachsen.

Ich stand auf und lief die zwei Quadratmeter auf und ab. Mehr Platz hatte ich nicht, wenn ich nicht nass werden wollte.

Was war mit meiner Mutter? Lag sie etwa auch im Sterben, und ich musste deswegen an sie denken? Gab es wirklich irgendeine seelische Verbindung, von der die anderen Menschen immer so romantisch erzählten? Mich überfiel ein klein wenig Panik, denn die Intensität, mit der mir meine Mutter in den Gedanken erschien, war mir unheimlich. Ich kannte so etwas aus meinem Leben nicht, bis ... nun, bis Pokuwoo sich in meine Träume eingeschlichen hatte, woraufhin ich hier in diesem Park gelandet war.

Ich hatte den Gedanken noch nicht zu Ende gedacht, da erschien mir bereits ein neuer.

»Lass es einfach zu, Violet!« Von irgendwoher hörte ich eine Stimme.

Jetzt zitterte ich wirklich am ganzen Körper. »Wow«, sagte ich, schüttelte verdutzt den Kopf und setzte mich wieder hin.

»Pokuwoo, warst du das?«, fragte ich laut in den Regen, so, als ob er mir antworten würde.

»Lass es zu, Violet, lass es zu!«

Doch was sollte ich zulassen? Ich griff mit beiden Händen an den Kopf. Ich hoffte nur, dass das wirklich Pokuwoo war, der wieder seinen Indianerzauber mit mir trieb. Andernfalls wäre es besser gewesen, einen Arzt zurate zu ziehen.

Ich lachte, wusste ich doch genau, dass ich keinesfalls verrückt war, sondern ganz im Gegenteil eher verstanden hatte, was Realität war.

Meine Frage wurde wieder mit einem Bild meiner Mutter beantwortet. »Okay, okay, okay«, rief ich noch lauter als vorher, so laut, dass mein Hals zu krächzen begann. »Du willst, dass ich an meine Mutter denke? Wieso?«

Wieder schob sich ein Gedanke in meinen Kopf. Wenn ich nicht so frustriert gewesen wäre, dann hätte ich sicherlich Freude an diesem Spiel gehabt. Es übte eine große Faszination auf mich aus, dass Pokuwoo so etwas machen konnte.

Ich atmete tief ein und lehnte mich an die kalte Felswand hinter mir. »Was soll ich denn mit ihr?«, fragte ich leise, und die ersten Tränen begannen sich zu bilden.

Bisher konnte ich zumindest die zwei Meter vor mich bis zur Wand aus Regen blicken. Jetzt schaffte ich es nicht einmal mehr, aus meinen Augen hinauszuschauen. Ich zog die Nase hoch und wischte mir mit meiner Jacke die Tränen ab.

Dann ließ ich es einfach zu, ich ließ die Kontrolle los, so wie Pokuwoo gesagt und wie ich scheinbar unbewusst auch verstanden hatte.

Ich ließ die Gefühle zu, die in mir aufkamen, und erlaubte den Bildern, die sich in mein Bewusstsein drängten, sich zu zeigen.

Und so, wie jetzt auf dem Felsen der Regen in Litern auf die Erde prasselte, so prasselte der Regen auch auf meine Mutter hinab, als sie mich anflehte, Justin noch einmal besuchen zu dürfen.

Ich blickte in die wehrlosen, demütigen Augen der Frau, die alles daransetzte, das Verhältnis zu ihrer Tochter zu verbessern. Ich sah in ihren flehenden Blick, und doch verwehrte ich ihr, Großmutter zu sein.

Der Kloß in meinem Hals wurde noch größer, und die Tränen flossen noch zahlreicher. Ich schüttelte den Kopf, so, als ob ich das, was ich da sah, selbst nicht glauben konnte. Ich schaute zu, wie ich ihr sagte, dass dies keine gute Idee sei, und dann die Tür hinter mir schloss. Ich blickte mich nicht um, öffnete die Tür nicht mehr und schob auch nicht die Gardine für einen kleinen Augenblick zur Seite, um meine Mutter im trockenen Auto zu wissen, wo ihr damaliger Partner auf sie wartete.

»Was habe ich getan?«, flüsterte ich leise. »Oh, Gott, was habe ich getan?«

Die Verzweiflung und tiefe Demütigung meiner Mutter war in diesem Moment mehr als spürbar für mich. Ich konnte sehen, wie sie ganz langsam Schritt für Schritt zum Auto ging. Sie schlurfte so langsam, als wollte sie sich mit jedem Regentropfen, der auf sie herabfiel, bestrafen. Sich dafür bestrafen, dass sie nicht die Mutter gewesen war, die ich gebraucht hätte. Ich hatte ihr ihren Enkelsohn weggenommen. Wieder schüttelte ich den Kopf und schluchzte. Wie hatte ich das nur tun können? Dann fing ich an, bitterlich zu weinen.

Das Bild in mir verblasste, aber der Moment hatte mir vollkommen ausgereicht. Ich wollte nichts mehr sehen. Ich stand auf und lief ein paar Schritte nach vorn, direkt in den Regen hinein. Nun war ich es, die sich bestrafen wollte.

»Was habe ich getan?«

Ich fiel auf die Knie und legte meinen Kopf auf den nassen Steinboden.

»Es tut mir so leid, Mama!«, winselte ich. »Es tut mir so leid!«

Auf den Knien kroch ich wieder unter das schützende Dach der Felsdecke und lehnte mich an die Felswand. Meine Hosen waren pitschnass, und es war mir kaum noch möglich, die Beine an meinen Körper heranzuziehen.

»Das wollte ich nicht, Mama. Das wollte ich nicht«, flüsterte ich weiter, in der Hoffnung, sie würde mich irgendwie hören und mir den Schmerz verzeihen, den ich ihr zugefügt hatte.

Augenblicklich wurde mir klar, dass ich die Menschen, die mir nahestanden, von mir weggestoßen hatte. Weggestoßen, weil ich mir den Schmerz, meine eigene Verletzung, nicht eingestehen wollte. Meine Mutter hatte mir die Zeit gegeben, die ich gebraucht hatte. Erst nach vielen Jahren war sie zu mir gekommen. Sie hatte es wahrscheinlich einfach nicht mehr ausgehalten. Und statt ihren Besuch als einen Besuch der Versöhnung anzusehen, warf ich ihr vor, sie würde sich nur blicken lassen, weil ich ein Kind bekommen hatte. Immer wieder sagte ich mir damals: »Das ändert nichts, nur weil sie jetzt Großmutter ist.«

Wie sehr wünschte ich mir jetzt, sie in meinen Armen halten zu können! Wie sehr wünschte ich mir, dass sie mich mit ihren tränenreichen Augen anschaute und ich sie einfach nur im Arm hielte!

Wieder schluchzte ich laut, und ein letztes Mal stand ich auf, rannte in den Regen hinaus und schrie aus ganzem Leib: »Es tut mir leid, Mama! Es tut mir so leid!«

Ein letztes »Bitte komm zurück!« verließ meinen Mund, bevor ich mich wie ohnmächtig in den Regen setzte. Ich schien wirklich in der Szene von damals gefangen zu sein, so lebhaft war die Erinnerung in meinem Bewusstsein. So präsent war sie, als sei sie gerade erst geschehen.

Ich blieb für einige Minuten auf dem Felsen sitzen und merkte gar nicht, dass der Regen abnahm. Die Wolken öffneten sich, und ein kleiner Schimmer der Sonne schien auf mich herab. Nur wenige Augenblicke später öffneten sich die Wolken weiter, und das Strahlen der Sonne wurde immer stärker.

Meine Haare trieften vor Nässe und klebten auf meinen Wangen. Erstaunt blickte ich nach oben in den Himmel.

Es schienen nur Sekunden zu vergehen von dem Moment, als der Regen aufhörte, bis zu dem, als schließlich die Sonne wieder in voller Kraft zum Vorschein kam.

Ich streckte meinen Arm aus und krempelte die nassen Ärmel meiner Bluse hoch. Die Sonne war so stark und gegenwärtig, als ob sie nie verschwunden gewesen wäre. Augenblicklich wurde mein nasser Arm warm. Und wie sich der Regen so plötzlich verflüchtigte, verschwand auch die schreckliche Szene aus meiner Erinnerung. Vielleicht hatte ich es überstanden.

Ich blieb noch einige Augenblicke sitzen und beschloss dann, nach Hause zu gehen. Ich war so nass, dass es ein Leichtes gewesen wäre, mich zu erkälten. Und das wollte ich am wenigsten. Ich war müde, erschöpft von den Tränen.

Ich schaffte es kaum aufzustehen, so sehr klebte meine Kleidung an meinem Körper. Ich war wirklich pitschnass. Wieder blickte ich zur Sonne. Die Wolken waren beinahe vollständig aufgelöst.

Und für einen Moment schoss die Frage in meinen Kopf, ob dies vielleicht das Zeichen war. Wie war dieser plötzliche Wetterumschwung möglich?

Ich stützte meinen Arm mit aller Kraft ab, um aufzustehen, als ich plötzlich ein schrilles Geräusch hörte. Mit offenem Mund blickte ich nur wenige Meter vor mir in die Luft und sah einen Bussard, der seine Kreise zog. Er schien mich direkt anzuschauen, und auch seine Schreie schienen mir zu gelten.

Ich setzte mich wieder hin und blickte wie hypnotisiert auf den Vogel, der nun noch näher kam. Wieder schrie er seine Laute von sich. Er war so nah am Felsen, dass ich ihn genau erkennen konnte. Sein Federkleid war von feinen Brauntönen überzogen, und unter seinem Kopf hatten die Federn einen leichten Rotstich.

Ich atmete ein und vergaß für einen Moment, wieder auszuatmen. Nur zwei Meter vor mir landete der Bussard auf der Felsplattform. Er blickte mir wieder direkt in meine Augen. Ich hatte keine Angst, dass er mir etwas tun oder mich angreifen könnte, ich war einfach nur fasziniert von dem Augenblick.

Wieder gab er einen Schrei von sich, und ein Zittern floss durch meinen Körper. Ich beobachtete, wie der Bussard seinen Kopf senkte und mir dabei weiterhin in die Augen blickte. Welch ein mystischer Augenblick! Es schien so, als ob der Bussard mit mir sprechen würde, wobei seine grazile Bewegung einer Verbeugung glich.

Mit einem Sprung war er wieder in den Lüften und flog davon. Mein Mund stand immer noch offen, und ich blickte ihm hinterher, wie er in der Ferne allmählich verschwand.

Ich blickte auf den Platz, an dem er sich gerade niedergelassen hatte, und sah, dass er eine Feder verloren hatte. Noch im Sitzen rutschte ich die zwei Meter nach vorn und ergriff sie. Es war eine weiße Feder mit leichtem rotbräunlichem Muster.

Man hätte das alles als Zufall abtun können, doch für mich war das das ersehnte Zeichen. Der Bussard hatte mir ein Geschenk hinterlassen, und all die Frustration und Trauer wandelte sich in die größte Freude.

Welch ein Ereignis! Unglaublich!

Ich hielt die Feder ganz nah vor mein Gesicht und küsste sie. Dann stand ich auf, und kletterte, die Feder in meiner Hand festhaltend, die Steine nach oben, bis ich an das Geländer kam.

Noch völlig in die Magie des Augenblickes eingehüllt, lief ich den Weg nach unten bis zur Rangerstation und folgte anschließend dem Weg bis zum Besucherzentrum.

Meine Kleidung klebte weiterhin an meinem Körper, wenn sie auch schon ein wenig getrocknet war. Meine Haare waren zerzaust und klebten nicht weniger an meinem Gesicht. Es war offensichtlich, dass ich von dem Regen überrascht worden war.

Ich rannte beinahe in mein Hotel hinein. In meinem Zimmer legte ich die Feder auf mein Bett und ging sofort unter die Dusche. Mir war furchtbar kalt, was kein Wunder war. Ich drehte den Warmwasserhahn so weit auf, bis ich die Hitze nicht mehr aushalten konnte.

Und wieder schien die Dusche alles Alte, Vergangene, Überwundene von mir abzuspülen.

Ich dachte noch einmal an meine Mutter, obgleich ich es dieses Mal nicht in Trauer tat. Denn ich wusste, ich würde sie, sobald ich zu Hause war, anrufen und sie und ihren neuen Mann einladen. Und dann würde ich ihr von dieser abenteuerlichen Reise erzählen.

In meinem Koffer waren kaum noch saubere Kleidungsstücke. Eine Hose, ein Rock, Unterwäsche und zwei T-Shirts. Das war alles. Ich musste unbedingt die Hotelbesitzerin fragen, ob ich einmal ihre Waschmaschine benutzen durfte.

Ich zog mir ein paar alte Sachen an, schnappte mir meine Handtasche, die ich, Gott sei Dank, immer im Trockenen aufbewahrt hatte, nahm die Feder in meine Hand und verließ das Hotelzimmer.

Meine Haare waren jetzt zwar immer noch nass, dufteten aber frisch gewaschen.

Ich konnte es kaum erwarten, Pokuwoo zu sehen, und sofort bat ich ihn in meinen Gedanken, zum Felsen zu kommen. Ich bewegte meine Beine so schnell, dass ich beinahe gestolpert wäre. Doch es war mir alles egal. Ich hatte mein Zeichen bekommen. Ich hatte einen der unglaublichsten Momente meines Lebens erlebt. Pokuwoo musste einfach so schnell wie möglich davon erfahren.

Nur wenige Minuten später näherte ich mich dem Indianerreservat und stellte erstaunt fest, dass Pokuwoo mir entgegenkam.

Ich konnte ihn von Weitem sehen, wie er in der Sonne stand und strahlte. Er trug ein rotes Hemd und eine helle Stoffhose.

»Pokuwoo«, rief ich ihm freudig entgegen und rannte noch ein Stück schneller, sodass ich ihn schon bald erreichte.

»Pokuwoo«, hechelte ich ihn an und streckte meine Hand mit der Feder nach oben.

Ich beugte meinen Körper nach vorn, um Luft zu bekommen, und als ich meinen Kopf wieder aufrichtete, sah ich, wie Pokuwoo Tränen in den Augen hatte.

»Wie ich sehe, hast du dein Zeichen bekommen, liebe Violet.«

Ich nickte, immer noch schnaufend. »Ja, es war unglaublich, Pokuwoo.« Ich wollte ihm erst alles erzählen, aber
sein Lächeln verriet mir, dass er längst Bescheid wusste.

Ich lächelte ebenfalls und schaute ihn voller Freude an.
Jene zwei Gefühle, die ich in den letzten Tagen so häufig
empfunden hatte, dominierten auch wieder diesen wundervollen Moment: Dankbarkeit und Freude.

Pokuwoo nahm mich bei der Hand und sagte nur:
»Komm mit!«

Wir liefen nicht den Weg zum Felsen hoch, sondern
folgten dem Weg, auf dem wir waren. Dann kamen wir
an das weiße Tor, das die Siedlung der Indianer vom restlichen Park abtrennte. Pokuwoo schob das Gitter auf und
ging die ersten Schritte auf sein Dorf zu.

Als er bemerkte, dass ich ihm nicht folgte, drehte er sich
um.

»Kommst du?«, fragte er lächelnd.

Noch ein magischer Moment an diesem Tag.

Ich traute mich kaum, einen Fuß nach vorn zu setzen.

So viele Nächte hatte ich genau vor diesem Gitter gestanden, und jetzt war der Augenblick gekommen, das
Gebiet, das sich vor mir erstreckte, zu betreten.

Ich nickte Pokuwoo zu und ging jeden Schritt ganz bewusst.

Mit einem Knarren schloss ich das Gitter wieder und
folgte Pokuwoo in sein Dorf hinein.

Links vor mir befand sich ein Schuppen, in dem ein
Auto untergestellt war, und auf der rechten Seite waren
Mülltonnen und Kanister. Wir liefen weiter, und ich sah
die ersten Hütten vor mir liegen.

Ich sah Xylanta mit einigen Kindern auf dem Weg spielen. Sie unterbrach das Spiel sofort und kam auf mich zu, als sie mich gemeinsam mit Pokuwoo erblickte.

Stürmisch legte sie ihre Arme um mich und gratulierte mir. Sie war eine wunderschöne und zarte Frau. Und auch ihr verdankte ich so viel, dass ich es nicht in Worte fassen konnte. Ich schien jetzt wirklich ein Mitglied des Stammes zu sein, doch Pokuwoo und Xylanta hatten mir schon lange vorher das Gefühl gegeben, zu ihnen zu gehören.

»Lass uns zu dem See gehen und kurz noch einmal über dein Erlebnis sprechen, Violet. Dann kannst du zu ihm.«

Ich atmete aus und konnte nur mit aller Mühe meine Tränen zurückhalten.

Ich nickte ihn nur an und folgte ihm dann wieder.

Jeder, dem wir begegneten, nickte mir freundlich zu. Es war nicht nur ein oberflächliches Nicken, sondern eine wirkliche Verneigung. Auch ich ließ jedes Mal meinen Kopf sinken und blieb für einen Moment in dieser Position, bis ich meinen Kopf mit einem Lächeln wieder erhob.

Bald hatten wir das Dorf verlassen und befanden uns auf dem Weg durch den Wald, den wir nur zwei Tage zuvor zusammen gegangen waren.

Ich war sehr aufgeregt, das sah man mir an. Pokuwoo schien wie immer ganz ruhig zu sein. Doch auch in seinen Augen konnte ich die Freude erkennen. Dieser Augenblick war auch für ihn etwas Besonderes.

Er bat mich, auf dem Stein Platz zu nehmen, auf dem er beim letzten Mal gesessen und mit mir über meine Gedanken und Gefühle gesprochen hatte.

Ich setzte mich schweigend hin und blickte ihn mit großen Augen an.

Dann trat er an mich heran, legte seine warmen Hände auf meine Schultern und bat mich, die Augen zu schließen.

Ich hörte, wie seine Stimme noch tiefer wurde, als sie ohnehin schon war, und er fing an, indianische Worte zu rufen.

»Der Bussard, der dir begegnete, ist das Krafttier unseres Stammes und wurde von dem großen Geist geleitet. Dein Blut ist nun das unsere Blut. Unser Blut ist nun das deine. Möge der große Geist immer über dich wachen, und möge dich unsere Mutter immer tragen!«

Wieder rief er ein paar Worte, die ich nicht verstand, und streckte dabei seine Hände in den Himmel. Er kniete nieder und legte seine Hände in meine.

»Du sollst von nun an den Namen ›Adayuma‹ tragen. Willkommen in unserem Stamm, Adayuma!«

Ich verneigte mich ebenfalls und legte meine Arme um Pokuwoo, der meine Umarmung sofort erwiderte. Er setzte sich neben mich auf den Stein und drückte mich an sich.

»Ich bin stolz auf dich, meine kleine Adayuma. Ich bin wahrlich stolz auf dich.«

Nun lief ihm doch eine kleine Träne die Wange hinunter.

»Bedeutet dieser Name etwas?«, fragte ich ihn.

»Alle Namen tragen eine Symbolik, meine Liebe. Deiner auch«, antwortete er mir etwas frech und grinste mich an. »Dein Name bedeutet ›die duftende Blume, die ein fester Bestandteil von Mutter Erde ist‹.«

Pokuwoo wartete einen Moment, dann sprach er weiter. »Yuma bedeutet auch so viel wie ›das Leben zu leben, wie es bestimmt ist‹. Yuma bedeutet, dass man seinen Platz eingenommen hat, Violet.«

Ich hauchte nur leise: »Ich danke dir, Pokuwoo.«

»Nein, ich danke dir, Violet. Ich danke dir für dein Vertrauen, das du in mich gesetzt hast. Du hast jetzt wahrlich deinen Platz gefunden.«

Pokuwoo seufzte, wie ich ihn noch nie hatte seufzen hören, und ich wusste augenblicklich, dass er genauso wie ich traurig über den nahenden Abschied war.

»Aber jetzt, meine Liebe, erzähle mir von deiner Prüfung.«

»Von meiner Prüfung?«, antwortete ich ihm verwundert.

»Ja, deine Prüfung. Eine jede Stammesaufnahme beinhaltet eine Prüfung. Eine Prüfung, die oft darin besteht, sein eigenes Wohl dem der Gemeinschaft unterzuordnen«, lächelte mich Pokuwoo an.

Ich wusste, was er meinte, und ich wusste auch, welche Prüfung das war.

»Meine Mutter, Pokuwoo. Auch mit ihr hatte ich nur noch zweimal Kontakt in den letzten Jahren gehabt. Ich …«, wieder war da ein Kloß in meinem Hals, wenn auch wesentlich kleiner als vorher. »Ich habe sie abgewiesen, weil ich sie automatisch mit der Trennung von meinem Vater verband. Ich hatte ihr ein Stück weit die Schuld an der Trennung gegeben. Meine Verletzung war viel zu groß, um sie an mich heranzulassen.«

»Ja, Violet. Wir glauben, uns schützen zu müssen, und wir verletzen andere, um nicht selbst verletzt zu werden.

Wir trauen uns nicht, unsere Schwäche zu offenbaren, und tarnen unsere Schwäche mit vermeintlicher Stärke. Doch es ist keine Stärke, hart zu sein. Ich bin froh, dass du dies begriffen hast. Aber sage mir, wie hast du deine Meinung geändert?«

Ich schluckte, und sofort schossen wieder die Tränen in meine Augen. Und mit den Tränen kam die Erinnerung an die kaltherzige Violet, die ich damals war.

»Ich habe ihr den Kontakt mit Justin verboten, und vorhin habe ich gespürt, wie sich das für sie angefühlt haben muss. Es war furchtbar. Es ist egal, was zwischen uns vorgefallen ist. Zwischen ihr und Justin gab es nichts, da gab es keinen Streit, keine Vorwürfe, keine Wut. Ich habe nicht das recht, wegen meiner Probleme auch ihr welche zu machen.«

Pokuwoo legte wieder seinen Arm um mich. »Ich bin sehr stolz auf dich.«

Ich ließ meinen Kopf sinken und flüsterte: »Ich nicht, Pokuwoo. Ich nicht …«

Ganz sanft legte er seine Finger unter mein Kinn und hob meinen Kopf, sodass ich in seine Augen blicken konnte. »Deine Schuldgefühle musst du für dich lösen, Violet. Noch ist nicht der richtige Zeitpunkt, doch bald wird er kommen, und dann wirst du ihnen begegnen und sie auch heilen können. Aber schau doch einmal, wie viel du in den letzten Tagen erfahren und für dich geheilt hast. Selbst in meinen kühnsten Vorstellungen hatte ich nicht glauben können, dass du all dies in so wenigen Tagen meisterst. Du bist wahrlich eine Adayuma geworden.«

Pokuwoo nickte stolz, und ich musste ein wenig lächeln. Welch ein wunderbares Gefühl, dass er stolz auf mich war.

All die Jahre hatte mir genau das gefehlt, was Pokuwoo mir gerade gegeben hatte: Stolz. Ich hatte niemanden, der stolz auf mich war. Keinen Vater, der mich in den Arm genommen und mir bestätigt hatte, was ich für ein tolles Mädchen war. Niemand, der mich in den wichtigen Momenten meines Lebens gestärkt hatte.

Wieder ließ ich den Kopf sinken. Dann stand Pokuwoo auf und reichte mir die Hand.

»Wollen wir?«

»Was?«, fragte ich verdutzt und wusste doch eine Sekunde später, was er wollte.

»Dein Vater wartet auf dich!«

Augenblicklich war mein Körper von einer Gänsehaut überzogen, und mein Herz schlug schneller.

»Er … er weiß, dass ich hier bin?«

Pokuwoo nickte, und eine Träne fand ihren Weg über seine Wange.

»Er ist voller Freude, Violet. Ich habe es ihm gestern gesagt, und er hat den ganzen Abend geweint.« Er lachte, als er das sagte.

»Du musst wissen, ich liebe deinen Vater sehr. Er ist wie ein großer Bruder für mich. Ihn all die Jahre so leiden zu sehen, war sehr schwer für mich.« Ihm schossen wieder Tränen in die Augen. Pokuwoo kramte ein Stofftuch aus seiner Weste und schnäuzte hinein.

»Das habe ich vorsorglich mitgenommen«, lachte er. »Gehen wir?«, fragte er erneut, und unter Tränen stimmte ich zu.

Wir bogen in einen kleinen Pfad ein und liefen hinab durch dichtes Gestrüpp hinab auf die Hütte zu, die nun nur noch hundert Meter von uns entfernt war.

Mit jedem Meter, den wir der Hütte näher kamen, pochte mein Herz wilder. Pokuwoo hielt mich die ganze Zeit an der Hand, und ich drückte sie so fest, dass sie sicherlich blau geworden wäre, wenn wir noch länger gelaufen wären.

Nun standen wir vor der Hütte, und ich roch verbrannte Kräuter. Feine Rauchschwaden umgaben das gesamte Haus. Überall lagen Blumen, Steine und Federn um die Hütte verteilt. »Warte hier«, flüsterte mir Pokuwoo zu und lief noch die letzten Meter zu der braunen Holztür.

Er klopfte, öffnete die Tür und verschwand darin.

Ich atmete tief aus und setzte mich auf den Boden. Ich konnte beim besten Willen nicht mehr stehen, so aufgeregt war ich.

Ein paar Sekunden später sah ich, wie Xylanta aus der Hütte kam. Sie hatte eine Metallkanne und einen Lappen in der Hand.

Sie kam auf mich zu und lächelte mich an. Dann legte sie ihre Hand auf meine Schulter. »Er freut sich so, dich zu sehen«, flüsterte sie, und auch sie hatte Tränen in den Augen. Ich nickte ihr nur zu.

Dann trat Pokuwoo aus der Hütte und winkte mich zu sich. Mühsam stand ich auf und lief zu ihm. »Geh jetzt, wir sehen uns später.«

Ich bedeckte mein Gesicht, um meinen Tränen Einhalt zu gebieten. Ich schluchzte stark und nickte. Meine Hände fingen an zu zittern.

Pokuwoo lachte nur leise und gab mir einen Kuss auf die Wange. Dann drehte er sich um und entfernte sich langsam von der Hütte. Nach ein paar Metern drehte er sich erneut um und blickte mich lachend an. Dann gab er mir mit seinen Händen ein Zeichen, das mir zu verstehen gab, ich solle nun in die Hütte gehen. Ich konnte ihn fast in meinen Gedanken hören: »Du hast so lange auf diesen Tag gewartet. Nun geh!«

Die Tür war einen Spalt weit offen, und ich blickte nach innen. Ich konnte einen Schreibtisch mit Blättern voller Zeichnungen sehen, über dem eine große weiße Feder an der Wand angebracht war. Überall hingen Bündel von getrockneten Kräutern von der Decke.

Ich öffnete die Tür langsam ein Stück weiter und setzte meinen Fuß in die Hütte. Auf der rechten Seite stand das Bett, und ich konnte die nackten Füße meines Vaters erkennen, die unter der Bettdecke hervorlugten.

Endlich trat ich ganz in den Raum ein.

Durch die Tränen in meinen Augen wirkte alles verschwommen. Dennoch reichte es aus, um meinen Vater zu erkennen. Für einen Moment schien die Zeit stillzustehen, und alles um mich herum wurde still.

Mein Vater blickte an die Decke und hatte nicht bemerkt, dass ich eingetreten war.

Er sah genauso aus wie damals, als er von mir gegangen war. Nur tiefe Falten waren überall in seinem Gesicht und verrieten, dass er inzwischen krank und alt geworden war. Mein Vater war immer schon etwas kräftiger gewesen, gar rund, doch jetzt wirkte er abgemagert und schwach.

Ich schluchzte laut, als ich ihn dort sah, sah, wie krank und schwach er war.

Sofort drehte er seinen Kopf zu mir und schaute mich an.

Auch ihm kamen die Tränen, und sein Blick war voller Scham und Trauer. Wie bei einem kleinen Hund, der etwas Böses angestellt hat und um Verzeihung fleht.

»Papa«, flüsterte ich und machte einen Schritt nach vorn. Ich schluchzte noch lauter, und weitere Tränen liefen mir über die Wange.

Mein Vater streckte seine Hand aus, und sein Körper zitterte. »Violet!«, rief er mir zu, und sein Mund zitterte ebenso.

Neben dem Bett stand ein Holzstuhl. Ich setzte mich und ergriff die Hand meines Vaters. Sie war kalt und so dünn geworden. All die Kraft, die er früher in seinen großen, starken Händen gehabt hatte, war verschwunden.

Sein Mund zitterte weiter, so als wollte er mir etwas sagen, konnte es aber nicht. Ein lautes Schluchzen drang aus seinem Mund, und voller Tränen wandte er sein Gesicht von mir ab.

Ich biss mir auf die Lippen, und auch mein Gesicht zitterte vor Aufregung.

Ich streichelte seine Hand. Sein ganzer Körper bebte, so sehr weinte und schluchzte er.

Dann drehte er seinen Kopf zurück zu mir. Wieder hatte er diesen wehmütigen Blick. »Es tut mir so leid, Violet!«, gestand er mir unter Tränen.

»Nein, mir tut es leid, Papa!«, weinte ich und lehnte mich zu ihm aufs Bett.

Er umarmte mich und drückte mich so fest, wie er konnte. Wir lagen zusammen in dem Bett und weinten all die Tränen, die seit so vielen Jahren in uns darauf gewartet hatten, ihren Weg nach draußen zu finden.

»Es tut mir so leid, Violet«, schluchzte er wieder. »Jeden Tag, den ich lebe, bereue ich, was ich getan habe! Ich bin so froh, dass ich noch die Möglichkeit habe, dir das zu sagen.«

Ich schüttelte den Kopf. »Nein, Papa, sag das nicht.« Es tat mir so weh, diese Worte von ihm zu hören und doch befreiten sie mich.

Zitternd strich er mit seiner Hand über mein Gesicht. »Doch, meine kleine Violet. Ich habe das Schlimmste getan, was ein Vater seinem Kind antun kann.«

Ja, das hatte er. Doch ich wollte nicht mehr, dass er deswegen Schuldgefühle hatte.

Langsam richtete ich mich auf, und sanft legte ich seine Hand auf mein Herz. Ich schüttelte den Kopf und lächelte ihn an. »Es ist alles gut, Papa. Es ist alles gut.«

Wieder schluchzte ich. »Bitte, Papa«, ich drückte seine Hand noch fester. »Bitte, Papa!«, flüsterte ich. »Ich verzeihe dir, Papa, bitte mach dir keine Vorwürfe mehr.«

Er nickte und weinte weiter.

Er öffnete seine Arme, und bat mich, wieder in seine Arme zu kommen.

Und das tat ich. Wie ein kleines Mädchen, das seinen Vater vermisst hatte, legte ich mich an seine Seite, direkt in seine Arme, und er küsste mich auf die Stirn.

Für mehrere Minuten lagen wir beide schweigend im Bett, und auch die Tränen ließen nach. Er streichelte mir unentwegt über meinen Kopf und hielt mich so fest, als ob er Angst hätte, dass auch ich ihn verlassen könnte.

Ich lag so eng an ihm, und alle Erinnerungen kamen wieder in mein Gedächtnis. Ich hatte vergessen, wie warm er immer gewesen war und wie gut er roch. Sein Geruch war nach all den Jahren immer noch derselbe. Ich atmete ganz tief durch meine Nase, sodass ich jedes Duftmolekül in mich einsog. Ich konnte nicht anders, als wieder zu weinen. Wie sehr ich ihn doch vermisst hatte. Nie hatte ich mir das eingestehen wollen, doch jetzt, nach 17 Jahren, da ich ihn wieder in meinen Armen hatte, kam all die Sehnsucht geballt zu mir zurück. All die Erinnerungen und all die Wünsche, die ich die ganzen Jahre von mir gestoßen hatte.

Wieder flüsterte er mir zu: »Es tut mir leid, Violet.«

Ich wollte aufhören mit dem Weinen, damit er sich nicht mehr entschuldigen musste, doch ich konnte einfach nicht. Dieser Augenblick war gleichermaßen schön und schmerzhaft für mich.

»Ich habe all die Jahre nur gehofft, dass du nie so wirst wie ich, mein Kind. So stur und dickköpfig, so kleinlich und verloren«, gestand er mir.

Ich löste mich leicht aus seiner Umarmung und blickte ihn an. Wieder schluchzte ich unter Tränen.

»Das hatte ich auch immer gehofft, Papa, aber …« Ich schluckte. »Aber ich bin genau wie du. Ich wollte nie sein wie du, aber ich bin es. Ich bin deine Tochter, Papa.« Ich lächelte. »Wie hätte ich jemand anderes werden können?«

Unter all den Tränen zeigte sich nun auch ein erstes Lächeln auf den Lippen meines Vaters.

Ich legte mich wieder in seine Arme.

»Es ist nichts Schlechtes daran, wie du zu sein. Schau, wie du all den Indianern hier ein Zuhause geschenkt hast!«

Er antwortete nicht, sondern streichelte weiter mein Gesicht. »Ich bin stolz auf dich, Papa!«

»Und ich bin stolz auf dich, Violet. Pokuwoo hat mir erzählt, dass du einen liebevollen Mann und ein Kind hast. Und, dass du eine gut bezahlte Arbeit hast.«

Ich lachte leise. Die gut bezahlte Arbeit kam mir in diesem Moment am wertlosesten vor. Ich wurde gut bezahlt, weil ich vor meinen Gefühlen in die Arbeit geflüchtet war. Darin lag nichts, worauf man stolz sein konnte.

»Hast du ein Foto?«, fragte er mich neugierig. Ich nickte und holte aus meiner Tasche meinen Geldbeutel, in dem immer ein Foto von Peter, Justin und mir steckte.

Ich reichte es ihm, und er nahm es mit zitternder Hand.

»Welch ein wunderschöner Junge«, lächelte er mich stolz an. »Wie heißt er?«

»Justin.«

Mein Vater nickte, und ich merkte, wie er versuchte, seine Tränen zu unterdrücken.

Wie schuldig er sich doch fühlen musste, er hatte seinen eigenen Enkelsohn nie gesehen.

»Und Peter? Ist er ein guter Mann?«

Ich lachte wieder. »Ja, das ist er. Er ist wunderbar!«

»Das ist gut, mein Kind. Das ist gut.«

Dann fing er doch wieder an zu weinen.

»Ich werde sie niemals kennenlernen können, Violet.«

»Nein, Papa, sag so etwas nicht. Wir werden dich besuchen kommen, versprochen. Jede Woche, jeden Monat, Papa!«, versprach ich ihm trauernd.

»Oh, Violet. Meine Zeit ist abgelaufen.«

Das wollte ich nicht hören, das wollte ich einfach nicht hören.

Ich hatte ihn doch gerade erst zurück und sollte ihn schon wieder gehen lassen? Ich war doch nach all den Jahren erst jetzt wieder mit ihm vereint. Er durfte einfach nicht gehen, er durfte es nicht.

»Wie geht es deiner Mutter?«, fragte er mich weiter.

»Ich … Papa … Ich habe keinen Kontakt mehr zu ihr.«

Er blickte mich entsetzt an und senkte dann seinen Kopf wieder auf seine Brust.

»Ich bin schon bald, nachdem du weg warst, von zu Hause ausgezogen, und seitdem hatte ich mich bei ihr nicht mehr gemeldet. Aber, Papa …«, fügte ich hinzu. »Aber sobald ich wieder zu Hause bin, werde ich sie anrufen und einladen. Ich weiß, ich habe einen schlimmen Fehler gemacht.«

»Du kennst es nicht anders, Violet. Wer selbst verlassen wird, verlässt auch andere.«

»Das ist nicht wichtig, Papa. Es ist nicht wichtig, was geschehen ist. Es ist nur wichtig, was ich jetzt mache. Und jetzt ist alles wieder gut. Mit dir und auch mit Mama. Lass uns nicht in der Vergangenheit kramen, lass uns lieber in die Zukunft schauen.«

Lange saß ich bei ihm am Bett und erzählte ihm von meinem Leben. Immer wieder nahm ich weinend seine

Hand in meine und bat ihn, sich keine Vorwürfe zu machen. Immer wenn er wieder ruhiger geworden war, erzählte ich ihm weiter, was ich in den letzten Jahren alles erlebt hatte.

Es war so, als ob wir all die Jahre, die vergangen waren, gemeinsam noch einmal erlebten. Ich erzählte ihm von meiner Schulzeit, meinem Umzug, von meinen Anfängen in der Arbeitswelt und auch von meiner ersten Begegnung mit Peter.

Er hörte mir aufmerksam zu. Manchmal musste er weinen, doch noch viel öfter lachte er. Mit jedem Satz, den ich sprach, schien mehr Leben in sein Gesicht zurückzukehren.

Nach einiger Zeit klopfte es dann an der Tür, und unsere Unterhaltung wurde vorerst beendet.

»Ihr beide solltet etwas essen«, rief Pokuwoo uns zu und hielt bereits ein Tablett in der Hand. Er zeigte mir sein schönstes Lächeln, als er mich bei meinem Vater sah. Er stellte das Tablett auf den Schreibtisch und bat mich, meinem Vater beim Aufsetzen zu helfen. Pokuwoo richtete meinen Vater auf, und ich schob eilig ein paar Kissen, die neben dem Bett lagen, hinter seinen Rücken. Ich sah, wie schmerzhaft das für ihn war, denn er biss seine Zähne dabei zusammen.

Als er an den Kissen lehnte, atmete er erleichtert auf. Ich nahm eine Schüssel mit Suppe vom Tablett und fütterte ihn.

Wie ungerecht doch alles schien. Vor vielen Jahren noch war es mein Vater gewesen, der mich fütterte, und nun saß ich bei ihm in der Hütte und musste ihm beim Essen helfen.

Auch ihm war das sichtlich peinlich, denn zunächst wollte er sich nicht von mir helfen lassen. Er wollte den Löffel unbedingt in die Hand nehmen, und erst als Pokuwoo ihn ermahnte, er solle jetzt im Alter nicht eitel werden, gab er mit einem lauten Brummen nach.

Pokuwoo saß die ganze Zeit neben uns und schaute uns zu. Ich nutzte jede Gelegenheit, die ich hatte, um Scherze zu machen. Ich wollte nicht, dass mein Vater traurig war. Ich wollte nicht, dass er sich schuldig fühlte, und ich wollte nicht, dass er sich schämte, von seiner Tochter gefüttert zu werden.

Als die Schüssel leer war, wechselte ich mit Pokuwoo den Platz und aß meine Suppe. Auf dem Tablett lag auch frisch gebackener Fladen, der noch ganz warm war und unglaublich lecker roch. Er war sicherlich mit den einfachsten Zutaten gebacken, und dennoch schmeckte kein Brot vom besten Bäcker so lecker.

Pokuwoo erzählte meinem Vater mit meinem Einverständnis von unseren Begegnungen und den Lektionen, die ich in den letzten Tagen gemeistert hatte.

Für mich wirkte das alles nicht sonderlich beeindruckend. Es waren ja auch keine richtigen Lektionen gewesen. Doch Pokuwoo bestand darauf, dass ich eine unglaubliche Wandlung vollzogen hätte.

War das wirklich so? War ich eine andere Violet geworden? Vielleicht hatte er recht. Doch wenn es so war, dann verdankte ich das ganz allein ihm.

Mein Vater blickte mich immer wieder stolz an und hörte nicht auf, meine Hand zu halten.

Pokuwoo verabschiedete sich von uns, denn es hatte schon angefangen zu dämmern, und er hatte noch einiges vor Anbruch der Dunkelheit zu tun. Ich vermutete, dass er flunkerte und uns einfach mehr Zeit schenken wollte.

Und er tat genau das Richtige. Ich wollte jede Minute mit meinem Vater auskosten. Wir erzählten einander noch zwei Stunden weiter, und schon bald hatte ich gar nicht mehr das Gefühl, meinen Vater so viele Jahre nicht gesehen zu haben. Es schien mir eher so, als wäre er die ganze Zeit bei mir gewesen.

Erst als ich bemerkte, dass mein Vater kaum noch seine Augen offenhalten konnte, verabschiedete ich mich. Ich gab ihm einen Kuss auf die Stirn und sagte: »Es ist jetzt wirklich Zeit zum schlafen. Morgen ist auch noch ein Tag. Gleich, wenn ich aufgewacht bin, komme ich zu dir und bringe etwas zum Frühstücken mit.«

»Ich würde so gern noch mit dir weiterreden ...«, stammelte er.

»Morgen, Papa, morgen.«

Ich deckte ihn zu und ergriff noch einmal seine Hände.

»Danke, dass du gekommen bist, Violet. Das war das größte Geschenk meines Lebens.«

Ich lächelte ihn an und kniff die Augen zusammen. Dann beobachtete ich ihn, wie er einschlief. Nur ein paar Momente vergingen, und ich konnte ihn schnarchen hören.

Ich pustete die Kerze aus, die neben dem Bett stand, und beugte meinen Kopf nach vorn. Ganz nah kam ich ihm und flüsterte leise »Ich liebe dich« in sein Ohr.

Wie schön mein Vater doch war. Wie schön es war, ihn sehen zu können. Mit einem tiefen Seufzer stand ich auf und nahm meine Sachen in die Hand. Dann verließ ich die Hütte und trat ins Freie.

Es war etwas kühler und dunkel geworden. Überall auf dem Areal steckten Fackeln in der Erde, die alles erhellten. Ein wunderschöner Abend, ein wunderschöner Ort und die schönste Begegnung, die ich hätte haben können.

Es war niemand mehr draußen zu sehen, und ein Blick auf mein Handy verriet mir, dass es bereits nach Mitternacht war. So spät war es geworden.

Leise schritt ich durch das Reservat und öffnete schließlich das Tor, um mich auf den Weg zurück ins Hotel zu machen.

Sobald ich am nächsten Tag aufgewacht war, wollte ich wieder herkommen, versprach ich mir. Keine Sekunde länger wollte ich von meinem Vater getrennt bleiben. Voller Freude und voller Frieden schlief ich später im Hotel ein.

Als ich am Morgen erwachte, rief ich schnell Peter an. Ich sagte ihm eigentlich nur, dass ich jetzt keine Zeit hätte, weil ich gleich zu meinem Vater gehen wollte.

Aber da ich mich gestern nicht bei ihm gemeldet hatte, wollte ich Peter wissen lassen, wie es mir ging. Natürlich hatte Peter vollstes Verständnis, und in seiner Stimme konnte ich hören, wie sehr er sich für mich freute, dass ich endlich meinem Vater begegnet war. Daher war er auch nicht traurig, dass ich ihm keine Einzelheiten über unser Wiedersehen erzählte.

Ich wollte eigentlich noch schnell die Hotelbesitzerin fragen, wo ich meine Wäsche waschen konnte, doch in der Eile fand ich sie nicht, und so hinterließ ich ihr nur eine Notiz mit meiner Handynummer an der Rezeption.

Dann lief ich auf die gegenüberliegende Seite des Platzes und holte beim Café ein paar Brötchen und Bagels. Ich wusste nicht, was mein Vater gern mochte, deshalb nahm ich von fast allem etwas. Aber es war kurz nach acht, Frühstückszeit, und sicher gab es mehr als zwei hungrige Mäuler zu stopfen. Die Tüte würde schon leer werden, egal wie groß sie war.

Die Regenwolken der vergangenen Tage waren verschwunden, und so strahlte die Sonne. Bestimmt würde es jetzt noch einige Wochen so bleiben, und ich dachte darüber nach, ob ich nicht tatsächlich schon bald wieder hierher zurückkommen würde. Dann aber mit Peter und Justin.

Ich wünschte mir nichts mehr, als dass mein Vater seinen Enkelsohn und meinen Mann sehen konnte. Peter hatte außerdem schon zwei Mal am Telefon erwähnt, dass er gern Pokuwoo kennenlernen würde. Noch hatte Justin Ferien, sodass es sich anbot, in den nächsten vier Wochen hierher zu fliegen.

Diesen Ort zu verlassen, würde mir sehr schwerfallen. Selbst wenn mein Vater wirklich bald sterben sollte, würde ich meine Ferien hier in diesem wunderschönen Park verbringen wollen. An diesem besonderen Fleckchen Erde.

Meine Laune hätte an diesem Morgen nicht besser sein können. Das erste Mal in meinem Leben fühlte ich mich wieder vollkommen. Mein Vater war in mein Leben zurückgekehrt und somit auch ein Teil der Violet, den ich vor 17 Jahren verloren geglaubt hatte.

Als ich das weiße, rostige Tor öffnete, hörte ich ein lautes Geräusch ertönen. Es klang, als spielte jemand ein Blashorn, doch weniger tief und weniger stark. Ich schloss das Tor hinter mir und machte mich auf den Weg durch das Reservat.

»Guten Morgen«, rief ich einer älteren Frau zu, die vor ihrer Hütte saß und an einem Korb flocht. Wie Pokuwoo mir gestern erklärt hatte, war dies eine Einnahmequelle für die Indianer. Sie verkauften diese Körbe im Park und konnten sich dadurch Lebensmittel und Dinge kaufen, die sie für ihr Leben brauchten, jedoch nicht selbst anbauen oder herstellen konnten.

Die ältere Frau nickte mir freundlich zu. Ich hatte sie zwar noch nie zuvor gesehen, aber sie wusste sicherlich bereits, wer ich war. Ein paar Kinder liefen mir ebenfalls über den Weg, und sie begrüßten mich mit meinem neuen Namen. Ja, es schien jeder zu wissen, wer ich war. Pokuwoo hatte es sicherlich allen gesagt. Wann gab es schon einmal solch eine Geschichte zu erzählen?

Ich durchquerte die Siedlung und nahm den Weg in den Wald hinein, als abermals dieses Geräusch ertönte. Für einen Moment erschrak ich.

Das Geräusch war nun viel lauter als zuvor, und es schien direkt aus dem Wald zu kommen. Nach ein paar Augenblicken war ich fast bei der Hütte und sah einen jungen Indianer auf dem Weg stehen, der eine Muschel in der Hand hielt. Dann hob er seine Hände und presste seine Lippen an die Öffnung. Wieder ertönte dieser Laut, und plötzlich spürte ich Angst in mir. Ich rannte an dem Indianer vorbei auf die Hütte zu, und als ich ankam, sah ich, dass Pokuwoo, Xylanta und eine Handvoll anderer Indianer, die ich bisher noch nicht gesehen hatte, sich vor der Hütte versammelt hatten.

Meine Hand fing an zu zittern, und sofort blieb ich stehen. Pokuwoo bemerkte mich schließlich und blickte mich mit traurigem Blick an.

»Nein«, rief ich laut und ließ die Tüte mit den Brötchen fallen.

Ich schluckte und schüttelte den Kopf. Pokuwoo kam auf mich zugelaufen, und in seinem Blick erkannte ich, was geschehen war.

»Nein, nein!«, rief ich jetzt lauter und fiel auf meine Knie. »Nein!«

Pokuwoo war jetzt bei mir und kniete sich ebenfalls in den Sand.

»Nein, Pokuwoo, nein!«

Pokuwoo nickte nur und legte seine Arme um mich.

Ich schüttelte weiterhin verzweifelt den Kopf, keine Tränen, keine Schreie, nur Entsetzen.

Es dauerte einige Sekunden, bis ich weinen konnte. Es war so unfair, es war einfach so unfair. »Nein, Pokuwoo, nein, nein, nein!«, weinte ich und vergrub mein Gesicht an seiner Schulter.

»Doch, Violet!«, antwortete Pokuwoo und hielt meinem Kopf fest.

Ich schluchzte laut und verkrampfte meine Arme. »Er ist tot?«, fragte ich ihn unter Tränen.

»Ja, Violet, er hatte nur noch auf dich gewartet.«

Das wollte ich nicht hören. Ich löste mich von seinen Armen und rannte in den Wald hinein.

Ich wollte nicht, dass er nur auf mich gewartet hatte, ich wollte das nicht. Das war ungerecht, einfach nur ungerecht. Ich rannte, so schnell ich konnte. Erst an einem alten abgestorbenen Baum hielt ich an und warf mich auf den Boden.

Er war gestorben. Ich hatte nur wenige Stunden mit ihm verbracht. Es gab noch so viel, was ich ihm erzählen wollte, so viel, was ich ihm sagen wollte, so viel, was ich ihm zeigen wollte. Doch dazu hatte ich keine Gelegenheit mehr. Ich saß eine halbe Stunde an den alten Baum gelehnt und weinte. Mein wunderschöner Traum, der erst gestern begonnen hatte, war schon wieder zu Ende.

Ich schloss meine Augen und blickte in die Sonne. Die Tränen liefen selbst durch meine geschlossenen Augen. Wie ohnmächtig, nicht mehr fähig zu denken, nicht mehr fähig zu sprechen, saß ich dort auf dem Waldboden an diesen alten Baum gelehnt.

Alles kam mir sinnlos vor. Mein Besuch in diesem Park, die Gespräche mit Pokuwoo und die Arbeit an mir. Alles war einfach ohne Sinn, denn der Sinn hatte darin gelegen, meinem Vater begegnen zu können. Ihn in Liebe und Frieden treffen zu können. Doch was für eine Begegnung war das, wenn sie nur ein paar Stunden gedauert hatte?

Ich öffnete meine Augen und blickte starr in den Wald hinein. Wohin sollte ich meinen Blick richten?

Erst das Knacken von Ästen ließ meinen Blick wandern. Ich drehte meinen Kopf nach links und sah, wie Xylanta auf mich zukam.

Ganz langsam näherte sie sich mir und setzte sich mit etwas Abstand ebenfalls auf den Boden. Ich wollte nicht unfreundlich zu ihr sein, aber im Augenblick hatte ich keine Lust auf Gespräche. Das merkte sie wahrscheinlich auch.

»Adayuma, Pokuwoo war dagegen, dass ich herkomme. Er möchte dich trauern lassen, allein. Aber ich … Ich habe selbst meinen Vater vor einem halben Jahr verloren. Ich kenne dein Gefühl sehr gut. Und ich möchte, dass du noch eines erfährst. Pokuwoo und ich waren heute Morgen sehr früh bei deinem Vater. Er hatte nach uns gerufen. Als wir mit ihm das Sterberitual durchführten, hielt er mich mit seiner letzten Kraft am Arm und flüsterte mir etwas ins Ohr: Ich sollte dir sagen, wie dankbar er dir ist, dass du gekommen bist, und wie sehr er dich all die Jahre vermisst hat.«

Ich blickte Xylanta voller Tränen an und sah, dass auch sie Tränen vergossen hatte.

»Er hatte so ein Leuchten in den Augen. Es kam aus seinem Herzen. Er war so dankbar und glücklich, dass er seine Kleine noch einmal sehen durfte.« Xylanta lächelte, doch ich konnte nur schluchzen und weinen.

Xylanta kam zu mir, zögerte kurz, doch dann nahm sie mich in den Arm und legte ihre Hand auf meinen Kopf. »Er war so glücklich, Violet Adayuma. So dankbar und glücklich, und dafür danken wir dir alle hier!«

»Es kommt mir so sinnlos vor, Xylanta. So sinnlos!«

»Ich weiß, ich weiß, meine Liebe. Aber glaube mir, jeder Moment hier im Park und jede Sekunde mit deinem Vater gestern war voller Liebe und voller Sinn.«

Ich nickte, obwohl ein Teil von mir sich dagegen sträubte.

»William hat so gekämpft. Sein Körper war schon vor Wochen bereit zu sterben. Doch sein Wunsch, dich zu sehen, war größer als der Schmerz.«

»Es tut mir so weh, Xylanta. Ich kannte ihn zwar kaum noch, doch trotzdem tut es so fürchterlich weh …«

»Das ist normal, meine Liebe. Das ist normal. Ich bitte dich dennoch, in deinem Kopf und in deinem Herzen zu wissen, dass er glücklich war, Violet. So glücklich, wie ich ihn noch nie zuvor gesehen habe.«

Sie ergriff meinen Kopf mit ihren beiden Händen und schob ihn nach oben. Dann blickte sie mir ganz tief in die Augen und lächelte. »Und dafür bist du verantwortlich. Du hast ihn so glücklich gemacht!«

Ich nickte wieder und wusste, dass das stimmte. Ich hatte es selbst in seinen Augen sehen können, so, wie sie gestern voller Leben gestrahlt hatten.

Xylanta stand auf. »Ich gehe zu Pokuwoo und helfe ihm.«

»Ja, mach das«, antwortete ich ihr etwas gefasster. »Was geschieht nun mit ihm?«

»Wir werden ihm heute Abend ein Begräbnis ausrichten. Es war sein Wunsch, begraben zu werden, hier bei uns. Wirst du da sein?«

»Natürlich!«, nickte ich. »Natürlich.«

Xylanta machte die ersten Schritte, dann stand ich auf und bat sie, stehen zu bleiben. Ich wollte mitkommen. Ich wollte Pokuwoo auch helfen.

Zusammen liefen wir durch den Wald zurück zur Hütte, in der mein Vater lag.

Xylanta nahm meine Hand und drückte sie ganz fest. Ich blickte sie an und sah, dass sie zwar traurig war über den Verlust, aber sich dennoch freute. Sie freute sich darüber, dass William seinen Frieden mit mir und mit seinem Leben gefunden hatte.

Schon im Wald hörten wir die Indianer singen, und als ich auf den sandigen Weg trat, sah ich, wie Pokuwoo und andere Indianer im Halbkreis um die Hütte standen und zusammen ein Gebet sangen. Und auch wenn ich die Worte nicht verstand, wusste ich, dass sie den großen Geist baten, William in sich aufzunehmen. Immer wieder streckte Pokuwoo seine Hände in den Himmel und schloss seine Augen.

Ich stand mit Xylanta abseits und wartete, bis das Ritual beendet war. Zwei der Indianer stellten sich anschließend an die Türseiten der Hütte. Erst dachte ich, dass das Ritual noch nicht fertig sei, doch Pokuwoo kam gleich auf mich zugelaufen. Er bückte sich und hob meine Tasche und die Tüte mit den Brötchen und Bagels auf, die ich zuvor auf den Boden fallen gelassen hatte.

Ich stand mit verschränkten Armen auf dem Weg und blickte ihn traurig an. Er war es, der die letzten Jahre mit meinem Vater verbracht hatte, und ich wusste nicht, ob ich ihm mein Beileid aussprechen sollte. Sie waren vermutlich verbundener gewesen, als ich es mit meinem Vater je war.

Ich öffnete meine Arme. »Es tut mir leid, Pokuwoo«, flüsterte ich ihm ins Ohr, als er in meiner Umarmung angekommen war.

»Mir nicht, Adayuma. Ich bin sehr glücklich. Ich weiß, wie hart das für dich ist, ihn so schnell wieder zu verlieren, aber wenn du wüsstest, welche Schmerzen er all die Monate hatte, dann verstündest du meine Freude.«

»Ich glaube dir! Auch ich bin froh, dass es ihm nun gut geht.«

Pokuwoo löste sich aus meinen Armen und bat mich, ein Stück mit ihm zu gehen.

Ich warf der Hütte noch einen schnellen Blick zu, doch sie jetzt zu betreten, traute ich mich einfach nicht. Noch nicht.

»Dein Vater ist als glücklicher Mann voller Frieden gegangen. Und dafür danke ich dir!«

»Nein, Pokuwoo!«, rief ich und packte ihn am Arm, sodass er stehen blieb. »Ich möchte dir danken! Ich habe dir für all das noch gar nicht gedankt. Ohne dich hätte ich ihn nie kennengelernt.«

Pokuwoo lächelte mich dankbar an. Mit meiner linken Hand wischte ich mir ein paar Tränen aus den Augen.

»Ich meine, ich bin traurig, und es erscheint mir so unfair. Aber ich hatte dennoch die Chance, ihn zu sehen. Mit ihm Frieden zu schließen. Und das ist dein Verdienst. Danke, Pokuwoo!«

Pokuwoo streichelte mir die Hand und sagte nichts dazu. Doch ich merkte, wie sehr er sich über meine Worte freute.

»Xylanta hat mir gesagt, dass ihr ihn heute Abend beerdigen werdet.«

»Ja, es ist nicht unser Brauch, den Körper lange sichtbar zu lassen. Er ist nun ohne Seele, und es gibt keinen Grund, ihn jetzt noch für Tage dort liegen zu lassen, so, wie ihr das manchmal macht.«

»Wir machen das auch nur, um uns zu verabschieden.«

»Ich weiß«, antwortete er und lief mit mir wieder ins Dorf hinein.

»Wir werden den ganzen Tag bei ihm sein und ihn auf seiner Reise begleiten. Doch wenn er wieder in den großen Geist zurückgekehrt ist, werden wir ihn hier begraben. Ich wünsche mir sehr, dass du dabei bist. Wir werden ein Fest ihm zu Ehren feiern.«

Er hatte erst gezögert, bevor er das Fest erwähnte. Für mich gab es nicht wirklich einen Anlass zu feiern, aber ich wusste bereits, dass die Indianer die Bestattungen zu einem Fest machten. Sie sahen keinen Grund zu trauern.

Pokuwoo bestätigte mir das: »Wir feiern, wenn Menschen von uns gehen, denn es entspricht unserem Brauch und Wissen, dass es ein freudiges Ereignis ist, wieder zurückzukehren.«

»Das habe ich schon gehört. Und ich bewundere, dass ihr mit einem Verlust so umgehen könnt.«

Pokuwoo hielt an und stellte sich vor mich. »Wie kannst du von einem Verlust reden, Adayuma? Das, was euch verbindet«, und damit deutete er auf mein Herz, »kann niemals verloren gehen!«

Ich zuckte mit den Schultern.

»In deinem Herzen und in deiner Erinnerung wird er immer lebendig sein, oder? Und das ist er auch, meine Liebe. Der Körper ist vergänglich, doch der Geist ist allmächtig und ewig.«

»Ich hoffe, dass du recht hast, Pokuwoo«, erwiderte ich ihm und versuchte zu lächeln.

»Glaube mir, ich habe recht!«, grinste er zurück.

Ich lehnte mich an seinen Arm, und wir liefen weiter.

»Bist du denn gar nicht traurig?«, fragte ich ihn.

»Ein bisschen vielleicht«, lächelte er mich wieder an. »Dein Vater war ein toller Mann, und ich werde diesen Körper ebenfalls nie wiedersehen. Wir werden weiterhin Gespräche führen können, doch sie werden anders sein. Und ja, das werde ich vermissen.«

Ich lachte kurz. Ich hatte keinen Zweifel, dass er weiter mit meinem Vater sprechen würde. Pokuwoo sprach ständig mit irgendwelchen Geistern, die unsichtbar waren.

Doch ich hatte mich mit dem Thema Tod nicht beschäftigt. Ich hatte mir nie Gedanken darüber gemacht, was danach kommen würde oder ob überhaupt etwas kommen würde. Seit ich aber in dem Park war, hatte ich eine Antwort darauf gefunden, ohne groß gefragt zu haben. Ich hatte keinen Zweifel an Pokuwoos Worten.

»Möchtest du noch frühstücken?«, fragte mich dann mein Begleiter.

Ich schüttelte den Kopf. »Ich werde nach Hause gehen, Pokuwoo. Also, ich meine ins Hotel. Ich möchte etwas Ruhe haben.«

»Hm«, nickte Pokuwoo.

Ich ließ ihn los und machte ein paar Schritte nach vorn. »Ich werde später wiederkommen, aber jetzt möchte ich allein sein.«

Pokuwoo nickte wieder. »Ich werde hier auf dich warten.«

»Ich weiß«, flüsterte ich ihm noch zu und lief zum Tor, das ich erst vor einer Stunde geöffnet hatte.

Pokuwoo blieb die ganze Zeit stehen und wartete, bis ich das Reservat verlassen hatte.

In meiner Hand war die Tüte, und obwohl ich großen Hunger verspürte, war mir überhaupt nicht mehr nach Essen zumute. Ich hatte mich auf ein Frühstück mit meinem Vater gefreut, doch nun war dies nicht mehr möglich.

Ich war froh, dass mir kaum Menschen über den Weg liefen, und auch die Hotelbesitzerin huschte wieder irgendwo im Hotel herum. Ich hörte sie zwar kurz aus einem Gang sprechen, aber glücklicherweise konnte ich sie nicht sehen.

Im Hotelzimmer legte ich mich aufs Bett und zog die Decke über meinen Kopf. Ich weinte, doch das, was Xylanta und Pokuwoo zu mir gesagt hatten, hatte mich auch ein Stück glücklich gemacht. Es war mir wirklich eine Ehre, dass ich meinen Vater noch hatte sehen können, und ich war sehr glücklich, dass er auf mich gewartet hatte. Das gab mir Wertschätzung und Anerkennung, etwas, was ich mein Leben lang von ihm zu erhalten erhofft hatte.

Es dauerte nicht lange, und ich schlief ein, obwohl es immer noch Morgen war. Zwei Stunden schlief ich, und in der Zeit träumte ich von meinem Vater. Ich träumte davon, dass wir zusammensaßen und er gesund war.

Als ich erwachte, konnte ich mich nicht mehr erinnern, worüber wir gesprochen hatten, aber das Gespräch war voller Nähe gewesen. Es war gewesen, als ob nie etwas zwischen uns vorgefallen wäre. Wir hatten gelacht und uns nach fast jedem Satz umarmt.

Es war ein wunderschöner Traum gewesen, von dem ich hoffte, dass er nicht der letzte sein würde.

Mein Magen knurrte beim Erwachen so sehr, dass ich das Hotel schnell wieder verließ und zu meinem Lieblingsitaliener am Platz ging. Anschließend stieg ich in die alte Bahn und fuhr zu dem Wasserfall. Ich setzte mich auf eine Bank und ließ noch ein paar Augenblicke vergehen, ehe ich Peter anrief. Meinen treuen und lieben Ehemann, der mich so liebevoll unterstützt hatte. Es war so schade, dass er meinen Vater nie kennengelernt hatte und auch keine Chance mehr dazu bekommen würde.

»Er ist gestorben?«, fragte Peter entsetzt und verstummte dann.

Ich erzählte ihm vom gestrigen Abend, und er freute sich für mich.

Ich weinte natürlich, auch, weil ich Justin im Hintergrund hörte. Einerseits war ich traurig, dass er niemals seinen Opa sehen konnte, andererseits bemerkte ich jetzt, wie stark ich ihn vermisste.

»Es tut mir leid, dass ich jetzt nicht bei dir sein kann, Violet. Ich hätte nicht gedacht ...«

»Ich auch nicht!«

Für einen Moment herrschte Schweigen. »Ich glaube, ich komme nach Hause, Peter. Es ist zwar so wunderschön hier, und ich möchte Pokuwoo nicht allein lassen. Aber ich will nach Hause«, flüsterte ich leise ins Handy.

»Dann komm nach Hause. Soll ich mich um den Flug kümmern?«

Ich schüttelte den Kopf. »Nein, ich mach das schon.«

»Dann geh jetzt wieder zu Pokuwoo, und richte ihm schöne Grüße von mir aus. Ich würde mich sehr freuen, wenigstens ihn kennenlernen zu können. Er scheint ein feiner Kerl zu sein.«

Ich lachte laut. »Ja, das ist er, ein wirklich toller Mensch! Ich werde es ihm sagen. Gib Justin einen Kuss, und sag ihm, dass Mama bald wieder zu Hause ist!«

»Rufst du mich an, wenn du weißt, wann du kommst?«

»Das mache ich. Und danke, Peter. Danke, dass du mich in die richtige Richtung gelenkt hast!«

Ich hörte, wie Peter am anderen Ende der Leitung seufzte. »Ich möchte doch nur, dass du glücklich bist.«

»Ich weiß, und dafür danke ich dir.«

Kurz nach dem Gespräch rief ich bei der Fluggesellschaft an und erfuhr, dass ich schon am nächsten Mittag den Rückflug antreten konnte. Als ich das hörte, freute ich mich, aber gleichzeitig hatte ich Angst davor, mich von Pokuwoo verabschieden zu müssen. Er war mir ans Herz gewachsen.

Flüchtete ich jetzt vielleicht wieder? Ich dachte nach, aber ich spürte, dass ich einfach nach Hause wollte. Diese Tage hier im Park, alles, was ich erfahren hatte, die ganze Gefühlsachterbahn, alles war gut und richtig. Aber jetzt brauchte ich meine Zeit, um all das mit meiner Familie zusammen zu verdauen.

Bereits morgen früh würde ich also im Auto zum Flughafen sitzen. Der Rückflug ging dieses Mal von Cleveland aus, dessen Flughafen viel näher lag als der von Colombo. Ich würde schon bald wieder zu Hause sein. Nicht einmal eine Woche war ich in dem Park gewesen, und dennoch hatte diese kurze Zeit mein Denken und Fühlen, mein ganzes Wesen, mein ganzes Leben verändert.

Ich blieb noch ein paar Stunden am Wasserfall und aß zwei Waffeln Eis, die ich von einem fahrenden Eismann kaufte. Vor einer Woche noch hätte ich mich wahrscheinlich sofort erbrochen, wenn das Eis in meinem Magen gelandet wäre. Doch meine Magenprobleme waren so schnell wieder weg, wie sie aufgetaucht waren, und ich wusste, dass sie mit meinem Vater zusammengehangen hatten. In der Nacht, in der Pokuwoo das Ritual mit mir durchgeführt hatte, konnte ich spüren, wie mein Magen verkrampfte. Danach hatte ich nie wieder einen Krampf, nicht den kleinsten, nicht einmal ein Unwohlsein.

Als es 18 Uhr wurde, fuhr ich mit der Bahn wieder zurück und holte mir noch ein belegtes Brötchen im Bistro. Ich wusste nicht, wie lang der Abend werden würde.

Im Hotel klingelte ich an der Rezeption und wartete, bis die Besitzerin kam.

Schon bald hörte ich ihre Schritte sowie ein fröhliches »Ich komme!«.

Bevor ich groß etwas sagen konnte, lud sie mich auf einen Kaffee ein, und zusammen saßen wir auf der Couch im kleinen Eingangsbereich des Hotels.

Ich hatte sie völlig richtig eingeschätzt: Die fröhliche, etwas kräftigere Frau mit rötlich braunen schulterlangen Haaren war eine Schnatterliese. Sie liebte es, in Gesellschaft zu sein, und so hatte sie sich wirklich den richtigen Job ausgesucht. Es war einfach ihre Passion, was ich von meiner Arbeit nicht sagen konnte. Ich liebte sie, aber ich erkannte in den letzten Tagen, dass ich oft aus Pflichtgefühl und, um vor meinem Inneren zu flüchten, arbeiten gegangen war, nicht aus Freude. Doch wenn ich wieder zu Hause wäre, würde ich das ändern. Ich wollte mehr Zeit mit Peter und Justin verbringen. Es kam mir plötzlich sinnlos vor, tagein, tagaus im Büro zu sitzen. Ob Perry das gefallen würde, war dahingestellt. Doch ich wusste, er würde es akzeptieren, wenn ich kürzertreten würde.

»Es ist herrlich, dass die Sonne wieder scheint, oder? Die Gäste sind viel fröhlicher, wenn es hell und warm ist …«, unterbrach die Besitzerin mich in meinen Gedanken.

Ich legte meine Hände noch fester um die Kaffeetasse und lächelte sie an: »Ja, das ist wahr. Und der Park ist auch viel schöner, wenn die Sonne scheint.«

»Oh ja, das stimmt. Aber wir haben hier auch Glück mit dem Wetter. Es ist doch meistens recht schön, auch wenn es im Winter richtig kalt werden kann.«

Beiläufig erzählte ich ihr dann, dass ich plante, am nächsten Morgen wieder abzureisen.

Ich versicherte ihr gleich, dass ich bald schon gemeinsam mit meiner Familie wiederkommen würde, und sofort glänzten ihre Augen vor Freude.

»Dann hat es Ihnen hier also gefallen?«, fragte sie mich.

Ich nickte nur, dachte dabei aber weniger an das Hotel als vielmehr an diesen Park, an meinen Vater und an Pokuwoo.

Bald ging ich hinauf in mein Zimmer. Im Koffer befand sich nur noch ein brauchbares Kleid, das ich zwar schon angehabt hatte, auf dem aber keine sichtbaren Flecken zu sehen waren. Es war lediglich etwas zerknittert.

Es war ein schönes blaues Kleid, und ich entschied mich, es zur Beerdigung anzuziehen. Ich hatte kein schwarzes dabei. Doch ich wollte auch keine Trauerkleidung tragen. Ich wollte, so schwer es mir auch fiel, glücklich sein, dankbar sein und das Gefühl der Nähe mit meinem Vater in Erinnerung behalten.

Als ich über den sandigen Weg zum Reservat lief, den ich mittlerweile schon so oft gegangen war, hatte ich ein sehr mulmiges Gefühl. Natürlich trauerte ich. Gleichzeitig war ich aber auch wie erstarrt. In mir waren so unterschiedliche Gefühle, dass ich nicht wusste, was ich empfinden sollte. Ich wusste nicht, was ich denken, was ich fühlen sollte. Was war richtig, was war falsch?

Da war die Trauer über den Verlust. Die Ohnmacht. Aber auch ein Gefühl der Dankbarkeit und des Glücks. Und je länger der Tag wurde, desto stärker wurde dieses Gefühl der Dankbarkeit in mir. Am Anfang war da einfach nur der Schock gewesen, doch je näher ich dem Abend und der Beerdigung kam, desto mehr überwog das Gefühl des Glücks. Das Glück, dass ich noch ein paar Stunden mit ihm hatte verbringen können. Diese wenigen Stunden gehörten zu den schönsten Momenten meines Lebens. Wir konnten uns vollkommen neu begegnen, frei von Vorwürfen und Schuld. Frei von Wut oder Hass. Es war einfach eine Begegnung zwischen Vater und Tochter in Liebe.

Doch wir hatten so viel verpasst, so viele Jahre hatte ich ihn nicht gesehen und ihn auch nicht sehen wollen.

Und das war es, was mich so traurig machte. Ich war zum Teil auch wütend auf mich selbst. Wütend, weil ich all die Jahre nicht fähig gewesen war, ihn einfach zu besuchen, meinen Schatten, wie es Pokuwoo so schön ausgedrückt hatte, hinter mir zu lassen.

Aber es war, wie es war. Nun stand ich vor dem Tor des Indianerreservats und würde wohl meinen Vater wirklich zum allerletzten Mal sehen, bevor er in die Tiefen der Erde überführt wurde.

Xylanta war gerade dabei, die Fackeln in den Boden zu stecken, als ich durch das Tor schritt. Ohne Worte nahm sie mich lächelnd an die Hand und führte mich nach links auf ein Feld, auf dem die Indianer ihr Getreide und ihr Gemüse anbauten.

In diesem Bereich war ich bisher nicht gewesen, und erst jetzt sah ich, wie weit sich das Gebiet nach Westen hin ausbreitete. Hinter den Hütten sah ich dann bereits alle Dorfbewohner in einem Kreis versammelt. Es waren sicherlich 50 Indianer, mit 8 Kindern. Viele der Indianer waren schon älter, und einen Großteil von ihnen hatte ich bisher nicht gesehen. Sie hatten sich alle auf der Wiese zusammengefunden.

Auf der Wiese gab es drei größere Hügel, die wahrscheinlich nicht natürlich entstanden waren. Zwei von ihnen waren bereits von Gras und Pflanzen überwachsen, der dritte Hügel aber bestand nur aus Erde. »In diesen Hügeln liegen unsere Verstorbenen. Dort begraben wir sie. Wir begraben sie nicht direkt unter der Erde, aber in der Erde«, flüsterte mir Xylanta ins Ohr. Wie auch Pokuwoo schien sie meine Gedanken erraten zu können.

Als wir näher kamen, öffnete Pokuwoo den Kreis und ließ mich an seine Seite treten. Ich wollte mich erst entschuldigen, weil es so aussah, als warteten sie auf mich, aber da alle in der Runde vollkommen still waren, traute ich mich das nicht.

Nach einer Weile begann Pokuwoo zu sprechen, zu meiner Freude auf Englisch.

»Da nun unser Stamm vereint ist, lasst uns mit der Zeremonie beginnen.«

Zwei der Indianer lösten sich vom Kreis und entzündeten die Fackeln, die überall um uns herum standen. Es war zwar noch hell, aber das Feuer schien ein Bestandteil dieses Rituals zu sein. Zwei weitere Indianer holten zusammengeflochtene Pflanzen aus einer Kiste und zündeten sie an den Fackeln an.

»Dies sind Salbei und Beifuß«, flüsterte mir Xylanta zu, und ich lächelte. Ich war sehr froh, dass sie mir genau erklärte, wie die Zeremonie vonstattenging.

»Salbei zur Heilung der Seele und Beifuß, damit die Seele ihren Weg zum großen Geist findet.«

Dann sah ich, wie Pokuwoo einem älteren Indianer zunickte und dieser sich mit zwei jüngeren Indianern aus dem Kreis löste und in den Wald ging.

Der Weg in den Wald war ebenfalls mit Fackeln beleuchtet. Ich musste schlucken, denn sicherlich führte dieser Weg zu der Hütte, in der mein Vater gestern noch mit mir geredet und zusammen mit mir geweint hatte.

Da ich den Leichnam meines Vaters nicht sehen konnte, vermutete ich, dass die drei Indianer ihn jetzt bringen würden. Ich schloss für einen Moment die Augen und rieb mir über den Arm, der mit Gänsehaut überzogen war.

Die beiden Indianer mit den Pflanzenbündeln stellten sich in den inneren Kreis auf dem Hügel. Wir anderen standen alle weiterhin im Kreis um den Hügel herum. Ich konnte es nur erahnen, aber auf dem Hügel war wohl ein Grab. Doch wie groß und wie tief das Grab in den Boden reichte, wusste ich nicht.

Dann drehte sich ein Indianer in Richtung Wald und nahm eine Muschel vom Boden auf. Es war genau der Indianer, den ich heute Morgen auf dem Weg angetroffen hatte. Und es war genau das gleiche Geräusch, das auch jetzt aus der Muschel kam. Ein unglaubliches Geräusch. Ein tiefer und starker Ton verbreitete sich wie eine Welle und ließ meinen ganzen Körper vibrieren.

Nur einen kurzen Augenblick später sah ich, wie die zwei jungen Indianer eine mit Blumen und Pflanzen verzierte Bahre trugen, während der ältere Indianer nebenherlief und sang. Auch wenn es sich hierbei eher um einen Sprechgesang als einen melodischen Gesang handelte, klang es nicht einfach wie herunter gemurmelte, aneinandergereihte Wörter.

Sofort stimmten die Indianer um mich herum in den Gesang ein.

Alle – außer mir natürlich – sangen zusammen dieses Lied. Meine Augen blickten unentwegt auf die Bahre, doch es war mir nicht möglich, einen Blick auf meinen Vater zu werfen. Als die drei Indianer den Kreis betraten, schritten sie gleich den Hügel hinauf. Wollten sie den Leichnam beerdigen, ohne dass ich mich verabschieden konnte?

Pokuwoo löste sich nun von der Gruppe und folgte ihnen. Die zwei Träger und der Ältere begaben sich zurück in den Kreis, sodass nur noch Pokuwoo und zwei der Indianer mit den rauchenden Pflanzenbündeln auf dem Hügel standen.

Nachdem der Indianer mit der Muschel abermals in diese geblasen hatte, begann Pokuwoo laut zu sprechen. Die ersten Sätze konnte ich nicht verstehen, weil er sie wieder in der indianischen Sprache sagte. Doch bevor ich enttäuscht war, sprach er auf Englisch weiter.

Er kniete sich hin und legte seine Hände auf den Boden. »Dich, unsere große Mutter, die uns trägt und uns versorgt, achten wir. Auf dir leben wir, durch dich leben wir!«

Dann stand er auf, wobei mir auffiel, dass er anscheinend keine Schmerzen mehr dabei hatte. In den letzten Tagen schien es ihm schwergefallen zu sein, aufzustehen, doch davon war nun nichts mehr zu sehen.

»Dich, großer Vater, der uns lebt, der uns atmet, achten wir.«

Er sprach weiter auf Englisch, und ich lächelte ihn dankbar an, als er seinen Blick an mir vorbeischweifen ließ. Die Sätze, die er sagte, waren nicht besonders korrekt. Wahrscheinlich übersetzte er sie gerade in seinem Geiste für mich. Vielleicht würde ich eines Tages fähig sein, einen Teil seiner Sprache zu verstehen. Pokuwoo hatte mir gesagt, dass sie viel bildhafter, aber dennoch einfacher sei als das Englische. Es gab nicht einfach für jede Bedeutung ein Wort. Die Sätze bildeten sich eher aus Bildern zusammen, aus Wörtern, die weit mehr als nur eine Bedeutung hatten.

Ich hörte dann meinen Namen: »Adayuma, kommst du bitte zu mir?«

Ich blickte mich verwirrt und unsicher um, dann ging ich langsam den Hügel hinauf. Pokuwoo wies mit einer Hand auf den Leichnam und nickte mir zu. Er hatte also gewusst, dass ich ihn noch einmal sehen wollte.

Ganz zögerlich lief ich zu meinem Vater und kniete mich vor ihm auf den Boden. Als ich in sein Gesicht sah, bildeten sich die ersten Tränen in meinen Augen.

Es war mit erdfarbenen Tönen bemalt, und seine Augen waren geschlossen. Auf ihr lagen zwei Blüten von einer Pflanze, die ich nicht identifizieren konnte.

Der Ausdruck in seinem Gesicht zeigte kein Leid. Er wirkte stolz auf mich. Eilig wischte ich mir die Tränen aus den Augen. Ja, er sah stolz aus. Ich legte meine Hand auf seinen Arm, auf seinen kalten Arm, und drückte sanft in seine Haut. Dann beugte ich mich über ihn und gab ihm einen Kuss auf die Stirn. Dabei landete eine Träne genau auf seinem Gesicht und lief ihm die Wange hinunter.

»Ich liebe dich, Papa. Bitte lass mich wissen, ob es dir gut geht.«

Ich blieb noch einen Moment vor ihm kniend sitzen, erst dann erhob ich mich und nickte Pokuwoo zu.

Das Grab neben mir war schätzungsweise eineinhalb Meter tief und zwei Meter lang. Es reichte also wahrlich nicht bis auf den Boden der Aufschüttung.

Ich war unsicher, was ich tun sollte, und machte ein paar Schritte den Hügel hinunter, doch Pokuwoo hielt mich am Arm fest und zeigte mir so, dass ich bei ihm bleiben sollte.

Das wollte ich natürlich auch. Ich wollte meinem Vater so nahe wie möglich sein, bis er von Erde bedeckt war.

Die zwei jüngeren Indianer kamen nun auf den Hügel und hoben die Bahre vom Boden auf.

Dann fingen alle Indianer wieder an zu singen, während die zwei jüngeren die Bahre mit dem Körper meines Vaters Zentimeter um Zentimeter in die Erde hinabließen. Die beiden Indianer nahmen nun zwei Schaufeln und fingen an, die neben dem Grab angehäufte Erde andächtig Schaufel um Schaufel ins Grab zu werfen.

Ich wartete, bis das Gesicht meines Vaters bedeckt war, erst dann schloss ich meine Augen.

Pokuwoo sprach die ganze Zeit dabei. Dieses Mal in seiner eigenen Sprache. Dennoch spürte ich, wie jedes seiner Worte mit einer unglaublichen Kraft umhüllt war. Jedes Wort, das er sprach, sprach er laut und deutlich aus. Ohne ein Wort zu verstehen, konnte ich deren Bedeutung dennoch in mir spüren. Es war wunderschön, ihm mit geschlossen Augen zuzuhören, während alles um ihn herum still war.

Am Ende wurden die beiden Bündel in das Grab gelegt, und Xylanta brachte die große weiße Feder, die über seinem Schreibtisch gehangen hatte, den Hügel hinauf und gab sie Pokuwoo. Dieser legte sie ganz sanft ins Grab und sang dabei.

In stiller Andacht blieben wir noch einige Minuten auf dem Hügel und die anderen um ihn herum.

Dann sagte Pokuwoo etwas, und alle setzten sich in Bewegung. Erst Xylanta, die neben mir stand, dann die beiden Träger und schließlich die Älteren unter den Indianern. Alle schritten sie zurück zu den Hütten und versammelten sich auf einem Platz mitten im Dorf. Langsam fing es an zu dämmern, es war spät geworden.

Ich wollte mich ebenfalls bewegen, doch wieder hielt mich Pokuwoo am Arm fest und schüttelte den Kopf. »Bleib noch kurz bei mir, ich möchte dir etwas zeigen.«

Ich blieb stehen und blickte den anderen hinterher. Ich war neugierig, zu sehen, was als Nächstes kommen würde. Vielleicht würde mir ein Fest tatsächlich dabei helfen, die Schwere in mir fallen zu lassen und den Tod meines Vaters mit anderen Augen zu sehen zu. Ja, gerne hätte ich so wie die Indianer geglaubt, dass mein Vater nur seinen Körper verlassen hatte. Ich glaubte den anderen zwar, aber wirklich sicher war ich mir nicht.

Die Fackeln um uns herum fingen an zu flackern, und ein sanfter Wind blies uns um die Köpfe.

Pokuwoo und ich standen ganz allein auf dem Hügel. Bis auf den Wind war es vollkommen still um uns.

Ich blickte Pokuwoo an und erwartete, dass er mir noch etwas zeigen wollte, einen Gegenstand vielleicht, einen Brief oder so etwas. Irgendetwas von meinem Vater, das ich mitnehmen könnte, sodass er immer bei mir wäre.

Doch dann bat Pokuwoo mich, meine Augen zu schließen. Erst erwartete ich, dass er mich bitten würde, meine Hände auszustrecken, doch stattdessen flüsterte er mir ins Ohr: »Er steht hinter dir!«

Wieder zog sich die Gänsehaut über meinen ganzen Körper, und ich spürte den Aufruhr in mir. Ich konnte mir nicht vorstellen, dass mein Vater wirklich hinter mir war, aber ich glaubte Pokuwoo. Ich war mir sicher, dass er ihn sehen konnte.

Vor einer Woche noch hätte ich das für unmöglich gehalten und Pokuwoo für diese Annahme belächelt. Doch nun vertraute ich ihm. All das, was er lebte und sah, war vollkommen real.

Ich versuchte, hinter mich zu spüren. Wie mit inneren Augen blickte ich hinter mich, doch ich konnte ihn weder sehen noch hören. Ich schnaufte und konzentrierte mich. Doch ich spürte nichts außer den Wind und das starke Schlagen meines Herzens.

Wie gern hätte ich eine Bestätigung für den Glauben der Indianer bekommen. Doch ich war anscheinend nicht fähig, den Geist meines Vaters zu spüren.

Pokuwoo stellte sich vor mich, und ich blickte ihn etwas traurig an.

Ich schüttelte den Kopf: »Ich würde gern, Pokuwoo, aber ich kann nicht. Ich kann ihn nicht sehen.«

Pokuwoo legte seinen Finger auf meinen Mund. »Du musst ihn gar nicht sehen, du sollst ihn spüren!«

Ich war enttäuscht, weil ich sicher war, dass auch dies nicht möglich war. Doch ich tat, worum mich Pokuwoo bat, und ich fühlte einen Moment in den Raum hinter mich. Ich war vollkommen konzentriert und fühlte in meinen Rücken hinein.

Der Wind blies sanft hinter meinem Rücken, und in dem Augenblick, in dem ich mich fragte, ob mein Vater vielleicht den Wind machte, wurde es an der Stelle zwischen meinen Schulterblättern auf einmal warm.

Ich riss meine Augen auf und blickte mich hastig um. Ich vermutete eine Fackel in meiner Nähe. Doch als ich mich umdrehte, stellte ich fest, dass alle Fackeln viel zu weit von mir entfernt standen, um diese Wärme zu entwickeln.

Ich blickte wieder Pokuwoo an.

»Schließe deine Augen, meine Liebe. Schließe sie!«

Wie stark mein Herz auf einmal pochte. Ein klein wenig begann ich sogar zu zittern.

Ich schloss augenblicklich meine Augen und konzentrierte mich erneut auf den Bereich in meinem Rücken.

»Du kannst ihn nicht spüren, wenn du verkrampft bist, Violet. Lass einfach los, lass dich fallen!«

Ich nickte und schluckte dabei.

»Bitte, Papa, mach es noch mal«, flehte ich ihn in Gedanken an, und als ich meine Bitte ausgesprochen hatte, spürte ich wieder die Wärme auf meinem Rücken. Es schien wie eine Hand zu sein, eine handgroße Fläche wärmte ein Stück meines Rückens. Seine Hand?

Ich spürte weiter in meinen Rücken, und nun wurde es auch auf meiner Schulter warm. Auf einmal atmete ich laut auf und fing an zu schluchzen.

Ich war so furchtbar aufgeregt und atmete hastig.

War das wirklich er?

»Spür weiter hin, Violet. Spüre, ob er es ist. Achte darauf, ob du einen Geruch wahrnimmst, der dich an ihn erinnert. Vielleicht hörst du eine Stimme in deinem Inneren, die nach deinem Vater klingt.«

Die Stellen auf meinem Rücken und auf meiner Schulter fühlten sich noch wärmer an als zuvor, und es war auch ein leichter Druck zu spüren. Ein Druck, der sich wie eine Hand anfühlte.

»Achte auf deine Gedanken. Sei ganz still, und lass dir von ihm ein Zeichen geben, dass er es ist.«

Ich nickte unter Tränen und versuchte mich zu sammeln.

Erst achtete ich auf eine Stimme, aber ich hörte nichts. Dann auf einen Geruch, doch ich konnte nur den Geruch der verbrannten Kräuter riechen und das Gras um uns herum. Es roch nichts nach meinem Vater.

Etwas enttäuscht konzentrierte ich mich wieder auf meinen Rücken. Die Hände, wenn es denn Hände waren, lagen immer noch dort.

Plötzlich schoss mit der gleichen Intensität wie vor ein paar Tagen, als ich mit Pokuwoo auf dem Felsen gesessen und er das Ritual mit mir gemacht hatte, ein Bild in mein Bewusstsein. Ich hatte nicht an dieses Bild gedacht, es war einfach auf einmal in meinem Kopf gelandet: Ich sah mich mit meinem Vater auf dem Bett liegen und zusammen weinen. Die Erinnerung war so stark, als ob dies gerade passieren würde.

Ich spürte, wie er seinen kalten Arm um meinen Körper gelegt hatte und mit der anderen Hand meinen Kopf streichelte. Ich sah es ganz deutlich vor mir. Ich spürte die Tränen in meinem Gesicht und die Trauer in meinem Herzen.

Und sofort wusste ich, dass dies das Zeichen war. Er zeigte mir ein Bild, ein Bild von unserer Vereinigung nach all den Jahren.

Wieder fing ich an zu zittern. Dann wurden meine Beine weich, und ich sackte auf den Boden. Ich schluchzte laut. Pokuwoo kam zu mir und legte seine Hände auf meine Schulter. Ich neigte meinen Kopf auf den Boden, und so ging auch Pokuwoo in die Knie.

»Das ist mein Vater, er hat mir ein Bild gezeigt. Ich kann spüren, dass er es ist.«

»Natürlich ist er es, Violet Adayuma. Natürlich ist er es, wie konntest du daran zweifeln?«

Ich nickte unter Tränen und blickte Pokuwoo in die Augen. »Dann ist es wahr, oder?«

Pokuwoo lächelte und schaute mich friedvoll an. »Ja, es ist wahr.«

Ich hatte keinen Zweifel mehr, dass dies mein Vater war. Ich hatte es eigentlich schon gewusst, als er die Hände auf meinen Rücken gelegt hatte. Da war so ein Gefühl in meinem Herzen, so ein vertrautes, wohliges Gefühl gewesen.

Doch als er auf die Bitte nach einem Zeichen mit einem Bild reagiert hatte, war ich mir ganz sicher. Ich hatte dieses Bild nicht erdacht, es war einfach in meinen Kopf hineingekommen.

Ich setzte mich und schlang meine Arme um meine Knie.

»Ich liebe dich, Papa«, flüsterte ich in den Wind hinein. »Es tut mir so weh, dass du von mir gegangen bist.«

»Ihm tut es auch leid, Violet, und er dankt dir so sehr, dass du seinen größten Wunsch noch erfüllt hast. Er hatte sich all die Jahre nichts sehnlicher gewünscht, als dich noch einmal in den Armen zu halten.«

Die Tränen liefen mir die Wangen hinunter. »Das war auch mein sehnlichster Wunsch gewesen! Wieso habe ich erst so spät nach ihm gesucht? Wieso?«

Mit einer ruckartigen Bewegung kam Pokuwoo mir näher und ergriff mit beiden Händen mein Gesicht. Er zog es nur wenige Zentimeter vor seines.

»Violet Adayuma, ich bitte dich, trage diese Schuld nicht mit dir herum. Nimm diese Last nicht auf deine Schultern. Siehst du nicht, wie perfekt alles ist? Es ist nicht wichtig, wann ihr euch getroffen habt, es ist nur wichtig, dass ihr euch getroffen habt. Und dass ihr beide Heilung erfahren durftet.«

Ich biss mir nervös auf die Lippen. So sehr ich es mir auch wünschte, ich konnte nicht anders, als mich selbst zu verachten. Mein Stolz, meine Wut hatte andere verletzt und dafür gesorgt, dass ich meine Mutter von mir gewiesen hatte. Und meine Wut hatte erlaubt, dass ich mich nicht mehr für meinen Vater interessiert hatte.

Ich wollte Pokuwoo gerade erwidern, dass die Situation anders hätte enden können, wenn ich schon viel früher hierhergekommen wäre, aber bevor ich überhaupt etwas sagen konnte, ermahnte er mich.

»Die Gedanken ›was wäre wenn‹ führen zu nichts, Violet. Du weißt nicht, was gewesen wäre, wenn du vor einem Jahr hier angekommen wärst. Halte bitte die Möglichkeit für dich offen, dass genau dieser Augenblick der perfekte Moment für eure Begegnung war. Es war nicht zu spät und auch nicht zu früh, Violet. Ihr beide wäret für eine frühere Begegnung nicht bereit gewesen, glaube mir.«

»Das ist möglich, ja«, antwortete ich ihm etwas gefasster.

»Alles, was du in diesem wunderschönen Augenblick erfahren hast, all die Schönheit, wirfst du von dir weg, wenn du dies jetzt anzweifelst. Jede Sekunde, die du im Frieden und in Freude mit deinem Vater verbracht hast, jeder klitzekleine Moment verliert seine Bedeutung, wenn du jetzt an der Richtigkeit eurer Begegnung zweifelst.«

Mit meinem Ärmel wischte ich mir die Tränen aus dem Gesicht. Und dann lächelte ich, zaghaft, aber ich lächelte.

»Du hast vollkommen recht, Pokuwoo.«

»Dann lass uns nun feiern. Kommst du mit mir, oder willst du noch hierbleiben?«

Ich zögerte einen Moment. Ich sah auf dem Platz schon Feuer brennen. Die anderen hatten bereits ein Lagerfeuer bereitet.

»Ich würde gern noch für einen Moment bei meinem Vater bleiben.«

Pokuwoo lächelte, und ich ahnte, was er mir mit diesem Lächeln sagen wollte: dass mein Vater immer dort war, wo ich war. Aber Pokuwoo sprach dies nicht aus, sondern nickte nur und verließ den Hügel. Er verneigte sich noch einmal vor dem Grab und verabschiedete sich auf seine Weise.

Dann war ich allein. Oder auch nicht. Ich wollte nicht trauern. Ich wollte nicht mit mir hadern. Ich wollte einfach wieder dieses wunderschöne Gefühl vom gestrigen Abend in mir spüren. Für einen Moment träumte ich einfach vor mich hin. Ich stellte mir das Gesicht meines Vaters vor und die Berührung seiner Hand auf meinem Gesicht. Ich ließ jeden Augenblick noch einmal vor meinem inneren Auge ablaufen, so lange, bis ich wieder ein Lächeln auf meinen Lippen hatte.

Ich blickte neben mich auf den Boden. Ich hatte das Gefühl, dass er sich neben mich gesetzt hatte. Auch wenn ich mir dessen nicht sicher war, begann ich doch einfach zu sprechen. Er hörte zu, da war ich mir sicher.

»Danke, Papa. Es tut mir wirklich leid, dass wir uns all die Jahre nicht gesehen haben. Ich war einfach zu stolz und verletzt.«

Ich schloss wieder meine Augen und atmete ganz sanft den Duft des Lagerfeuers ein, der vom Wind zum Hügel getragen wurde.

»Bleib bitte noch bei mir, Papa. Gib mir immer wieder Zeichen, dass du bei mir bist!«

Ich dachte an Justin und fing an zu weinen. Er würde nie seinen Opa kennenlernen. Aber zumindest hatte mein Vater Justin auf einem Foto gesehen.

»Er hat deine Augen«, hatte er zu mir gesagt. Und dann hatte er gelacht und hinzugefügt: »Und meine Ohren.«

Er war stolz gewesen, einen Enkel zu haben.

Ich nahm nochmals einen tiefen Atemzug und stand langsam auf. Langsamen Schrittes ging ich den Hügel hinunter. Ein letztes Mal blickte ich mich um und flüsterte in den Wind: »Ich danke dir! Ich liebe dich, Papa!«

Auf dem Platz vor den Hütten hatten sich alle, wirklich alle Indianer versammelt. Sie saßen auf dem Boden vor einem großen Lagerfeuer.

Etwas abseits standen zwei Metallgerüste, an denen mehrere Töpfe hingen, und zwei Frauen machten gerade ein Feuer.

Als Pokuwoo mich sah, klopfte er mit seiner Hand auf den Boden und bat mich so, neben ihm Platz zu nehmen.

Gerade hatte ein anderer Indianer etwas gesagt, und Pokuwoo musste sich vor lauter Lachen den Bauch halten.

Xylanta, die neben mir saß, beugte sich etwas zu mir und sagte: »Damit wir die Menschen, die diese Erde verlassen haben, gut in Erinnerung behalten, erzählen wir uns Geschichten, die wir mit ihnen erlebt haben. Hotahonani hat gerade davon erzählt, wie dein Vater manchmal wütend etwas auf den Boden geworfen hat, wenn etwas nicht so lief, wie er es wollte.«

Ich lächelte Xylanta an. Und Pokuwoo lachte wieder so laut und herzlich, dass ich mich fast erschrocken hätte.

Ein älterer Indianer, der schräg neben mir am Feuer saß, räusperte sich laut. Augenblicklich wurde es still am Feuer.

»Das ist unser Ältester, er war mit Pokuwoo und William gleich von Anfang an dabei!«

Der Indianer fing in etwas gebrochenem, aber verständlichem Englisch an zu sprechen. »Pokuwoo, erinnerst du dich, als wir gemeinsam jagen waren, um den alten Brauch unserer Kultur zu neuem Leben zu erwecken?«

»Oh ja«, lachte Pokuwoo wieder.

»Violet, dein Vater …«

Der ältere Indianer hielt sich den Bauch und lachte so stark, dass sein ganzer Körper hin- und herschwankte.

»Dein Vater …« und wieder lachte er. Und ich lachte mit, ich konnte nicht anders. Was auch immer dieser Mann mir sagen wollte, es war jetzt schon urkomisch.

»Dein Vater versuchte, mit Pfeil und Bogen einen Hirsch zu jagen«, übernahm jetzt Pokuwoo das Wort.

»Ja«, lachte der ältere Indianer. »Oh, hat er geflucht. Er hat es bis heute nicht geschafft, einen Bogen richtig in die Hand zu nehmen.«

»Wir haben beide so sehr gelacht, dass dein Vater in seine Hütte ging, seine Jacke holte und erst nach einer Stunde wiederkam«, fuhr Pokuwoo fort.

»Er war im Supermarkt gewesen und hat Fleisch gekauft. Und dann hat er es demonstrativ vor uns gebraten! Immer wieder sagte er: ›Wir leben im 21. Jahrhundert, ich muss dem Fleisch nicht hinterherjagen!‹«

Pokuwoo rieb sich eine Lachträne von den Augen.

Nach einer weiteren Gesprächsrunde sprach mich ein jüngerer Indianer an. »Und Violet, hast du etwas zu erzählen? Wie war dein Vater früher?«

Die Frau, die neben dem Indianer saß, stieß ihm mit dem Ellbogen in die Rippen.

Ich beobachtete die Szene. »Nein, nein!«, rief ich der Frau zu. »Es ist schon gut!«

Ich überlegte. Ich suchte in meiner Erinnerung nach irgendeiner Szene, die besonders lustig war, aber ich konnte mich so schlecht an alles erinnern.

Er kam immer so müde von der Arbeit, und viele seiner freien Tage verbrachte er nur auf der Couch.

»Er war immer so traurig«, antwortete ich. »Ich kann mich kaum an etwas Schönes mit ihm erinnern.«

»Ja, er war ein sehr tiefgründiger Mensch. Deswegen hatte er auch einen ganz besonderen Namen von uns bekommen.«

»Den kennt sie doch schon«, erwiderte die Frau wieder.

»Nein«, schüttelte ich den Kopf. »Nein, ich kenne seinen indianischen Namen nicht. Ich hatte mich schon gewundert, wieso ihr immer William sagt, wenn ihr von ihm erzählt.«

Ich blickte Pokuwoo dabei an, denn überwiegend hatte ich ja mit ihm über meinen Vater gesprochen.

»Wir nannten William Qachaotoa!«

»Und was heißt das?«

»Der Weiße, der ständig grübelt!«, lachte der andere Indianer.

»Ja, das ist gut«, lächelte ich. »Das passt zu ihm!«

Ich war froh, als eine ältere Indianerin ebenfalls eine Anekdote zu erzählen hatte, denn ich konnte im Moment einfach nichts in meiner Erinnerung finden, was besonders lustig war. Es gab etwas, das wusste ich, und ich schwor mir, in meiner Erinnerung so lange zu suchen, bis ich etwas besonders Schönes und Lustiges finden würde, aber dort am Lagerfeuer gelang es mir einfach nicht.

Ich drehte mich zur Seite und seufzte leise. Die Frauen hatten gerade Gemüse und Pilze in den Topf gegeben. Neben dem Lagerfeuer lagen schon ein paar Maisfladen in einem Holzkorb, die ebenfalls herrlich dufteten.

Während der Unterhaltung stand Pokuwoo auf und verschwand für ein paar Minuten.

Ich suchte ihn in der näher kommenden Dunkelheit, doch er war aus meinem Blickfeld verschwunden. Pünktlich als die Indianerfrauen das Essen verteilten kam Pokuwoo wieder. Er setzte sich mit einem Grinsen neben mich und legte eine alte Zeitung auf meinen Schoß.

»Was ist das?«, fragte ich ihn und faltete die Zeitung auseinander.

In der Zeitung waren zwei Fotos: Ein Foto von meinem Vater allein, auf dem er noch eher so aussah, wie ich ihn in Erinnerung hatte, und ein Foto mit ihm und Pokuwoo, das ebenfalls vor ein paar Jahren aufgenommen worden war.

Auch Pokuwoo war noch jünger, und es schien so, als ob sie direkt auf dem Grundstück des Reservats standen. Nur gab es damals noch keine Gebäude auf der riesigen Wiese, sondern nur jede Menge Bäume.

Pokuwoo beugte sich nun an mich heran. »Die sind für deinen Abschied, Adayuma. Du wirst nun bald nach Hause gehen, nicht wahr?«

Ich fühlte mich etwas ertappt und rang nach erklärenden Worten. »Ich …« Ich senkte meinen Kopf nach unten. »Ich werde morgen abreisen, Pokuwoo. Ich wollte es dir noch sagen, aber … es fällt mir so schwer!«

Pokuwoo legte seinen Arm um mich. »Es ist Zeit zu gehen, Violet. Ich weiß, du wirst wiederkommen.«

»Das werde ich«, lächelte ich. »Aber bitte, lass uns heute nicht über Abschied reden, morgen früh werde ich noch einmal kommen.«

Ich war sowieso schon traurig genug. An diesem Tag wollte ich nicht zwei Menschen verlieren. Pokuwoo war mir sehr ans Herz gewachsen, und es fiel mir schwer, von ihm zu gehen. Aber daheim wartete meine Familie auf mich, und im Moment war mir nichts wichtiger, als die beiden wieder in meinen Armen zu halten.

Zudem wollte ich so schnell wie möglich meine Mutter anrufen und sie bitten, uns zu besuchen. Ich wollte auch ihr von meinem Aufenthalt hier erzählen und von meiner Begegnung mit meinem Vater.

Eine Indianerin reichte mir eine Schüssel und ein Stück Fladen. Alle aßen und erzählten gleichzeitig.

Ich fühlte mich so wohl in dieser Runde. Jeder war so freundlich zu mir. Immer wieder sprachen mich einzelne Stammesmitglieder an und betonten, wie glücklich mein Vater gewesen war, als ich gestern Abend nach Hause ging.

Bis tief in die Nacht saßen wir am Feuer versammelt und erzählten von dem Leben meines Vaters. Dann trat ich meinen Weg zurück ins Hotel an und legte mich ins Bett. Es sollte vorerst die letzte Nacht sein, die ich dort in diesem Hotel verbrachte. Doch mein Entschluss stand fest. Vielleicht würde ich nicht in diesen Ferien mit Justin und Peter zurück in den Park und zu meiner neuen Familie kommen, aber spätestens die nächsten Ferien würden wir genau hier verbringen.

O bwohl ich noch nicht wirklich ausgeschlafen war, weckte mich mein Handy.

Es war mein Wecker, den ich extra etwas früher gestellt hatte, um mich noch in Ruhe von Pokuwoo verabschieden zu können.

Meine gesamte Kleidung war inzwischen entweder gebraucht oder verknittert. Ich war überhaupt nicht zum Waschen gekommen, aber das musste ich jetzt auch nicht mehr. Schon in wenigen Stunden würde ich im Flugzeug in Richtung Westen sitzen.

Ich zog daher einfach die Kleidung vom Vortag an. Ohne zu duschen packte ich meine Sachen zusammen und ging mit meinem Koffer hinunter zur Rezeption, wo ich erst vor einer Woche eingecheckt hatte. Ich gab der Besitzerin meine Kreditkarte und ließ mich noch auf einen Kaffee von ihr einladen.

Nach zehn Minuten sagte ich ihr, dass ich noch einen Freund im Park besuchen wolle, und bat sie, meinen Koffer so lange bei ihr lassen zu dürfen. Hätte ich ihr von Pokuwoo und dem Indianerreservat erzählt, wäre ich sicher wieder in ein Gespräch verwickelt worden. Daher beschloss ich, ihr nichts davon zu sagen. Nach einem kurzen Besuch im Café, wo ich mir mein morgendliches Croissant holte, befand ich mich auch schon auf dem Weg zu Pokuwoo und den anderen. Es war das letzte Mal, dass ich den Weg entlanglief. Den Weg, den ich in den letzten Tagen so oft gegangen war.

Es fühlte sich merkwürdig an, so fremd und schwer.

Ein Teil von mir wollte einfach für immer in dem Park bleiben und mit Pokuwoo tagein, tagaus Gespräche führen. Auch hätte ich gerne mehr von Xylanta erfahren. Ich wusste nicht, woher sie kam und wie sie ihr Leben zuvor verbracht hatte. Auch Xylanta war mir ans Herz gewachsen.

Zum letzten Mal öffnete ich das Tor und betrat das kleine Dorf.

Ich musste leise lachen, denn die Hütten waren noch alle zu, und nur wenige Bewohner befanden sich auf dem Gelände.

Zum Glück gehörten Pokuwoo und Xylanta dazu. Sie waren beide damit beschäftigt, die Schalen wegzuräumen und die Töpfe zu reinigen.

Wie immer empfing mich Pokuwoo mit offenen Armen, und ich gab mich für ein paar Minuten schweigend seiner Umarmung hin. Ich wollte mich einfach nicht von ihm verabschieden. Selten hatte ich so schnell eine derart tiefe Verbindung mit einem Menschen aufgebaut. Er war wie ein Bruder, ein Vater und ein Freund für mich. Er war sanft, liebevoll und schaffte es mit Leichtigkeit, mir die richtige Richtung zu weisen. Er verstand mich einfach und nahm mich an, so wie ich war.

»Wollen wir noch einmal dorthin gehen, wo alles begonnen hat?«, fragte mich Pokuwoo grinsend und deutete auf den Felsen.

»Ja, lass uns das machen, aber vorher will ich mich noch von Xylanta verabschieden.«

Xylanta hörte mit einem Ohr zu und kam sofort auf mich zugelaufen. Sie lächelte, doch auch sie war etwas traurig.

»Es schmerzt mich, dich ziehen zu lassen, Adayuma. Aber wenn du mir versprichst, dass du bald wiederkommst, wird der Abschied sicherlich leichter für mich sein.«

»Ich werde schon bald wiederkommen«, versicherte ich ihr und nahm sie in meine Arme.

»Schwester Adayuma. Es war sehr schön mit dir. Vergiss mich nicht.«

»Niemals«, flüsterte ich und kämpfte mit den Tränen. »Niemals!«

»Dann geh«, erwiderte sie und legte ihre Hände an meine Arme. Ein kurzer Abschied war auch mir lieber.

Ich nahm meine Handtasche, die ich zuvor auf den Boden gelegt hatte, und lief mit Pokuwoo auf den Felsen zu. Dann nahmen wir den sandigen Weg, der hinaufführte.

Ich bemerkte, dass Pokuwoo viel fitter war als sonst. Lange hatte es mir geschienen, als ob ihn jeder Schritt und jede Bewegung schmerzte. Jetzt aber hatte er so viel Kraft, dass ich kaum hinter ihm herkam. Es schien, als wäre eine schwere Last von ihm gefallen. Ich fragte mich, ob es die Last meines Vaters gewesen war, die er in den letzten Monaten für ihn mitgetragen hatte.

Oben angekommen setzten wir uns beide auf den steinigen Felsboden, so, wie wir es immer gemacht hatten.

»Was wirst du nun tun, Violet Adayuma? Wie wird dein Leben nach der Zeit hier aussehen?«

»Ich werde meine Mutter anrufen und sie bitten, uns so schnell wie möglich zu besuchen.«

Pokuwoo nickte zustimmend. »Ja, bringe das ins Reine. Deine Mutter ist wichtig für dich. Du brauchst sie, denn sie ist ein Teil von dir. Sie hat dir das Leben geschenkt, und als Teil von ihr wirst du ewig mit ihr verbunden sein. Wenn du sie verleugnest, verleugnest du dich selbst.«

»Ja, das habe ich jetzt auch verstanden. Noch einmal möchte ich mich nicht auf diese Weise von einem Elternteil verabschieden müssen.«

»Ich bin wirklich stolz auf dich, Violet. Meine kleine Violet. Du bist wie eine Tochter für mich geworden.«

Ich lächelte einfach und drückte mich an ihn.

»Und deine Arbeit?«, fragte er mich anschließend.

»Ich habe keine Ahnung, Pokuwoo. Aber so wie vorher wird es nicht mehr sein. Nichts wird mehr so wie vorher sein. Ich weiß nicht, was ich in Zukunft machen werde, welchen Weg ich einschlagen werde, aber die Begegnung mit dir hat alles für mich verändert.«

»Ich bin mir sicher, dass du deinen Weg gehen wirst, Adayuma. Du hast wahrlich deinen Platz eingenommen. Folge einfach immer der Stimme in deinem Herzen. Der große Geist hat einen Plan für dich, und mit deinem Herzen kannst du diesen Plan verstehen.«

»Meinst du, der große Geist redet irgendwann auch einmal zu mir?«, stichelte ich Pokuwoo.

»Er tut es die ganze Zeit, aber du hörst ihm nicht besonders gut zu«, konterte Pokuwoo lächelnd.

»Ist es jetzt wirklich schon vorbei?«, fragte ich ihn leise.

»Das ist es niemals, Violet. Wann immer du wiederkommst, werden wir weitermachen. Jedes Mal, wenn du mich besuchst, werde ich dich tiefer in deine Seele führen. Aber ich denke, du hast schon sehr vieles über dich erfahren und in dir gewandelt. Dies genügt für den Moment. Sieh einmal, was du schon alles erreicht hast.«

Ich nickte nur zustimmend.

»Es wird jetzt wahrlich alles anders für dich werden, denn du bist nun ein anderer Mensch. Eine andere Violet als vor einer Woche. Du wirst die Dinge jetzt viel klarer sehen, und es wird dir leichter fallen, deinem Leben, den Menschen und auch den Umständen mit Liebe und Achtung entgegenzutreten.«

»Ich hoffe es, Pokuwoo. Ich hoffe es!«

Er drückte mich noch fester an sich. »Hab keinen Zweifel daran. Ich sehe es bereits!«

Wir blickten gemeinsam in die Weiten des Parks und ließen uns von der Morgensonne liebkosen. Jeden Tag meines Lebens hätte ich so verbringen können, aber vielleicht war das nicht meine Bestimmung.

»Es ist einfacher hier, Violet, das musst du wissen«, flüsterte Pokuwoo auf einmal. Wie immer schien er zu erahnen, was ich dachte.

»Du kannst hier in einer Gemeinschaft leben, in der alle so wie du denken und fühlen. Dein Leben findet aber in einer anderen Gesellschaft statt. Du hast noch eine weit größere Aufgabe vor dir. Denn alles, was du hier gelernt hast und noch lernen und erfahren wirst, musst du in deinem gewohnten Umfeld bei dir zu Hause weiterleben können. Wir hier im Park haben keine Einflüsse von außen, wir sind unter uns mit Mutter Natur und unserem Vater, dem großen Geist. Du musst alles in dir vereinen und verinnerlichen, aber du musst auch zur Arbeit gehen, du musst einkaufen, du musst Gespräche mit fremden Menschen führen, du hast Stress im Alltag.«

»Ich wünsche mir sehr, dass ich das, was ich hier erfahren habe, mit mir nehmen kann. Ich hoffe, dass ich nichts von dem vergessen werde.«

»Ach, und wenn«, lachte Pokuwoo, »dann kommst du einfach früher zu uns zurück!«

Nervös wippte ich auf meinen Beinen hin und her. Der Moment des Abschieds war gekommen.

»Geh nun, Violet!«

»Oh, Pokuwoo. Ich wünschte, ich könnte dich einfach anrufen. Wieso habt ihr denn auch kein Handy hier!«, schimpfte ich.

»Nein, so etwas kommt mir nicht ins Dorf!«, schüttelte er lächelnd den Kopf.

»Es ist immer ein Abenteuer mit dir.«

Ich nahm ein Taschentuch aus meiner Handtasche, aber nicht um mir die Nase zu schnäuzen, sondern um meine Nummer darauf zu notieren.

»Bitte Pokuwoo, wenn du meine Hilfe brauchst, ruf mich an, okay? Es wird hier sicherlich irgendwo ein Telefon im Park geben.«

Pokuwoo nahm das Taschentuch und steckte es in seine Hosentasche. Dann verbeugte er sich vor mir und gab mir einen Kuss auf die Stirn.

»Das werde ich, Adayuma. Dein Weg sei gesegnet, und mögen deine Ahnen und der große Geist dich immer begleiten, auf all deinen Wegen. Komm wieder zu uns zurück, wenn du kannst, und verbringe deine Ferien mit deiner Familie hier. Ihr seid alle herzlich willkommen!«

Ich nahm seine Hand in meine und küsste sie. »Das weiß ich!«

Ich neigte meinen Kopf etwas zur Seite, und wieder lief mir eine Träne die Wange hinunter. Er gab mir nur ein Zeichen und lächelte.

»Geh, Violet. Wir werden uns bald wiedersehen.«

Ich stand auf und entfernte mich von ihm. Dann drehte ich mich wieder um und warf ihm eine Kusshand zu. »Ich werde dich nie vergessen«, flüsterte ich.

Pokuwoo hob seine Hand und winkte mir zu.

Schritt für Schritt kletterte ich den Felsen hoch bis zur Plattform. Dann lief ich den Weg wieder hinunter, so schnell ich konnte. Ich wollte einfach nur noch aus dem Park hinaus, so sehr schmerzte mich der Abschied.

Im Hotel schnappte ich mir meinen Koffer, und ohne mich umzublicken, lief ich zur Haltestelle. Ich stieg in die alte Eisenbahn, die mich wieder zum Parkplatz zurückführte.

»Eine Woche«, dachte ich mir. Eine Woche, die mein ganzes Leben verändert hatte.

Dieser Park war so wunderschön. Er war einfach unglaublich. Er war eine eigene Welt, eine bessere Welt. Die Menschen hier waren so liebevoll und freundlich. Es schien auf diesem Fleckchen Erde einfach keine Probleme zu geben.

Ich stieg eilig aus der Eisenbahn und lief durch den Eingang des Parks zurück zu meinem Mietauto. Derselbe Mann, der mir vor einer Woche hier auf dem Parkplatz den Weg gewiesen hatte, stand nun vor dem Park, und als er mich erkannte, winkte er mir zu.

Im Inneren meines Autos war es so warm, dass ich erst einmal die Türen für eine Weile öffnen musste. Ich wollte die Zeit nutzen, um mich bei Peter zu melden, doch dann kam mir der Gedanke, meine Mutter anzurufen.

Ich lehnte mich gegen das warme Auto und suchte in meinem Adressbuch ihre Nummer heraus.

Vielleicht war es nicht der richtige Augenblick, sie anzurufen, aber ich wollte einfach nach allem, was passiert war, ihre Stimme hören.

Und ich wollte sie sehen, so schnell wie möglich. Es war mir egal, ob ich etwas Falsches sagen könnte oder sie vielleicht keine Zeit hatte. Nach einem kleinen Augenblick hatte ich das Handy an meinem Ohr und hörte es piepen.

»Ja?«, nahm sie am anderen Ende ab.

Ich hatte zwar vor wenigen Tagen erst mit ihr telefoniert, aber jetzt fiel mir auf, wie alt ihre Stimme geworden war.

»Hey, Mum!«

Für einen Moment hörte ich nichts mehr. Ich wusste, dass sie überlegte, was sie sagen sollte.

»Ja?«, fragte sie dann.

Eine Gänsehaut breitete sich über meinen Körper aus, und ich erinnerte mich wieder daran, wie abweisend und hart ich zu ihr gewesen war. Sie hatte Angst davor, wieder abgewiesen zu werden, das spürte ich deutlich.

»Was machst du heute Abend und die nächsten Tage? Hast du was vor? Ich meine, habt ihr was vor?«

»Wie ... wie ... «, stotterte sie. »Wie meinst du das?«

»Mum, es tut mir alles so endlos leid. Ich kann dir jetzt nicht alles erzählen. Dazu haben wir noch genug Zeit. Aber ich würde dich gerne sehen.« Ich schluckte so laut, dass sie es sicherlich ebenfalls hörte.

»Ich bin gerade in Ohio und habe Papa besucht. In zwei Stunden werde ich im Flugzeug nach Hause sitzen, und ich würde euch gern zu mir nach Hause einladen ... wenn du das auch möchtest.«

Erst befürchtete ich, dass meine Mutter jetzt ganz hart werden und meine Nachfrage verneinen würde, doch ich hörte, wie sie ganz leise wimmerte. Sie hatte eine Hand auf den Hörer gelegt, damit ich sie nicht hören konnte, aber ich hörte sie. Leise und stumpf, aber ich hörte sie weinen, und auch ich musste weinen.

»Es tut mir so leid«, flüsterte ich leise. Dann nahm sie die Hand wieder vom Hörer und fragte mich: »Und wann

… was … meinst du. Wann sollen wir denn kommen? Wir wollten in ein paar Tagen verreisen, aber vorher können wir natürlich kommen.«

»Das ist schön«, antwortete ich ihr leise.

»Wir sind im Ruhestand, Violet. Wir haben viel Zeit.«

»Ich habe einen Sechs-Stunden-Flug vor mir und werde um 18 Uhr landen. Wenn ihr möchtet und Zeit habt, dann holt mich doch einfach vom Flughafen ab. Wir brauchen vom Flughafen nach Hause nur eine halbe Stunde.«

»Sind Justin und Peter auch da?«, fragte sie leise.

»Ja, Mum, sie waren bis gestern bei Peters Mutter, aber jetzt sind sie zu Hause.«

Wieder hörte ich für einen Moment nur ein dumpfes Weinen. Ich hätte sie in diesem Moment so gerne einfach in den Arm genommen und gehalten. Es war meine Schuld, dass sie so weinte. Es war meine Schuld, dass sie so leiden musste all die Jahre. Mein falscher Stolz hatte nicht nur mir Probleme bereitet, sondern auch allen anderen.

»Wir werden da sein, Schatz!«

»Ich freue mich, bis dann«, flüsterte ich ins Telefon und legte auf.

»Puh«, gab ich noch von mir, stieg ins Auto und fuhr los.

*B*is zum Flughafen dauerte es nicht lange, es war nur eine Stunde Fahrt. Ich gab den Mietwagen ab, bezahlte und ging zum Check-in. Erst wollte ich Peter Bescheid geben, dass wir Besuch bekommen würden, aber dann wollte ich ihn überraschen. Doch irgendetwas musste ich mir einfallen lassen, da er mich sonst mit Justin abholen kommen würde.

Ich wollte ihn nicht anlügen, also sagte ich ihm schnell am Telefon, dass er mich nicht abzuholen brauchte. Bevor er nachhaken konnte, sagte ich ihm, dass ich einchecken müsste, und legte auf.

Heute war es mir möglich, ganz viele Menschen auf einmal glücklich zu machen und eine Familie zu vereinen, die nie hätte getrennt sein dürfen.

Dann saß ich im Flugzeug, endlich auf dem Weg nach Hause. Die Turbinen starteten. Es lag ein langer Flug vor mir, und ich wünschte mir, dass der Park in meinem Bundesstaat wäre. Dann hätte ich jedes Wochenende zu Pokuwoo und Xylanta fahren und mit ihnen am Feuer sitzen und Geschichten erzählen können. Dann hätte ich jedes Wochenende mit Pokuwoo auf dem Felsen sitzen, mit ihm den Sonnenuntergang betrachten und mir seine Anekdoten anhören können.

Nachdem ich die Hälfte des Fluges hinter mich gebracht und das Buch ausgelesen war, das ich mir noch von zuhause mitgenommen hatte, schlief ich ein und wachte erst wieder auf, als wir gelandet waren.

Ich konnte es kaum erwarten, meinen Koffer zu nehmen, durch die Kontrolle zu gehen und vor dem Flughafen meine Mutter zu sehen.

Ich musste gar nicht lange warten: Sie stand bereits in der Ankunftshalle. Auch ihr neuer Mann, George, war dabei. Er hatte eine gewisse Ähnlichkeit mit meinem Vater. Sein Bauch war zwar nicht ganz so dick, aber er hatte auch die braun gebrannte Haut und die Halbglatze. Seine Augen waren genauso groß und auch er trug einen Bart.

Meine Mutter war sehr zurückhaltend, sie konnte es wahrscheinlich nicht glauben, dass ich nun vor ihr stand.

Ich nahm sie einfach in den Arm, und erst, als ich merkte, dass es für sie etwas unangenehm war, löste ich mich wieder von ihr.

George begrüßte mich, indem er mir seine Hand reichte, und nahm dann meinen Koffer.

Ich bat meine Mutter, hinten im Auto einzusteigen, und als wir losfuhren, nahm ich ihre Hand in meine.

»Mum, es tut mir wirklich leid, was in der Vergangenheit passiert ist. Du trägst an alldem keine Schuld. Das ist mir jetzt klar geworden.«

Ihre Hand zitterte etwas, als ich ihr das sagte, und ich merkte, dass sie mit den Tränen zu kämpfen hatte.

»Es wird jetzt alles anders sein, das verspreche ich dir. Es wird anders sein, und ich werde dich nie wieder wegschicken.«

Nun weinte sie doch, und ich nahm sie in meinen Arm. Etwas, was ich schon längst hätte tun müssen.

Wir fuhren ungefähr eine Dreiviertelstunde. George war ein sehr gemäßigter Fahrer. Doch so hatten wir ein paar Minuten mehr Zeit. Ein paar Minuten, in denen ich ihr von der Begegnung mit meinem Vater und Pokuwoo erzählen konnte.

Immer wieder weinte meine Mutter. Auch sie hatte all die Jahre nichts von meinem Vater gehört. Es freute sie, dass er es geschafft hatte, sein Glück zu finden. Doch es schmerzte sie ebenso, dass er nun gestorben war. Auch

zwischen den beiden gab es noch viel, was hätte ausgesprochen werden müssen.

Ich wusste, dass ich alle Zeit der Welt hatte, mit meinem Vater zu sprechen. Aber meiner Mutter konnte ich
das nicht erzählen – jetzt noch nicht. Ab dem Moment, in
dem wir in die Siedlung einbogen, in der wir wohnten,
schwieg ich. Obwohl ich nur ein paar Tage nicht zu Hause
gewesen war, schien es mir eine Ewigkeit her zu sein.

Nervös und hastig stieg ich aus dem Auto. Ich war so
aufgeregt. Die letzten beiden Tage hatte ich mich so sehr
nach Peter und Justin gesehnt.

Ich nahm meine Mutter an die Hand und führte sie an
die Tür. Ich konnte ihr die Nervosität ansehen, sie war
ebenfalls sehr unruhig.

Als wir an der Tür standen, drehte ich meinen Kopf
zu ihr und gab ihr einen Kuss auf die Wange. Sie lächelte
mich an und drückte meine Hand noch fester.

Obwohl ich einen Schlüssel hatte, betätigte ich die
Klingel.

Dann stand Peter an der Tür, und Justin war im Hintergrund. Mir schossen sofort die Tränen in die Augen, als
Justin mich anblickte und ich ihn lächeln sah. Wir waren
endlich wieder vereint. Die beiden waren immer noch die
Gleichen. Mein Mann war immer noch der liebevolle, für-
sorgliche Partner und Vater. Und mein kleiner Goldschopf
war genauso schön, wie vor einer Woche.

Doch ich, ich, Violet Adayuma, war eine andere geworden!

Ende

Über den Autor

Mit dem 15. Lebensjahr begann Georg Huber sich aufgrund eigener »Schicksalsschläge« in der Kindheit und Krankheiten mit dem Thema Heilung auseinanderzusetzen. Er fing an, alte Kulturen und Mysterien zu studieren, und fand Antworten im indianischen Brauchtum.

Als Georg Huber 18 Jahre alt wurde, festigte sich sein Wunsch, Heilung zu erlernen und weiterzugeben. Er ließ sich in einer Energieform (H.U.E) ausbilden und zum Reikimeister weihen. Es folgten weitere Ausbildungen in den Bereichen der psychologischen und körperlichen Heilung, wie der Chakrenlehre, der Symbolarbeit, der Kinesiologie, der Systemaufstellung, der Arbeit mit dem inneren Kind, des Clearing-Beraters und des spirituellen Paarberaters. So sammelte Georg Huber vielfältige Erfahrungen sowie umfangreiches Wissen über die Themen Gesundheit, Spiritualität und Psychologie, das er in seinen Büchern, Veranstaltungen und Beratungen weitergibt.

»Adayuma oder bis die Seele vergibt« ist sein zweiter Roman, der sich dieser Themen annimmt.

Weitere Informationen zum Autor: www.jeomra.de

Ebenfalls erschienen im Schirner Verlag

Georg Huber
In deiner Welt
Roman
336 Seiten
ISBN 978-3-8434-3023-4

Eine scheinbar zufällige Begegnung im Park verändert die ganze Welt des verschlossenen Teenagers Nick. Er trifft dort Jack, der ihm die wahren Zusammenhänge des Lebens offenbart. Als Nick Sozialstunden in einer Klinik für Essgestörte ableisten muss, verliebt er sich Hals über kopf in die Patientin Emily. Doch seine Zuneigung scheint hoffnungslos, denn Emily sieht in ihrem Leben keinen Sinn mehr. Nicks erkenntnisreiche Reise wird am Ende nicht nur seine eigene, sondern auch Emilys Welt von Grund auf wandeln.

Es war nur wenige Minuten her, dass Nick geweint und sich als der größte Versager der Welt gefühlt hatte. Nur wenige Augenblicke zuvor hatte er aufgeben wollen.

Doch jetzt waren alle diese Gedanken verschwunden. Von all den schlechten Gefühlen und Eindrücken, die Nick an dem Tag gehabt hatte, blieb nur noch die Erinnerung.

Wie nach dunklen, kalten Wintertagen der Sommer einzog, vollzog sich auch in Nick eine Wandlung, und das Licht schien mehr denn je. Alles, was er in den letzten

Wochen gelernt und erfahren hatte, ergab jetzt wirklich einen Sinn. Durch jeden Gedanken, jeden Streit, jedes Gefühl, ja wirklich durch jede Sekunde seines Lebens wurde ihm die Möglichkeit gegeben, sich für eines zu entscheiden: für die Angst oder für die Liebe.

Wenn Nick jetzt nun Emily dachte, wusste er ganz genau, dass er bei der nächsten Begegnung die richtigen Worte finden würde und die Kraft hätte, sie wieder an das Leben zu erinnern.

Nick fragte sich, wie Jack das bloß alles machte. Jedes Mal, wenn Jack in seiner Nähe war, ging ihm alles so leicht von der Hand. Man konnte sagen, dass Nicks Verstand schärfer, sein Herz reiner und ihm seine Gefühle viel bewusster waren.

Nick stand von der Bank auf und atmete tief durch. Dann ging er langsam auf dem sandigen Weg durch den Park zurück zu seinem Fahrrad. Er hob es vom Boden auf, hängte seinen Rucksack an den Lenker und ging los, das Fahrrad neben sich schiebend. Es gab für ihn nun keinen Grund mehr zur Eile.